DE LIEFDE VAN JABBA

Catalijn Claes

De liefde van Jabba

Westfriesland

Voor Jabba

ISBN 978 90 205 1921 1
e-ISBN 978 90 205 1915 0
NUR 344

© 2013 Uitgeverij Westfriesland, Utrecht
Omslagillustratie en -ontwerp: Bas Mazur

www.uitgeverijwestfriesland.nl

DEEL EEN

'Je thee,' zegt Jabba, en ze reikt haar bezoeker een Chinees porseleinen kom aan met rood geschilderde figuurtjes.
'Dank je, Jabba.'
Jabba is oud, excentriek en klein van stuk. Ze heeft een voorkeur voor bontgekleurde stoffen, die fel afsteken tegen haar magere gezicht, waarover een netwerk loopt van fijne rimpeltjes, een paar felle ogen in diepe kassen, alsof ze op veilige afstand mens en dier beloert.
Een zacht spottend: 'Mijn tijd is beperkt, dat weet je.'
'Ach zo.' Jabba zuigt haar onderlip naar binnen en kijkt naar de man tegenover zich, Alex Guldemond, directeur van de landbouworganisatie en in zijn vrije spaarzame uren vrijwilliger op de dierenambulance en tevens inspecteur van de dierenbescherming. Alex is een goede dertiger, zelfverzekerd, alles mee, niks tegen, een eigen huis, een goedbetaalde baan, een vrouw die het aanzien waard is en twee gezonde kinderen. Wat dat betreft mag hij niet klagen, maar of hij zich van zijn rijkdom bewust is?
Maar Alex Guldemond is vriendelijk van aard en een van de weinigen die bij haar over de vloer komt. Vanuit het verleden is ze niet zo dol op mensen, ze leeft haar eigen leventje, stil en teruggetrokken in de salon van het grote makelaarshuis. De salon, waar ze leeft, eet, drinkt en slaapt in een eenpersoonsbed bij haar vogeltjes. Alle andere kamers in het huis zijn op slot, daarin huist het verleden met zijn wel en wee, waaraan ze niet herinnerd wil worden, en de koperen sleutels van al die kamers heeft ze diep weggestopt in het naaimandje. Het enige wat haar aan Alex bindt, is de liefde van mens tot dier, en dat weten ze beiden.
'Dus je had het weer druk,' gaat ze erop door.
'Wanneer niet? Toezicht dat alles goed loopt en draait, het is een hele verantwoordelijkheid. Heus, je wilt het niet weten.'
'Waarom zou ik dat willen weten?' Peinzend glijdt haar blik over zijn sportieve gestalte. Vandaag de dag bestaat het leven uit economisch belang en geldgewin, en er is niets wat dat tot stilstand brengt. En plots is het voorbij, en wat overblijft, is een handjevol herinneringen. Dan worden we ons bewust. We waren te veel vervuld van eigen verwachting,

waarin we tikkertje speelden met anderen. Wie is het eerst af, jij of ik.

Stilte tussen hen, waarin ieder zijn eigen gedachten heeft. Opeens zegt ze: 'Marieke was gisteren hier.'

Marieke Carelse, een vlotte jonge meid, beheert een armzalig schuurtje dat doorgaat voor een dierenpension. Het schreeuwt om onderhoud, rotte planken, kapotte ramen, een dak dat lekt aan alle kanten. Maar Marieke houdt de moed erin en zegt: 'Ik weet het wel, een oud rot hok en lek als een mandje, maar hoe moet het anders?' Juist, hoe moet het anders, en Marieke ploetert opgewekt door. Marieke is een zonnekind: altijd blij, altijd lachen, en Carelse, het hoofd van het magazijn, loopt hoog met zijn dochter.

Marieke... Haar beeld haakt in Alex' hersenen vast en hij vergelijkt haar persoon met Lara, zijn vrouw en de moeder van zijn kinderen. Hun huwelijk was op voorhand gepland op verstand. En kinderen, ach, die kwamen er toch wel.

'Er moet een stuk worden aangebouwd,' zegt Jabba.

'Waaraan?' Het beeld van Lara wijkt en wat terughoudend zegt hij: 'Vertel 's, van wie komt dat plan – Marieke?'

'Plan?' Er tekenen zich diepe rimpels af in Jabba's voorhoofd. Hij loopt er niet warm voor, dat merkt ze wel, en ze voelt zich een beetje teleurgesteld. Alex, ze kent hem als een groot dierenvriend, en ze valt ongeduldig uit: 'Er wordt al een jaar over gepraat, maar d'r komt niks van de grond. Laat het dan wat kosten.'

Jawel, kosten. Prompt denkt hij aan de tweede hypotheek die hij sinds kort heeft. Lara, ze wil een serre aan het huis, daar praat ze al weken over. Hij weerde: 'Bouwen kost geld, en we hebben pas een nieuwe auto.'

Lara reageerde daarop met een fijn lachje: 'Kom, kom, een klein extra hypotheekje, en het levert je ook nog een belastingvoordeel op.' Ja, vertel Lara wat, ze weet haar weetje, met een vurig blosje op haar wangen ging ze d'r enthousiast op door: 'Ik wil alles dubbelglas, openslaande tuindeuren met glas in lood, en je moet maar zo denken, het huis stijgt ook in waarde.'

Denken. Hij denkt, beslist en beveelt op het kantoor. In huis is Lara heer en meester, en wat ze uitbroedt komt meestal goed, hij gaf zich gewonnen: 'Goed, jij je zin: er komt een serre.'

'O, schat.' Lara viel hem juichend om de hals en gaf hem een zoen op beide wangen.

'Herstellen, dat blijft knoeien. Een nieuw asiel is beter.' Jabba kruist opnieuw zijn gedachten.

Hij schrikt op. 'Toe maar. Een asiel, alsof het niks kost. De gemeente ziet je aankomen. Nee, lieve Jabba, dat kun je wel schudden.'

'Ja, als je zo praat!' Plots valt ze verbeten uit: 'Ik vraag me af waarom hier geen wethouder voor dierenwelzijn is. In sommige steden is dat zo.'

Verwondering doortintelt hem. Waar wil ze naartoe? Met Jabba weet je dat nooit. Jabba, de luis in de pels van de wethouder van Cultuur en Dorpswelzijn. Water en vuur, die twee.

'Er zal toch wat moeten gebeuren.' Jabba rommelt in het naaimandje, tovert een vel papier tevoorschijn, legt het op tafel, tikt er met haar vinger op: 'Kijk hier.'

Hij kijkt, ziet potloodstrepen kriskras door elkaar, fronst zijn wenkbrauwen en vraagt verwonderd: 'Wat heeft dat te betekenen?'

Een lichte aarzeling, dan: 'De plattegrond voor een dierenasiel.'

'Dat?' onwillekeurig schiet hij in de lach. 'Daar wordt toch geen mens wijs uit?'

Jabba zegt met een zuinig mondje: 'Ik ben geen architect.' Ze schuift wat opzij, trekt een stoel bij en commandeert: 'Kom eens hier zitten en kijk eens mee.'

Hij kijkt en ziet een wirwar van strepen en kruisen en hier en daar een aantekening, en zij legt uit, kortaf en wat onwillig: 'Ik dacht zus, ik dacht zo, hier dit, dat daar...'

De lijnen worden hem duidelijk en hij denkt bewonderend: waarachtig, zoals zij dat ziet en uitlegt zit er perspectief in.

'Petje af, dat heb je knap uitgedacht. Maar wat is hiervan de bedoeling?'

Verbaasd reageert ze: 'Ik ga ermee naar de gemeente.'

'Wat? Jabba, wees wijzer. Ze zien je aankomen.'

'Iemand moet het doen, iemand moet ze wakker schudden.'

'En dat ben jij?' Jabba, die in de eenzaamheid dag in dag uit haar illusies koestert, nu weer over een asiel. Maar misschien dat die illusie na een bezoek aan de wethouder van

Cultuur en Dorpswelzijn een desillusie wordt, en dat wil hij haar besparen. Zachtjes gaat hij ertegenin: 'Voor je erop afstapt, moet je alles nog eens goed overdenken.'

Een snibbig: 'Trek je je terug, Guldemond?'

'Nee, maar je kunt geen ijzer met handen breken.'

'Je bedoelt?'

Geduldig legt hij uit: 'Luister 's, Jabba, voor je daar aan de bel trekt: ken je de regels? Wat ik ervan weet is dat zwerfdieren nauwelijks rechten hebben. De gemeente is wettelijk verplicht deze dieren twee weken in het asiel te bewaren en voor die twee weken de volle onkosten te betalen. Daarna: eruit.'

'En dan?'

'Vul het zelf maar in.'

'Een spuitje, want opgeruimd staat netjes.'

Hij haalt zijn schouders op. 'Jij zegt het.'

Er is een gedwongen zwijgen tussen hen. Jabba schuift het vel papier terzijde, komt uit haar stoel overeind en vraagt: 'Wil je nog thee?'

'Als je nog hebt, graag.'

'Voor jou altijd.'

Hij denkt: je moet bij haar in een goed blaadje staan, wil ze dat tegen je zeggen. Zou hij in een goed blaadje staan?

'Pak aan, je thee.' Dan zegt ze fel: 'Het is mooi gezegd, maar de meeste gemeenten trekken hun handen eraf.'

Hij weerlegt: 'Nee, Jabba. Je moet het zo zien: er wordt in de gemeente heus wel over dierenwelzijn nagedacht. Als ze dat doen, is er verandering mogelijk.'

Jabba reageert vol minachting: 'Veldschut en nadenken, ja hoor.'

Jort Veldschut heeft een scherp hoekig gezicht en loopt door het dorp met zevenmijlslaarzen. Veldschut, altijd haast, nooit tijd, maar een voldoeninkje is hem gegund, hij heeft een stevige subsidie weten los te peuteren voor de dorpsfanfare, die hem daarvoor al toeterend en tetterend bedankte. Bij hen geen kwaad woord meer over Veldschut.

Jabba zakt diep weg in de stoelkussens en opent vol venijn het vuur weer op Veldschut, en zo te horen deugt er geen haar of pluim aan die man.

Plots gaat haar geschimp Alex vervelen. Veldschut woont

twee straten bij hem vandaan, en Veldschuts bloedjes gaan naar dezelfde school als Alex' kinderen, en van hen weet hij dat het bij Veldschut thuis net de Ark van Noach is: twee honden, vier katten, vier konijnen, een koppel sierduiven, twee cavia's en een tamme nerts, en de heer des huizes rijdt 's zondags ook nog paard en is lid van de rijvereniging. En voor hij het beseft valt uit zijn mond: 'Maak je de man niet al te zwart? Hij heeft een beestenboel in huis van heb ik jou daar.'

'Nou en, wat heeft dat ermee te maken?'

'Dat hij niet zo negatief is als jij denkt.'

Ze snibt: 'Ja, toe maar, neem het nog voor hem op ook.'

Maar hij raadt aan: 'Je kunt altijd proberen met hem te praten.'

'Wie, jij of ik?'

'Wie komt er met dat plan op de proppen? Jij.'

'Dus ik?' Voor zijn ernstige blik verliest ze opeens alle houvast en ze prevelt verschrikt: 'Ik kom al jaren het huis niet uit.'

Da's waar, Jabba draaide van de ene op de andere dag de wereld haar rug toe en leeft nu haar eigen leven, samen met de vogeltjes. Langzaam glijdt zijn blik door het vertrek, van links naar rechts, van boven naar beneden. Overal staan en hangen kooien met tierelierende en kwetterende vogeltjes van diverse pluimage. Kanaries, puttertjes, sijsjes, mezen, wevertjes, vinken, een Turkse tortel en een grijze roodstaartpapegaai, die meestal op Jabba's schouder zit, waar ze ook staat of gaat.

Veel praatjes doen over Jabba de ronde, en wat hij – Alex – van horen zeggen heeft, is dat Jabba een kind is van een turfsteker. Turfstekers, daarvan waren er nogal wat in deze omgeving. Hele gezinnen woonden in die jaren van armoede aan de rand van het dorp. Nadat het veen was afgegraven vertrokken ze naar elders, behalve Jabba. Zij vertikte het om mee te gaan. Ze had zich verhuurd bij dokter Vroom, een vaderfiguur van de oude stempel, en de dorpers liepen hoog met hem.

Seizoenen kwamen en gingen en alles was rustig en vredig. Toen kwam de dag dat het landelijke dorp met zijn geuren en kleuren, zijn bloeiende akkers en wat overgebleven paarse heidevelden, door de stedeling werd ontdekt. De oude turf-stekerhuizen gingen tegen de grond en middenstandswoningen kwamen ervoor in de plaats, en op een beschut stukje grond verrees een aantal villa's, waaronder het deftige, hoog opgetrokken makelaarshuis met zijn marmeren pilaren en hoge, boogvormige ramen, een huis van allure, waarin Jabba nu woont. Ze is daar terechtgekomen door haar opvallende schoonheid, die ze verkocht aan de hoogste bieder, de veel oudere Casper Cannegieter. Hij was een weduwnaar met een kind, een zoon.

Toen hij Jabba in de ogen keek, viel hij als een blok voor haar. Hij nam haar in huis als zijn maîtresse. Plots was Jabba zwanger, en de dorpstamtam weerklonk over pleinen, door straten en stegen. Van wie zou ze zwanger zijn? Van de makelaar of van iemand buiten het dorp? Jabba zelf liep aan die praat met opgeheven hoofd voorbij.

Cannegieter was bang dat al dat geklets zijn naam en eer zou schaden, dus nam hij zijn maatregelen en trouwde hij met haar. Daarmee drukte hij alle praatjes de kop in, en prompt zagen de dorpelingen haar met heel andere ogen. Cannegieter, die naar de vijftig liep en opnieuw aan het wiegetouw ging trekken, je vraagt je af: waar heeft zo'n man zin in.

Jabba kreeg een zoon, Rinus, vernoemd naar haar vader en zo genoemd naar haar wil. Maar wat niemand weet behalve zij, is dat Casper Cannegieter, voor wie het paradijs zich in de bekoring en schoonheid van Jabba had geopenbaard, de vader niet was. Dagenlang liep hij rond met een strak gezicht, diep gekwetst en een tikkeltje in de war om wat zij hem had aangedaan. En nu nog, na al die jaren, ziet ze in haar geest zijn fijn getekende aristocratische kop met melancholiek kijkende ogen, en hoort ze zijn zachte, indringende stem: 'Ondanks alles blijven we bij elkaar, en ik zal je zoon opvoeden als een eigen kind. Of jij moet anders willen.' In haar was een vlaag van wanhoop en de vraag: waar moet ik naartoe? Ze smeekte Casper: 'Alsjeblieft, laat me blijven.' Hij kwam voor haar staan, legde zijn hand op haar schouders, en ze voelde zijn blik op haar rusten met een zachtheid die haar dieper kwetste dan al zijn scherpe woorden van voorheen. Ze mompelde ontroerd: 'Ik zal alles voor je doen, alles.'

Hij, een moment diep in gedachten verzonken, antwoordde: 'Beloof niet te veel, daar kun je spijt van krijgen.'

Casper Cannegieter hield woord, voedde Rinus op als zijn eigen zoon. Maar er waren dagen bij dat Jabba onder de ontstane situatie leed, en kon schreien van droefheid om haar eigen aardse schamelheid waarin ze hem dit had aangedaan. Hoelang geleden is het al, vijfentwintig, dertig jaar terug? Soms heeft ze moeite zijn beeld voor de geest te halen, en soms ziet ze hem juist heel scherp. Casper Cannegieter, die haar in zijn edelmoedigheid niet liet vallen, en wat heeft ze hem ervoor teruggegeven? Niets, helemaal niets. Een weten dat naarmate ze ouder wordt steeds zwaarder op haar ziel drukt.

Wat kletst Alex nu? Asiel... gemeente? Als een nevelig droomgebeuren dringen zijn woorden tot haar door. Zijn lach: 'Ben je er nog, Jabba?'

Dat steekt; ze zou hem willen toeschreeuwen. Hoe kan ik het je uitleggen, hoe ellendig ik me soms voel, hoezeer ik gebukt ga onder gewetenswroeging, wat er gebeurd is in het verleden, maar nog dag in dag uit een schaduw werpt over mijn bestaan?

'Asiel', zegt Alex. Juist, het asiel. Plots weer bij de les valt ze scherp uit: 'Ja, het asiel, waar ik me met hart en ziel voor zal inzetten. Maar je hebt gelijk, Alex Guldemond, de werkelijkheid is zo anders dan de illusie, waarin het asiel op een hoge, steile berg staat, onbereikbaar ver. En het zal niet makkelijk zijn om Veldschut over de streep te trekken.'

'O, als je dat maar doorhebt.'

Een zweem van een minzaam lachje om haar mond: 'Ik ben niet achterlijk.'

Nee, vertel hem wat. Jabba, al dwaalt ze tijdens een gesprek weleens af, is nog goed bij de tijd. 'Tja,' zegt hij, op het onderwerp doorgaand, 'maar ik vraag me nog steeds af: is het niet te hoog gegrepen?'

Jabba rekt zich wat uit en valt scherp aan: 'Nonsens. En de dierenambulance dan?'

Hij ziet haar vastberaden gezicht, de felle blik in haar ogen, voelt zich onbehaaglijk bij haar heerszucht, en gaat ertegenin: 'Wacht even, Jabba, jij weet net zo goed als ik dat de gemeente toentertijd haar handen ervan aftrok, en dat

Veldschut ondanks alle tegenwerking het plan er toch door wist te drukken voor een collecte in het dorp en omgeving. Dat werd hem niet in dank afgenomen.'

'Ja,' gaat Jabba in een vriendelijker toontje door, 'en als ik het me goed herinner, werd er gul gegeven door de middenstand.'

'En de rest legde jij bij, weet je nog?' Naar wat men zegt is Jabba niet onbemiddeld, en dat is een praatje waar Alex zich wel wat bij kan voorstellen.

De rest... De woorden haken in haar oren. Hoeveel, twee-, drieduizend? Ach, wat doet het ertoe? Geld is de oorzaak van veel problemen. En als je tijd er eenmaal is, kun je je zonde er niet mee afkopen, want in de hemel zijn we allemaal gelijk.

Plots schuift Caspers beeld in haar gedachten. Casper, een verloren illusie van geluk, door haar eigen falen. Het is beter om daar zo min mogelijk aan te denken; het zuigt de kracht uit haar weg.

Een driftige ruk met haar hoofd, gevolgd door een korte snauw: 'Daar moet je niet over zeuren.'

Zeuren? Hij? Maar het is toch algemeen bekend dat Jabba... Opeens denkt hij aan zijn eigen hypotheek, meer dan feitelijk zijn bedoeling was. Maar hoe gaan die dingen: een eigen huis, een goedbetaalde baan, dat maakt het allemaal wat gemakkelijker. De weg was als het ware voor hem geplaveid. Maar of-ie er goed aan heeft gedaan, dat weet hij niet. De tijd zal het leren.

Dan weer met zijn gedachten bij Jabba zegt hij: 'Niet zo bescheiden, Jabba, iedereen weet het toch?'

'Wat weten ze?' Bijtend valt ze uit: 'Roddel en achterklap, dat weten ze, en in het oog van velen ben ik die halve gare, die 'ouwe' sukkel, die d'r gat er mooi heeft ingedraaid en prinsheerlijk woont in het makelaarshuis tussen haar vogeltjes.'

Pats, dat is blijkbaar een gevoelig punt. Alex sust: 'Zo erg is het nu ook weer niet.'

Ze gaat er niet op in, denkt aan haar leeftijd. Een ouwe sukkel, misschien hebben zij die dat zeggen wel gelijk, dagelijks vertelt de spiegel het haar: een excentrieke ouwe tante, die haar eigen mening erop nahoudt. Hoelang nog?

Plots weerklinkt het woord van Prediker in haar gedachten: er is een tijd om te planten, een tijd om te rooien, een tijd om te bewaren en een tijd om weg te gooien. Jawel, maar zij is daar nog niet aan toe, op wat voor manier dan ook. Eerst moet ze dat asiel van de grond zien te krijgen.

Alex pakt de draad weer op en stelt voor: 'Zal ik eens met Veldschut gaan praten?' Veldschut, het enige lichtpuntje in deze zaak, mits-ie die koppige kerel in het plan meekrijgt.

'Als je wilt.' Haar ogen knijpen zich tot spleetjes, Alex Guldemond... krijgt ze hem warm voor de zaak? Met beide handen steunend op de armleuning komt ze overeind en ze scharrelt op haar kameelharen pantoffels door de salon. Ze is klein en pezig, maar ondanks haar leeftijd nog vlug in haar bewegingen. Jabba loopt langs de kooien, streelt met haar vinger langs de tralies, buigt zich naar de vogels toe, tuit haar lippen en lispelt: 'Waar zijn m'n beessies dan?' Dan heft ze haar vinger op en zegt ze: 'Luister.'

Hij kijkt en luistert. Plots komen vanuit alle kooien allerlei zangtonen los. En Jabba staat nog steeds met haar vinger omhoog. 'Hoor, da's de vink, en dat rateltje is van de kanarie. Die met dat rollende toontje is de kwartel, maar het mooiste liedje geeft de goudvink. Maar helaas, die bezit ik niet. Ik zou er wat voor overhebben om er een te hebben.'

Alex bewondert haar kennis van vogels, want wat weet hij daar nu van? Ja, de alom bekende kanarie en de zanglijster en de merel, en de nachtegaal kent hij ook, met toch zeker het mooiste gezang van alle vogels. Hij zegt het haar.

'De nachtegaal?' Jabba schudt haar hoofd, zweert bij de goudvink, en op zijn verbaasd kijken zegt ze: 'God heeft elk vogeltje een eigen gave geschonken, maar de goudvink is Zijn lievelingetje.'

Mooi gezegd van Jabba over die vogeltjes, maar hij loopt er niet warm voor, en Lara deelt hierin zijn mening. Jabba pakt de grijze roodstaart uit zijn kooi, streelt hem liefdevol over de kop: 'Daar ben je dan.' Jabba en haar papegaai zijn één. Hij heeft het niet zo op die schreeuwlelijk en zegt: 'Hou hem een beetje uit m'n buurt, wil je?'

Een schamper lachje: 'Jij? Bang voor een papegaai?'

Hij herinnert zich nog maar al te goed hoe dat is gekomen. 'Hij kan gemeen bijten.'

'Dat valt wel mee,' zegt ze. Ja, dat raad je de koekoek, Jabba valt haar papegaai niet af.

Zo, Jabba zit weer in haar stoel. De pluizige witte haren slierten langs haar hoofd en de papegaai zit op haar schouder. En Jabba valt weer in herhaling: 'Waar is m'n beessie dan?' Ze steekt een pinda tussen haar lippen, wijst ernaar. De vogel buigt zich voorover en haalt met zijn gekromde snavel heel voorzichtig de pinda tussen haar lippen vandaan.

'Zoete vogel,' prijst Jabba, en ze streelt voor de zoveelste maal de grijze verenpracht, drukt de papegaai tegen haar wang kust en liefkoost hem.

Alex zegt: 'Je houdt van hem, hè?'

Een glimlach glijdt over haar gelaat. 'Hoe raad je het?'

'Dat zie ik toch.'

Een licht verwonderd: 'O, zie je dat?'

'Anders zei ik het niet,' zegt hij, en hij denkt: Jabba verandert door die vogeltjes in een geheel andere vrouw. Niet meer die kribbige kattigheid, die sneren, dat verbeten uitvallen. Jabba, wie kent haar innerlijk wezen? Zouden zijn bezoekjes iets voor haar betekenen? Ze moedigt het niet aan ze houdt het niet af.

Plots klinkt Jabba's stem met weer een verbeten klank erin: 'Als je de mensen leert kennen, krijg je de dieren lief.'

Ja, wat moet hij daarop zeggen – dat hij daar heel anders over denkt? En weer rijst in hem de vraag: betekent hij – in haar oude vereenzaming – een beetje troost voor haar?

Plots zegt Jabba, en het is of ze zijn gedachten leest: 'Weet je, ware troost vind ik bij Gods koorknapen.'

'Gods koorknapen?'

'Ja, Gods koorknapen, zo noem ik mijn vogeltjes. Moet je horen, alles zingt en kwinkeleert. Weet je, ze moesten het eeuwige leven hebben.'

'Ga je niet wat al te ver in je enthousiasme? Vogeltjes gaan ook dood, net als wij.'

Er valt een stilte tussen hen. Jabba staart voor zich uit en onbewust strelen haar handen keer op keer de papegaai. Gedachten tollen door haar hoofd, een onzegbare moeheid trilt boven haar schedel uit. Hoe moet ze hem uitleggen wat ze voelt? Die soms wurgende greep van de verstikkende eenzaamheid, ondanks al het gekwetter en getierelier van haar gevederde vriendjes. O, ze weet het wel, na Caspers dood heeft ze bewust alles en iedereen de rug toegekeerd, maar nu? Ze ziet zijn blik op haar gericht, Alex Guldemond, een man in de kracht van zijn leven, hij ziet alles zo anders, en da's maar goed ook. Zachtjes zegt ze: 'Als je oud bent, ben je voor niemand meer nodig, en ik weet het wel; ik heb iets in me waardoor niemand om me geeft. Daarom denk ik ook aan niemand, alleen aan mezelf en aan mijn vogeltjes. Puur egoïsme, ik weet het. En hoe anderen daarover denken of praten, laat me koud.'

Maar hij denkt: je houdt je groot. Onder haar praten door ziet hij een floers in haar ogen, en haar lippen beven. Jabba is soms net een cactus, ze prikt aan alle kanten, maar ze heeft dat onbevreesde in zich, dat hij zo bewondert. Hij sust: 'Kom, kom, schat je jezelf niet wat te laag in? Geen mens is volmaakt.'

Een smalend lachje en op een plagerig toontje: 'Ook Veldschut niet?'

Hij schiet in de lach. 'Ook Veldschut niet.'

En daarmee komt het asiel weer ter sprake en zegt zij op een plotseling toegevend toontje: 'Als we Veldschut nou eens uitnodigen?'

Hij, stomverbaasd: 'Uitnodigen? Waar?'

'Hier.'

'Hier?' Het is alsof-ie het in Keulen hoort donderen. Hij kent haar antipathie jegens Veldschut, en nu ineens wil ze hem uitnodigen? 'Kranig van je,' zegt hij verwonderd.

Twee gezichten die elkaar naar innerlijke gevoelens aankijken, en smalend klinkt het: 'Kranig of niet, zo kan het niet langer. Er moeten spijkers met koppen geslagen worden, en we moeten tot een besluit komen.'

Denkend aan Veldschut zegt Alex: 'Daar zijn er twee voor nodig.'

'Krauw,' roept de roodstaart alsof-ie ermee instemt, en dan spreidt hij zijn vleugels en vliegt hij een rondje door de salon, en Jabba zegt: 'Het lijkt wel of-ie het verstaat. Ik ben benieuwd hoe hij erop zal reageren.'

Alex bemerkt de verandering in haar wezen, hoort in haar stem de klank van hoop en verwachting. Zou Jabba nu echt denken dat Veldschut... Hij zegt: 'Afwachten maar. Veldschut, al zou-ie het willen, de man heeft het niet voor het zeggen, en twee wegen tegelijk bewandelen is er al helemaal niet bij.'

De papegaai vliegt nog een paar rondjes, landt in een fraaie boog boven op zijn kooi, en zet het op een krijsen. Alex slaat beide handen voor zijn oren en verzucht: 'Mijn hemel, dat gekrijs gaat door merg en been.'

'Kerels kunnen nergens tegen,' zegt Jabba onverschillig. Ze komt uit haar stoel overeind, pakt de papegaai, zet hem in zijn kooi terug, keert zich naar Alex en zegt: 'Dat doe ik voor niemand, alleen voor jou.'

Hij, in kregelige plaagzucht: 'Lig ik je zo na aan het hart?' Tegelijk schrikt hij van zijn eigen woorden, dat had hij beter niet kunnen zeggen. Jabba en mannen, wat hij ervan weet, als een smet drukt het op haar ziel.

Daar heb je het al: een minachtend gesnuif. 'Kerels,' zegt ze, 'd'r deugt er niet één.'

Pats, die kan hij in zijn zak steken. In een zwakke poging zegt hij: 'Mooi gezegd, Jabba. En de vrouwen? Dat zijn allemaal engelen?'

Vrouwen... Voor haar ogen ontstaat een zwarte vlek met witte letters: Casper... Haar val, die alles wat mooi en goed tussen hen was met zich meesleurde. Toch vergaf hij haar die misstap, nam haar in bescherming voor de boze buitenwereld en voedde Rinus op als zijn eigen kind. Casper was groot in zijn edelmoedigheid, maar ondanks dat besef vindt ze niets in dat steeds verder afdrijvende verleden waaraan ze zich in verloren hoop kan vastklampen. En David, haar pleegzoon, wat verwacht ze van hem? Ach, ze moet niet piekeren, ze kan alles wel zien als een verloren illusie, maar ze is een oude vrouw die met beide handen moet koesteren wat ze heeft: haar vogeltjes, haar huis, waarop niet voor niets de geschilderde tekst staat: *Carpe diem.*

Jawel, pluk de dag, maar toch is er een weten dat de tranen in haar ogen doet springen. Haastig wendt ze haar hoofd af, Alex Guldemond hoeft dit moment van zwakte niet te zien, en ze norst: 'Engelen? Hoe denk je d'r zelf over? Maar om op ons gesprek terug te komen: als ik Veldschut uitnodig, ga jij dan het gesprek met hem aan?'

Hij, kortaf: 'Veldschut, hier? Dat kun je toch niet maken.'

'Schikt het je donderdagavond?'

'Dan moet Veldschut eerst ook nog kunnen en willen.'

'Dat laat ik aan jou over.'

'Pardon, van wie komt dit plan?' zegt hij hoofdschuddend.

Jabba, ze vraagt niet, ze doet maar.

'Meestal verstaan mannen elkaar onderling beter,' licht ze toe.

Hij sputtert tegen: 'Mooi gezegd, maar je schuift het wel in mijn schoenen.'

Een peinzende blik, en plots glijdt er een glimlach over haar gelaat. 'Mijn gevoel zegt dat jij de enige bent die dit gesprek aankan.'

Die Jabba toch. Veldschut, wat kent hij die man? Maar toch, Jabba die in hem – Alex – haar vertrouwen stelt, dat is iets bijzonders. En in hem de vraag: ben ik trots, ongelukkig of blij met dat antwoord?

'Nou, wat doe je?' vraagt ze met een vorsende blik en een ongeduldige handbeweging.

Het kriebelt hem, daar heb je d'r weer, en hij denkt: ze koeioneert me alsof ik een snotneus ben. Maar tot zijn verwondering zegt hij toch: 'Goed, als jouw plan lukt, dan zal ik het woord wel doen, en verder is het afwachten.'

Ze gaat niet op zijn praat in, richt al haar aandacht op de vogeltjes en zegt: 'Ze gaan in de rui, dat wordt alle dagen veertjes opvegen.'

Hij kijkend naar haar frêle gestalte vraagt: 'Moet jij dat doen?'

Zij, op een koel toontje: 'Wie anders?'

Jabba schrikt op uit haar middagdutje en kijkt om zich heen. Wat was dat voor geluid? Vlug schiet haar blik langs de kooien. Daar is niets aan de hand, de vogeltjes tjilpen en twinkelen dat het een lieve lust is, dat stelt haar gerust. Ze richt zich wat hoger in de schouders en luistert scherp. Er klinken voetstappen in de gang en de deur zwaait open. Rinus' grove, bonkige gestalte staat op de drempel. 'Dag moeder,' zegt hij, en hij loopt de salon binnen. 'Ik dacht, ik laat m'n neus weer eens zien. Hoelang is het geleden dat ik hier was? Drie, vier maanden? Waarachtig als ik het nog weet.'

Rinus! Ze knijpt haar ogen tot spleetjes, onderzoekend glijdt haar blik langs zijn gestalte. Rinus is een beer van een vent, grof van bouw, grof van uiterlijk en traag in doen en laten, en eigenaar van een schapenbedrijfje dat toentertijd nog op voorhand is gekocht door Casper. Toen ze verbaasd vroeg waarom hij dat deed, was zijn antwoord: 'Rinus is geen leerhoofd zoals David, en hij zal in de toekomst toch wat moeten.'

Zij antwoordde verwonderd: 'Jij wilt van Rinus een boer maken?'

Casper, op aarzelende toon: 'Het is allicht te proberen.'

Zij had Rinus' beeld voor ogen, met zijn soms grove onredelijkheid tegenover anderen, tot op het beledigen af, en ging ertegen in: 'Een boer kun je niet maken, als boer word je geboren.'

Casper hield vast aan eigen mening: 'Het is altijd te proberen, en daarom heb ik op voorhand de Eben-Haëzer voor hem gekocht.'

Ze stond perplex. De Eben-Haëzer, een kleine stee aan het eind van Poolland, en ze riep verwonderd uit: 'Dat spulletje van Dirk Lont?'

Casper, met gefronste wenkbrauwen: 'Ja, dat. De Eben-Haezer, de steen van God – je zou ook kunnen zeggen: Gods kerk. Niet dat ik daarin geloof, maar Dirk Lont heeft er jaren geboerd, en naar horen zeggen heeft hij d'r ook nog heel wat aan overgehouden.'

'Naar horen zeggen,' ging ze er spottend tegenin. 'Met schapen?'

Casper, diep overtuigd: 'Met schapen, inderdaad.'

Ze wilde zeggen: 'Man, jij als stadsmens, ze kunnen jou van alles op de mouw spelden. Wat weet je ervan?' Maar in plaats daarvan zei ze: 'Ik zie het meer als weggegooid geld.'
Stilte tussen hen, en Casper, vechtend tegen een gevoel van vernedering, zei: 'Ik dacht dat je hierin naast me stond. Die jongen moet toch wat in de toekomst, maar als ik je zo hoor...'
Voor ze iets terug kon zeggen, liep hij de kamer uit. Hij bleef de verdere avond op zijn kantoor, en zij bleef met een gevoel van bitterheid zitten met de vraag: waarom heeft hij op eigen houtje beslist, haar niet in vertrouwen genomen?
Casper is altijd goed voor Rinus geweest, soms te goed, maar of dat jong het waardeert? Ze zet er vraagtekens bij. Rinus heeft niets van haar en vanzelfsprekend ook niet van Casper, hij is op en top zijn biologische vader, ook zo'n rauwdouwer, en naarmate Rinus opgroeide, heeft ze zich meerdere malen afgevraagd: wat heeft me toentertijd bezield?
Rinus buigt zich naar haar toe, drukt een kus op haar wang. 'Je ziet bleek, moeder. Voel je je wel goed?'
Rinus die notitie van haar neemt, hoelang is dat geleden, twee, drie jaar? Ze houdt er geen boek van bij, maar lang geleden is het wel. Snibbig valt ze uit: 'Ik, bleek? Ik mankeer niks.' Of toch?
Veldschut liet in een keurig schrijven weten: een interessant plan, maar helaas kon hij op haar invitatie niet ingaan. Het was alsof ze een klap in haar gezicht kreeg. Ze liet Alex de brief lezen en diens commentaar was: 'Ik was er al bang voor. Hoe goed je het ook bedoelde, het was niet mogelijk. Geloof me, de man zat er verlegen mee. Er wordt al gauw gesmiespeld: belangenverstrengeling.'
'Wat?' stoof ze beledigd op. 'Belangenverstrengeling? Gemeentepolitiek, dat is het, en als jij het anders ziet, ben je volgens mij hartstikke blind.'
Hij haalde zijn schouders op en zei: 'Ik kom wel weer bij je terug als je voor rede vatbaar bent. Dag Jabba.'
Dat heeft hij gezegd, en tot nu toe heeft ze hem niet meer teruggezien. Het maakt haar onrustig... Zal ze Rinus in vertrouwen nemen, hem alles vertellen?
Ach kom, ze moet beter weten. Rinus en zij zitten niet op een lijn, dat was vroeger al en dat is nog zo. David, haar pleeg-

zoon, lag haar beter, hoewel die ook zijn eigen weg is gegaan en het al jaren geleden is dat ze iets van hem heeft gehoord. Rinus staat wijdbeens, een breed, krachtig, wat gedrongen figuur, als een gorilla. Verbijstering valt over haar heen dat ze dat nu pas ziet. Narrig valt ze uit: 'Blijf je staan of ga je zitten?'

Rinus gaat zitten en kijkt in het rond. Kooien, overal kooien, en dan al dat gekwetter. En daar zit zijn moeder dag en nacht tussen, hem maakt het tureluurs. Driftig valt hij uit: 'Mens, wat doe je toch met al die vogels?'

Ze veert rechtop: 'Daar heb jij toch geen last van?'

'Nee, dat niet, maar je zou wel een beter leven kunnen krijgen. Kijk eens om je heen hoe je leeft, een pracht van een huis met zo veel kamers, en jij sluit je op met een zootje vogels in de salon.'

'Da's mijn zaak.'

Juist, haar zaak. Maar hij is niet vergeten dat ze bij zijn laatste bezoek op haar tenen stond, zich moeilijk in evenwicht houdend op een stoof, met spijkers en een touwtje om de zoveelste kooi op te hangen. 'Ben je nou helegaar,' viel hij uit. 'Geef hier die hamer.'

Met een rood hoofd van inspanning keek ze om, en verwonderd zei ze: 'Goedemorgen, wat doe jij hier?'

Hij, toch enigszins ongerust: 'Kom van die stoof af voor je je nek breekt.'

Zij, meesmuilend: 'Da's net een keer te veel.'

Rinus schoot in de lach. 'Je bent een taaie moeder.' Hij hielp haar van de stoof af, sloeg een kram in het hout, hing het kooitje op en zei: 'Nog geen vogeltjes genoeg?'

Terstond diende ze hem van repliek: 'Jij je schapen, ik mijn vogels, en hou verder je mond.'

'Al die vogels, het kost handenvol geld, tropisch zaad, parkietenzaad, snoepzaad, krachtvoer en wat al niet meer,' zegt hij nu, en uit de grond van zijn hart voegt hij eraan toe: 'Vogeltjes en de rotzooi die ze maken, ruim ze op en neem een hond.'

Ze voelt het als een aanslag op zichzelf. Wat weet hij van het treurige gevoel van eenzaamheid dat haar op sombere dagen overvalt en de troost die ze dan vindt bij haar kleine zangers? 'Hè ja, een hond, laat jij hem dan uit?'

Hij, plots met zijn gedachten bij de chauffeur van de dierenambulance, reageert: 'Da's een mooi werkje voor je huisvriend.'

'Huisvriend?'

'Ja, die Guldemond, zo heet hij toch?' Alex Guldemond heeft een topbaan, een eigen huis, een dure auto en een mooi vrouwtje. Zo zie je maar, als je centjes hebt, vallen ze als een blok voor je. Alex komt geregeld bij Rinus de boel controleren. Er was laatst een klacht binnengekomen, en samen stonden ze in de stal.

Hij – Rinus – daagde uit: 'Wat voor klacht? Schoon stro, schoon hooi, vers water? Vertel op, wat mankeert eraan?'

Alex tikte hem op de schouder. 'De reden? Je moet je stal meer luchten. Er hangt een scherpe ammoniageur en dat verpest de hele omgeving, en op den duur worden je dieren er ziek van.'

Hij norste: 'Dat zal zo'n vaart niet lopen, het zijn schapen, ze zijn liever buiten dan binnen.'

Guldemond hield voet bij stuk: 'Ik zeg het je geen tweede keer.'

Hij sarde: 'Schrijf je dan een boete uit?'

Guldemond, plots vertrouwelijk: 'Doe nu maar wat ik je zeg, Rinus, dan gebeurt er niks.'

En weg was Guldemond, en Rinus, staand bij het hek, keek hem na. Een dure Mercedes, een mooi huis en een mooie vrouw, bepaalde dat de waarde van een man zijn leven? Gramschap stak de kop op. Waarom was hem dat geluk niet beschoren? Een vrijerijtje hier, een scharrelpartijtje daar en dat was het. Nee, dan David, zijn pleegbroer. Die vrijer heeft het geschoten. Registeraccountant, getrouwd met een kinderarts en naar het buitenland vertrokken, Brazilië, Mexico, waarachtig als hij het weet, al jaren dat ze niks meer van hem hebben gehoord.

David, de geslaagde man in het leven, maar David heeft een goed stel hersens, en hij – Rinus – is niet zo'n uitblinker. Elk initiatief ontbreekt hem en dat is altijd zo geweest. Nee, dan zijn moeder, die deed het in haar jonge jaren beter. Die sloeg Cannegieter aan de haak, een makelaar met poen in zijn knip, die hem – Rinus – ook nog eens heeft grootgebracht als een eigen zoon en toentertijd met de allerbeste bedoeling een boerderijtje voor hem heeft gekocht, met de gedachte Rinus een toekomst te geven als schapenboer. Zijn moeder dacht er het hare van, en ze kreeg gelijk: hij is niet voor boer in de wieg gelegd. Al zolang hij boert heeft hij meer schulden dan verdiensten, en het is zijn moeder die hem financieel op de been houdt. En hij vraagt zich weleens af waarom ze het doet. Om de nagedachtenis aan Cannegieter hoog te houden?

Zij praat er niet over, hij vraagt er niet naar. Casper Cannegieter was een prima kerel, een groot hart en goedgeefs, maar die periode is voorbij en voor Rinus is het een gesloten boek.

'Alex een huisvriend,' klinkt de stem van zijn moeder, die zijn gedachten op de vlucht jaagt: 'Wees wijzer. Een dierenvriend, dat wel.'

Juist, wees wijzer. Rinus denkt aan Alex en hemzelf samen in de stal. Alex commandeert, hij knikt van ja en amen en denkt intussen aan diens vrouw, Lara. Haar beeld spookt door zijn kop en een vlaag van begeerte slaat door hem heen. Zo'n mooi wijf in je nest toveren? Desnoods heeft hij heel zijn bedrijf ervoor over. Hij trommelt met zijn vingers op de stoelleuning en vraagt zijn moeder: 'Komt-ie nog weleens hier?

'Wie?'

'Guldemond natuurlijk,' zegt hij, en een tikje spottend: 'Net als jij een dierenvriend.'

Ze gaat op zijn vraag niet in, is er een beetje verlegen mee. Hoelang heeft ze Alex niet gezien? Vijf, zes weken? Heeft ze hem zo gekwetst toen ze dat tegen hem zei? Moet ze de schuld niet bij zichzelf zoeken? Maar iedereen laat toch weleens onbedacht een woordje vallen waar hij later spijt van heeft? Ook zij. Alex, stel je voor dat hij... Ze voelt angst, zo heeft ze het niet bedoeld. Ze moet het met hem uitpraten. Ondanks haar scherpe tong smeekt alles in haar om een beetje troost en begrip.

Ze verschuilt zich achter een leugentje: 'Dinsdagmiddag was hij nog hier.'

Je liegt, oudje, flitst het door hem heen, want dinsdagmiddag stond Alex Guldemond bij hem in de stal. Maar om dat zijn moeder voor de voeten te gooien, daar voelt hij ook niet voor, en hij zegt: 'Ach zo.' En pal daarop: 'Red je het nog een beetje, moeder? Zo'n groot huis?' Waarin hij – Rinus – zich altijd een meelopertje heeft gevoeld, maar om dat nu plompverloren te zeggen. Zometeen komt hij met de ware reden op de proppen, al valt het hem deze keer wel zwaar. Moeder is een oude vrouw, als er één het leven kent, is zij het. Plots breekt het zweet hem uit.

O, die verdomde eenzaamheid al die jaren alleen op de boerderij. Zou zij die gevoelens ook kennen? Nooit dat ze daar een woord over rept. En zeg geen kwaad woord over haar vogeltjes, want dan krijg je de wind van voren, is het van: 'Houd jij je bij de schapen, ik hou het bij mijn vogeltjes.'

Wat zegt ze nu: 'Waarom opeens al die belangstelling? Trouwens, je weet het wel, ik woon en leef in de salon. Al de overige kamers zijn op slot. Ik denk weleens: wat moet ik ermee?'

Hij, kalm treiterig: 'Je zou een pension kunnen beginnen, 't zal zijn centjes opbrengen.'

Ze kift: 'Op mijn leeftijd? Ik geloof dat jij gek bent.' Wat hij ziet als rijkdom, denkt ze, drukt op mij als een molensteen. Heel dat verleden met Casper en zijn edelmoedigheid tegenover mij is een last om te moeten dragen.

Hij kriegelt: 'Ach mens, kun je niet tegen een grapje?'

Ze bitst: 'Als dat jouw grapjes zijn, houd ze dan voor je.' Peinzend glijdt haar blik over zijn stoere gestalte. Haar zoon. Als hij nu ook zo stoer was als hij eruitzag, maar dat is hij nooit geweest, altijd leunen en steunen op andermans schouder. Voorheen Casper nu zij. En ze kent zijn tactiek, langs een omweg komt hij precies waar hij wezen wil. Rinus is niet verstandig, maar wel leep. Plots valt uit haar mond: 'Wanneer ga je 's aan de vrouw?'

'Hè, wat? Ik?' Verbluft kijkt hij haar aan. 'Hoe kom je daar ineens op?'

'Nou, me dunkt, je bent al aardig over de dertig.'

'Dan moet ze wel je pad kruisen,' zegt hij. Het beeld van Lara Guldemond verschijnt weer op zijn netvlies. Drift slaat door hem heen, potdomme, waar is-ie mee bezig. Lara Guldemond is een getrouwde vrouw.

'Het is de levensroeping van ieder mens.' Pats, zijn moeder. Het ligt op zijn tong te zeggen: 'Naar wat ik weet had jij daar vroeger geen moeite mee.' Maar hij zegt: 'Moeder, luister eens... Ik eh...'

'Kom om geld,' valt ze hem in de rede. 'Hoeveel heb je nu weer nodig?'

Hij voelt zich door haar overvallen en zegt verschrikt: 'Een paar duizend.'

'Welja, of het niks is,' zegt ze, en dan fel: 'Hoe kom jij toch altijd zo op zwart zaad?'

Hij weert: 'Het liep dit jaar alles tegen. Hooi en voerbieten verrot door al die regens, en nog een aantal rekeningen van de dierenarts, en de polderlasten verhoogd. Wees eerlijk, moeder, daar valt niet tegenop te boeren.'

Hoor daar, Rinus en eerlijk, als ze niet oppast, kleedt hij haar bij d'r leven al uit. Ze heeft nog wel een aardig centje op de bank, maar daar heeft ze andere bedoelingen mee. Als het asiel niet van de grond komt, dan... Want na die mooie brief van meneer Veldschut heeft ze geen enkel vertrouwen meer in de gemeenteambtenaren. Als je ze hoort hebben ze stuk voor stuk dringender zaken aan hun hoofd, en dierenliefde, daar hebben ze nooit van gehoord. En Alex, waar hangt die uit, al weken heeft ze hem niet gezien. Is het haar eigen schuld of is er meer aan de hand? Een vraag die haar hoofdbrekens kost.

Rinus vraagt zacht en benepen: 'Kun je me helpen, moeder? Als in het najaar de lammeren zijn verkocht, betaal ik je tot de laatste cent terug.'

Een hatelijk lachje: 'Dat verhaaltje heb ik meer gehoord.'

Hij hoort het al, het zal niet van een leien dakje gaan. Plots onzeker zakt hij wat onderuit, al heeft ze hem – na lang bidden en smeken – nooit in de steek gelaten. Moeder is een harde als je om centen komt. Maar die vogeltjes zitten aan d'r hart gebakken, die gaan voor alles. Desnoods geeft ze daar d'r laatste cent aan uit.

O, die rotvogels. Als-ie de moed had, zette hij al die kooien open. Vrijheid en blijheid voor mens en dier. Hij vraagt zich af of ze het ooit zal inzien, zijn moeder, die op haar eigen vrijheid zo gesteld is, haar eigen leventje leidt en alles en iedereen de rug toekeert. Hij schiet in de verdediging: 'Het zijn moeilijke tijden, moeder. Dan dit, dan dat, en al een paar jaar waarin het niet voor de wind gaat.'

Kon ze hem maar geloven. Als kind hing hij aan haar rokken, vertelde haar alles open en eerlijk, maar naarmate hij ouder werd, trok hij zich meer en meer in zichzelf terug, en het was Casper die als enige nog een verstandig woord uit hem kreeg. Casper die uit bezorgdheid dat boerderijtje kocht en in Rinus geloofde. Maar zij kan het niet meer en ze zegt: 'Geld wegsmijten, dat wordt nooit wat.'

Ze heeft het wel goed gezien en nog beter voorvoeld. Rinus, haar eigen kind... Soms worstelt ze met het idee dat haar eigen bloed haar vreemder is dan haar eigen ik. Zie hem daar nu onderuitgezakt zitten, de kin op de borst als een brok wanhoop. Is dat een kerel? Als ze een zweep had, sloeg ze hem overeind.

Nijdig valt ze uit: 'En Blauwboer en Willems dan, die zijn toch ook schapenboer? Naar ik weet heeft de een pas een nieuw huis laten bouwen en de ander een kapschuur. En jij maar klagen en je hand ophouden. Hoe moet ik dat rijmen?'

Hij stuift op. 'Wie zegt dat?' Zijn moeder komt al jaren de deur niet uit, en toch weet ze overal van. Hij vraagt zich weleens af, wat dat dierenasiel betreft, in wat voor warwinkel ze met haar gedachten is geraakt. Voor hem is het klinkklare nonsens.

'Dat doet er niet toe, geef liever antwoord op mijn vraag.'

Met gefronst voorhoofd kijkt hij voor zich uit, dan zegt hij heftig: 'Da's geen vergelijk, moeder. Het zijn boeren met gemengde bedrijven van pakweg veertig tot vijftig hectare, en als het van de schapenteelt moest komen, zouden ze het nooit redden. Ze houden de dieren alleen om de ringdijk af te grazen, en in het najaar gooien ze d'r een ram bij. Lammeren komen er toch wel en zo snijdt het mes aan twee kanten.'

'O, is het dat?' Ze schuifelt wat op haar stoel heen en weer. Ze is niet bang van nature, maar nu is er toch iets in Rinus' gezicht waar ze voor op haar hoede is.

'Ja, dat is het,' klinkt het gesmoord. 'En dan kom ik aan met mijn vierenhalve hectare. Trek eens een vergelijk, moeder.'

Rinus springt op en loopt heen en weer, in de baan zon die door het raam valt, werpt zijn grote schaduw tot aan haar voeten. Dan gaat hij met een plof weer zitten, in elkaar gedoken alsof hij het koud heeft. En zij, ondanks dat ze weet dat hij de ware boer niet is, maar toch getroffen door zijn woorden, zegt: 'Het spijt me, er is natuurlijk een verschil tussen grote boeren en kleine boeren. Zo heb ik het nooit gezien.'

Een grimmig lachje: 'Nee, hoe zou je? Jij bent een kind van een turfsteker.'

Die woorden komen aan, bezeerd stuift ze op: 'Dat hoef je me niet voor de voeten te gooien.'

Een onverschillig schouderophalen: 'Mens, trek het je toch niet zo aan, wat geweest is, is geweest. En kijk eens om je heen: je leeft in weelde.'

Rinus kijkt naar zijn moeder en ziet een oude vrouw die haar leven slijt tussen die verdomde vogels, geen tv, geen radio, heel het buitengebeuren gaat aan haar voorbij. Er schimpt iets door zijn geest. Cannegieter, die het toentertijd zo goed met hem bedoelde. Een geluk dat de man dit niet meemaakt.

Jabba's gedachten schieten ook heen en weer. Een turfstekerskind, van armoede naar weelde, Cannegieter... Is het dan toch zoals Rinus het zegt? Rinus, het kind verwekt in zonde en verboden liefde, Rinus, eens het hoogtepunt en pal daarop de diepste val in haar leven. En Casper die in zijn edelmoedigheid hen allen bij elkaar heeft gehouden. Wat wauwelt Rinus nu weer?

'Als je me het geld niet wilt of kunt geven, geef ik er de brui aan, verkoop ik het hele zootje. Ik heb nooit van boeren gehouden, dat weet je. Het was Cannegieter die het me heeft opgedrongen, en ik wilde de man niet teleurstellen. Begrijp je, moeder?'

Of ze het begrijpt. Zij heeft het wel goed gezien en heeft Casper meerdere malen hierover haar mening gezegd, maar Casper was niet te vermurwen, die zei: 'Hij moet toch wat?' Juist, hij moest toch wat, en waar draait het op uit?

Ze heeft het gevoel of het verleden haar weer inhaalt, en haar hart bonst met zware slagen als ze zegt: 'Nou, nou, dat zijn grote woorden, heel je hebben en houwen verkopen, en waar moet je dan naartoe?'

'Weet ik 't. Misschien emigreren, Canada, Australië.'

Canada, Australië? Of-ie Chinees tegen haar praat! Nijdig valt ze uit: 'Is je verstand op de loop? Kraam toch niet van die onzin uit, en gooi niet weg wat je hebt.'

'De Eben-Haëzer?'

'Juist ja.'

'En steeds weer opnieuw in de schulden?'

Ze stuift op: 'Toon je toch 's wat meer een kerel en ga over op landbouw.'

Ja hoor, zijn moeder heeft er ineens verstand van. Weet zij veel, die leeft in haar eigen wereld. Nors valt hij uit: 'Landbouw op vierenhalve bunder, plus al die bijkomende lasten, daarvan kan een mens niet leven.'

Zij, kattig: 'En van schapen ook niet, zei je net.'

Hij gaat er niet op in, staart dof voor zich uit. Moeder is vandaag een taaie, maar zolang hij boert, houdt hij bij haar zijn hand op, en daardoor is hij niet bij machte haar commentaar hierover van zich af te schudden. En ach, feitelijk wil hij dat ook niet. Dit is voor hem de makkelijkste weg. De bank, daar loopt-ie liever aan voorbij, zolang zijn moeder... Zijn blik glijdt door het vertrek. Waar hij ook kijkt, overal zijn kooien, en verder alleen het nodige meubilair. Een spiegelkast, een houten tafel met rondom vier stoelen, een schemerlamp, een voetenbankje, een theetafel met wat serviesgoed, een eenpersoonsbedje en als enige luxe twee zware crapauds waar je tot aan je middel in wegzakt.

De mensen in het dorp die beweren dat zijn moeder aardig op weg is een zonderling te worden, hebben gelijk, en al dat stomme gedoe over dat dierenasiel... Verdomme. Een vlaag van drift slaat door hem heen, trilt na in zijn polsen. Als-ie de moed had, stak hij er een stokje voor, desnoods met geweld, maar dat heeft hij niet, daarvoor heeft hij haar nog te veel nodig.

'Moeder.'

'Ja.' Ze rilt, trekt haar vest wat vaster om zich heen. Het is kil in de salon. Ze werpt een blik naar buiten en ziet een somber grauw wolkendek. Nog even, dan moet de verwarming aan.

Hij, een tikkeltje bezorgd: 'Heb je het koud?'

Zij: 'Ach, een beetje rillerig.'

'Zet de verwarming aan.'

'Dat wordt te warm voor de vogels.'

'Wat? Gaan die vogels boven jouzelf?'

'Wat weet jij nu van vogels?' vraagt ze minachtend.

'Dat sommige boeren ze wel dood kunnen kijken, vooral gan-
zen.'
Een minachtend gesnuif. 'Boeren, een slag apart,' zegt ze, en
pal daarop: 'Nou, vertel op: hoeveel heb je nu weer nodig?'
Hij vat moed, nu ze er zelf over begint, en zegt: 'Tweeduizend.'
'Toe maar, tweeduizend, alsof het niks is.'
'Ik heb je toch gezegd dat ik het terug zal betalen.'
Ze wil zeggen: 'Dat praatje ken ik', maar bij het zien van de
zorgelijke trek om zijn mond en de diepe schaduw onder zijn
ogen zegt ze: 'Je kunt nog altijd beter geven met een warme
hand dan met een koude.'
Verheugd springt hij op. Hij wint zomaar het pleidooi door
haar ommezwaai van denken! Rinus buigt zich naar haar
toe en wil haar kussen.
Ze trekt zich terug: 'Niet doen, ik ben niet vrij van hoofdpijn.'
'Jij, hoofdpijn? Daar heb ik je nooit over horen klagen.'
'Dan hoor je het nu.'
Hij wil zeggen: 'Dat komt door die vogels, altijd dat gepluk
in die veren...', maar zegt: 'Slik een paracetamol. En eh...
wanneer krijg ik het geld?'
'Zo gauw mogelijk.'
Hij denkt aan het dwangbevel. 'D'r is haast bij, moeder.'
'Overmorgen.'
Hij lacht in totale opluchting: 'Da's goed. Tot overmorgen
dan, en vergeet niet een paracetamol te nemen.' Weg is hij.
'Krauw,' schreeuwt de roodstaart luid als in protest, en
Jabba staart verslagen naar de dichte deur. Tranen van ge-
krenktheid branden in haar ogen. De woorden 'Dag moeder'
konden er niet eens af.

HOOFDSTUK 3

Het is stil in het makelaarshuis. Buiten schreeuwt de wind langs de muren en ramen en in de wijd uitwaaierende takken van de lindeboom. Binnen heeft Jabba al vroeg de koffieboel opgeruimd. Ze slaat een blik op de klok: het is nog geen negen uur. Weer zo'n lange dag van eenzaamheid, waarin ze zal tobben over het wegblijven van Alex Guldemond, en iedere dag stelt ze zichzelf de vraag: 'Waar hangt die vent toch uit?' Maar vooral tobt ze over het waarom; wat zit erachter? Tegelijk zegt haar geweten: dat weet je heel goed, je kent de reden, je hebt hem met je woorden diep beledigd, en wil je het weer goed hebben tussen jullie, dan zul je hem je excuus moeten maken. Maar dat valt haar zwaar, want de weinige verontschuldigingen waartoe ze zich in haar leven heeft vernederd, waren allemaal bedoeld voor Casper Cannegieter. Verder heeft ze nooit iemand haar excuses aangeboden.

Caspers beeld zweeft voor haar ogen. Iets van hem vindt ze in Alex terug, en misschien is dat de reden dat zijn woorden over het dierenasiel voor haar zo'n gewicht in de schaal leggen. Het piekeren hierover houdt niet op en maakt haar onzeker.

Ze schuifelt door de salon, blijft even staan, wrijft mat haar hand langs haar voorhoofd. Het is niet prettig, die zwaarte achter haar ogen. Wat zei Rinus ook weer? 'Je bent aan een nieuwe bril toe, moeder, maar je schuift het voor je uit, hè?'

En ach, ze weet het zelf wel, Rinus heeft geen ongelijk. Maar de ware oorzaak is dat ze 's nachts geen oog dichtdoet, en maar piekeren en piekeren, luisterend naar de geluiden rondom het huis, het ruisen van de regen op het dak, het schuren van iets langs de muur, het angstig piepen van... ja, van wat? Een vogeltje gegrepen door een uil vanonder de dakgoot, een veldmuis door een egel. Dan breekt het denken aan Alex de baan, Alex en het asiel. Zo strak en stram heeft ze al die tijd geleefd alleen met die gedachten, het enige wat haar leven in zijn nadagen nog de moeite waard maakt.

In haar beweegt een kleine pijn en de vraag of als haar tijd daar is, zal Hij dan in Zijn barmhartigheid alsnog voor Jacoba Barends Zijn hand lichten, voor ze over het grote water vertrekt naar de overkant?

Vóór Alex hier over de vloer kwam, waren er stille uren waarin ze in haar herinneringen omkeek naar het dorp van haar jeugd. Nu zijn die herinneringen verjaagd door het plan voor de bouw van een dierenasiel.

Ze kijkt in het rond, haar gezicht weerkaatst in de spiegel, een mooi stukje antiek waar het weer in zit, net als in haar gezicht: een en al rimpels, grijze haarslierten langs haar hoofd... Een smoezelige jurk waaraan een knoop ontbreekt, een grijs slobberend vest. Ach, waarom zal ze zich opknappen, voor wie, voor wat?

Ze bijt op haar knokkels, ziet zichzelf ineens als een oud, aftakelend schip. Ze schuift de vitrage wat opzij. In de verte snuffelt een hond aan een vuilnisbak, verder ziet ze niets dan een verlaten leegte. Wat had ze dan gedacht; Alex? Ze kijkt nog eens uit het raam, ze zoekt naar iets, voelt zich heen en weer geslingerd tussen twijfel en hoop, verlegt de krant, verplaatst een plantje en speelt met de gedachte dat als ze over hem wat wil weten, ze de deur uit zal moeten. Daar schrikt ze voor terug, want hoelang is dat geleden? Drie, vier jaar? Hoeveel vingers zullen haar nawijzen en de roddel doen oplaaien? Dat verleden waar ze niet van loskomt. Ze blijft nog liever voor altijd binnen dan dat ze daar weer mee geconfronteerd wordt.

Jabba heeft haar zaakjes prima op orde. Dat is het voordeel van geld hebben. Haar boodschappen laat ze bezorgen door de supermarkt in de nabijgelegen stad, waar niemand haar kent. Daarvoor betaalt ze wekelijks een forse som bezorgkosten, maar dat vindt zij geen bezwaar. Ook komt er uit de stad maandelijks een levering van vogelvoer en andere benodigdheden voor haar gevederde vriendjes. Nee, Jabba heeft alles wat ze nodig heeft, zonder dat ze daarvoor ook maar een voet buiten de deur hoeft te zetten.

Ze drentelt wat heen en weer, blijft voor de kooi van de papegaai staan. Ze paait hem door te zeggen: 'zoete vogel', maar de roodstaart geeft niet thuis. Net als de andere vogels is hij in de rui. Driftig plukt hij met zijn snavel de loszittende veren uit zijn wijd uitwaaierende staart, dan zet hij zijn overige veren bol en schudt hij zich uit. Veren dwarrelen in en om de kooi.

'Je maakt er een zootje van,' mompelt ze, maar dan krauwt ze hem opzij van zijn kop en schuifelt ze voetje voor voetje verder. Ondanks dat de vogels in de rui zijn zal ze het raam even openzetten, al gaat het met vrees, want tocht is slecht voor de vogels – net als kippen krijgen ze daarvan het snot. Maar vooruit, ze waagt het erop, misschien verdrijft de wind de zwaarte achter haar ogen. Half hangend uit het raam wrijft ze met beide handen langs haar koud geworden gezicht en ze ademt diep de frisse lucht in. Dat doet haar goed.

'Solliciteer je naar een koutje?'

Een stem die ze uit duizenden herkent. Alex. Vlug trekt ze haar hoofd terug, waarbij ze zich prompt stoot tegen het kozijn, en roept hardop: 'Au!'

Hij sluit het raam, ziet haar rode gezicht waarlangs de grijze haren slierten, en zegt bezorgd: 'Dat moet je niet meer doen, Jabba. Je tocht hier weg, da's slecht voor je, en nog meer voor je vogeltjes.'

Al die tijd heeft ze aan hem gedacht, met de angst in haar hart dat ze hem met haar scherpe tong voorgoed had verjaagd en dat daarmee ook het plan van de baan was, en ze had zich voorgenomen dat als hij terug zou komen, zij haar excuus zou maken, hem zou zeggen dat de fout bij haar lag en niet bij hem, maar op slag is ze dat goede voornemen vergeten en valt ze verbeten uit: 'Allemachtig, leef jij nog?'

Hij grijnst: 'Toevallig wel, ja. Drukte op de zaak en met de verbouwing van het huis.'

'Verbouwen? En naar eigen zeggen heb je zo'n mooi huis!'

'Niet zo mooi als het jouwe, Jabba.' Het makelaarshuis is, met zijn pilaren, de hoge, boogvormige ramen, het brede balkon en de fraaie oprit, een streling voor het oog.

'Ach.' Ze haalt haar schouders op. Alex, net als iedereen in de ban van het makelaarshuis. En zij leeft op een paar vierkante meters van het gigantische pand. Flarden van gedachten dwarrelen door haar geest, rijgen zich aaneen tot beelden, Casper, David, Rinus, een honderdste deel van een seconde doorleeft ze opnieuw de tijd tot in de kleinste bijzonderheden. Dan ebt alles weg uit haar afgetobde geest, maar wat blijft, is haar diepe schuldbesef en het zoeken naar verlichting, dat ze vindt in haar eenzame vrijheid te midden van haar vele zangvogeltjes. 'Verkijk je niet op een mooi huis,' zegt ze slechts tegen Alex.

'En dat zeg jij?' Alex heeft zijn gedachten ondertussen ergens anders. Lara, de naam maalt wanhopig door zijn hersens. Lara loopt het werkvolk voor de voeten, beslist en beveelt. Dat moet zus, dit moet zo, en dat raam moet niet hier maar daar.

De opperman, die haar commentaar al meer dan zat is, houdt zich in en zegt beleefd: 'Mevrouw, zo staat het op de bouwtekening.'

Waarop Lara nijdig reageert: 'Maakt me niks uit, het is mijn huis.'

'Mevrouw, bespreekt u het met de aannemer.'

'Dat zal ik zeker niet nalaten.'

Hij, Alex, net thuis van het werk, kreeg het direct te horen. Opgewonden klonk het: 'Het is mijn huis, en het zal gaan zoals ik het wil.'

Hij voelde zich erdoor overrompeld en dacht voor het eerst: háár huis? Bij Lara is het altijd ik, ik, ik... Vroeger deed die praat hem niks, maar nu wel, en in een plots opbruisend verzet viel hij scherp tegen haar uit: 'Jouw huis? Ons huis, zul je bedoelen. En gedraag je een beetje tegenover die lui. Wil je.'

Woorden die als een slagboom tussen hen vielen, hij zag de verandering op haar gezicht, las de woede in haar ogen. Onbeheerst barstte ze los: 'Trek jij nu partij voor die lui?' Ze gooide de bouwtekening op tafel. 'Daar, als je het beter weet.' Ze liep met opgeheven hoofd de kamer uit.

Hij wilde haar terugroepen, het leek wel of hij haar voor het eerst zag, gleed met zijn gedachten naar de achter hem liggende huwelijksjaren, en dacht met een plots opdoemende helderheid: wat wij hebben is een verstandshuwelijk. Hebben wij toen fout beslist? Hij de baas op de zaak, zij de baas in huis. Maar nooit, in al die jaren, heeft ze enige belangstelling getoond voor zijn werk. En 's avonds als hij thuiskomt vertelt ze alleen de dingen van de dag die haar eigen persoon betreffen; slechts een heel enkele keer komen de kinderen ter sprake. Het gaat bij hem het ene oor in en het andere uit, hij lacht een beetje, tilt er niet te zwaar aan. Het zal wel zijn zoals zij het zegt, en de kinderen schieten er niet bij in. Hij heeft zijn handen vol aan eigen werk. Overvolle dagen, allerlei besprekingen, reizen hier, reizen daarnaartoe, met op de achtergrond het besef dat er thuis een vrouw is die op hem wacht. En ze wacht ook op hem, jazeker, maar met een strakke hooghartigheid in haar houding, die hem prik-kelt tot een woedend verzet. Ze hebben ruzie, elke dag weer, waar hij doodmoe van wordt, en de kloof tussen hen wordt steeds breder.

'Rinus is geweest.' Jabba's stem haalt hem weer bij de dingen van de dag.

Terstond haakt hij erop in: 'Ach zo, Rinus?' Rinus, de scha-penboer van de Eben-Haëzer. Rinus is een boom van een vent, met een nek als een stier en handen gelijk een kolen-tremmer. De kerel banjert met grote stappen over zijn land, schreeuwt, blèrt, zwaait heftig met zijn armen, jaagt vloe-kend en tierend de schapen op. Alex vraagt zich weleens af wat er schuilgaat achter Rinus' ogenschijnlijke onverschil-ligheid.

Jabba drentelt met stoffer en blik door de salon, zoekt steun bij een stoel, laat zich trillerig door de knieën zakken en veegt al mopperend de veren op. 'Veren, overal. Je wordt er niet goed van.'

'Krauw,' schreeuwt de roodstaart alsof hij ermee instemt. En Alex, kijkend naar de over het kleed kruipende Jabba, denkt: wat doe je dan ook met al die vogels? Maar hij past ervoor daar ook maar een woord over los te laten, want dan jaagt hij haar tegen zich in het harnas.

'Zo, dus je zoon was hier,' gaat hij op haar praat in. 'Had hij nog nieuws?'

Rinus danst door zijn geest. Rinus, die ondanks de cadeau gekregen hofstee tot op de dag van vandaag nog niet in de schaduw van Cannegieter kan staan.

Twee blauwgrijze ogen in een rimpelig gelaat kijken koud in de zijne: 'Dat zal ik jou aan de neus hangen.' Ruts, ruts, met venijnige halen gaat de stoffer weer over het vloer-kleed.

Erover zwijgen is beter, en Alex verandert van onderwerp. 'Gedoe met de nieuwe aanbouw van het huis, daarom was ik een tijdje uit beeld. En vorige week heb ik Veldschut gesproken.'

'Veldschut?' Op slag voelt ze een hartklopping. Het is alsof zijn naam in grote letters voor haar ogen danst. Krijgt dan toch haar verloren illusie alsnog een kans? Ze steekt haar hand naar hem uit, beveelt: 'Help me eens overeind.'

Hij negeert haar hand, tilt haar omhoog bij de schouders en zet haar in een van de crapauds.

Een opgeluchte zucht ontsnapt haar. 'Hè, hè, dat zit goed. Dat gekruip over de vloer gaat me niet in de koude kleren zitten.'

En Alex denkt: het zijn die vogeltjes en al wat daaromheen hangt, dat nekt jou. Maar ik pas wel op voor ik tegen jou daar met één woord over rep.

Jabba stopt een loshangende haarsliert achter haar oor en zegt: 'Veldschut dus. Laat horen.' Er klinkt blijheid in haar stem. Toch de mogelijkheid voor het bouwen van een nieuw asiel, een plan dat al zo lang haar geest heeft doorleefd. Vooral toen Alex verstek liet gaan, waardoor zij de moed liet zakken. Maar nu gloort er hoop, en ze vraagt: 'Wanneer heb je hem gesproken?'

'Vorige week. Hij heeft toegezegd dat hij hier komt. Dan kun je hem alles persoonlijk uitleggen.'

'Veldschut, hier?' Ze schrikt alsof er een pistool naast haar oor wordt afgeschoten. Veldschut, van wie ze zei: 'De pot op met die vent.' Die vent wiens bezoek aan haar salon nu als een voldongen feit wordt gebracht. Ze krimpt in elkaar van schrik, en het bloed schiet naar haar wangen.

Hij bemerkt haar nervositeit, schiet in de lach. Jabba, plots zo klein als een muisje, en hij wil zeggen: waar blijf je nu met die branie van je? Maar hij zegt: 'Wees gerust, hij komt hier als gewoon burger een praatje met je maken.'

Nu Alex haar dat vertelt, vallen al die zware weken waarin ze dacht dat het asiel nooit wat zou worden, van haar af. Bestaat er dan toch een kans? Ze zegt met klem: 'Maar jij hebt beloofd het woord te doen.'

Inwendig heeft hij lol. Zit Jabba even in de knijperd, dat mag ook wel een keer. Hij legt zijn hand op haar schouder en sust: 'Heus, het komt wel goed.'

'Weet je het zeker?'

Lara zweeft door zijn geest en hij antwoordt: 'Niets is zeker in het leven en alles is een kwestie van afwachten, en als jij nu eens een bakkie voor ons zet, want mijn keel is zo droog als gort.'

Terwijl Jabba koffie maakt denkt hij aan Jort Veldschut, een geoefend ruiter, die in het weekend in de manege de kinderen gratis rijles geeft, waaronder Benjo, Alex' zoon. Spoedig bemerkte hij dat onder Veldschuts stroeve omgang een warm hart klopte, zowel voor mens als voor dier. Het klikte tussen hen en al gauw noemden ze elkaar bij de voornaam.

Op een dag, tijdens een halfuurtje pauze in de kantine terwijl de ruitertjes in spe aan een glas fris zaten en zij beiden aan een bakkie leut, kwam plotseling Jabba tussen hen ter sprake. Hij vertelde over haar plannen voor een asiel en Jort luisterde met aandacht en zei: 'Je begrijpt toch wel dat ik daar niet op in kan gaan?'

Vanzelf begreep hij het, maar hij zei toch met stille hoop in zijn hart: 'Jij als wethouder, zie je geen enkele kans?'

'Vergeet het maar. Misschien als ik het alleen voor het zeggen had... En dan nog wat.' Jort maakte het bekende gebaar waarbij hij duim en wijsvinger over elkaar wreef. 'Elk bestemmingsplan of wat dan ook draait om vandattum.'

Ja, vertel hem wat, Alex dacht meteen aan de serre. Dat liep ook aardig uit de hand, maar Lara duwde koste wat kost haar wil door. Er was daardoor wat verwijdering tussen hen ontstaan, en Alex dacht met een plotselinge pijn: wat is er over van ons vertrouwen in een verstandshuwelijk, nu ons beider ik is aangetast?

Jort kletste ondertussen maar door over Jabba en het asiel, en Alex stelde voor: 'Een collecte, net als toen voor die dierenambulance, is dat geen mogelijkheid? Jabba is zelf bereid het resterende bedrag bij te leggen.'

Een zweem van een glimlach: 'Een nobel gebaar van een oude vrouw.'

Hij grinnikte. 'Laat ze het maar niet horen.'

'Zo erg?'Al wat hij – Jort – van haar wist, was van horen zeggen. Van een arm turfstekerskind nu een rijke oude vrouw, die leeft tussen haar vogeltjes. Ach ja, dat dierenasiel, als het aan hem lag, was het er allang geweest. Maar hij was ook aan handen en voeten gebonden. Alex nam het voor haar op. Alex, hoogopgeleid, scherpzinnig, en naar hij – Jort – aannam moest hij toch wel iets van de politiek weten, en beheerst zei hij: 'Houd er nu eens over op, ik heb je al gezegd, daar komt meer bij kijken. Trouwens, die collecte voor die dierenambulance was voor mijn tijd.'

Alex, met nog steeds Jabba op zijn netvlies, waagde alsnog een kans: 'Ik weet het, ik weet het... Maar als jij als wethouder nu eens een beetje meewerkt, wie weet of het ons dan lukt.'

En Jort dacht: ik ken die vrouw nauwelijks. En Alex ratelde maar door, asiel zus en asiel zo. Diepe rimpels tekenden Jorts voorhoofd, hij doofde zijn sigaret in de asbak, sprong op van zijn stoel en viel schor uit: 'Ik begrijp haar wel. Koste wat kost wil ze het doordrukken, maar dat gaat niet, daar heb je goedkeuring van het college voor nodig, en zij zullen echt niet zo makkelijk overstag gaan.'

Alex, ongelovig: 'Maak dat de kat wijs.'

'Nee,' ging Jort erop door. 'Ik probeer het jou aan je verstand te peuteren. Wat denk je nou? Als ik ook maar een kansje had gezien, had ik het gedaan. Maar een wethouder is ook maar een eenling, ik kan niet in mijn eentje beslissingen nemen, en er staan grotere dingen op het spel, belangen die voorgaan, dus wat het asiel betreft: vergeet het maar.'

Alex reageerde rustig: 'Als je haar dat nou eens zelf gaat vertellen.'

Jort keek hem met een strakke blik aan. Waarom wilde Alex hem niet begrijpen? Hij viel stug uit: 'Jabba? Ik ken dat mens niet eens.'

'Dan leer je haar kennen.'

'Daar zit ik niet op te wachten.'

'Zij wel op jou. Al weken.'

'Dat had je me dan wel eerder mogen vertellen.'

'Ik heb er niet eerder de kans toe gezien..'

Een scherp: 'Waar hebben we het ook eigenlijk over. Je begrijpt toch wel dat ik daar als ambtenaar niet op in kan gaan?'

O ja, hij begreep het, maar Jabba begreep hij beter. Jabba, die op haar doel af gaat en van geen wijken weet, want hoe dan ook dat asiel moet er komen, maar als hij terugdenkt aan de woorden van Jort Veldschut heeft hij – Alex – zijn twijfels.

Hij voelde als het ware de pijn van Jabba toen hij zo tegenover Veldschut zat, en denkend aan de vele kooien zei hij: 'Je moet al dat gezang en getierelier eens horen. Het is altijd lente in haar salon, en ze heeft ook nog een grijze roodstaartpapegaai.'

Een grijze roodstaart, die kende Jort wel. Zijn vader en moeder, ze hadden de hoogste ruzie om de papegaai en Jort, hangend tegen de tafel, hoorde het aan. Vaders gebiedende stem: 'Die rotvogel, die schreeuwlelijk, eruit met dat kreng.'

Moeder: 'Komt niks van in, hij is nog van mijn ouders geweest.'

Vader: 'Kan me niet verdommen, al was-ie van Onze-Lieve-Heer, hij gaat eruit.'

Moeder, spinnijdig: 'Jij kunt ook nergens tegen, alleen tegen een borrel.'

Vader: 'O, gaan we op die toer. Uit de weg.' Ruw duwde hij moeder opzij en hij greep de kooi met beide handen.

'Nee... nee!' Moeder gilde huizenhoog, vader schreeuwde, de papegaai schreeuwde boven alles uit. Hij als kleine jongen sloeg met angstogen het tafereel gade en voelde bijna de angst van de vogel. Moeder klemde zich aan vader vast: 'Niet doen... niet doen, hij is nog een aandenken aan mijn ouders.'

'Laat los.' Vader vloekte luid en hartgrondig, moeder wist van geen wijken. Hangend aan vader schopte ze met haar voet de deur dicht.

'Wel verdomme.' Vader zette de kooi op de tafel, hief zijn zware vuist. Een wurgende angst kneep zijn keel dicht; zou zijn vader zijn moeder slaan? Plots draaide de kamer met alles erop en erin om hem heen, hij wankelde en sloeg tegen de grond.

Toen hij bijkwam, stond moeder over hem heen gebogen. Vader was nergens te zien. De kooi stond op de tafel, en moeder wreef met een nat washandje over zijn gezicht. Hij vroeg: 'Waar is vader?'

'Die heeft zijn bekomst,' zei moeder. 'Dit gaat hem niet in de koude kleren zitten.'

Moeder kreeg gelijk, na een paar uur kwam vader op hangende pootjes thuis. Over de papegaai werd niet meer gesproken, en Lorre heeft vader nog jaren overleefd.

Jort beet de tanden op elkaar, staarde onbeweeglijk voor zich uit, en misschien was het juist die herinnering die voor hem de doorslag gaf. Jort zei: 'Goed, je hebt het pleit gewonnen. Ik zal als "gewoon" burger met haar praten en dat is het. Geen belofte, geen garantie, gewoon uit pure belangstelling, en dat moet jij toch begrijpen.'

Hij knikte. Al nam hij het voor Jabba op, privé kon Jort net zomin iets zeggen als beloven. Zelfs dat privébezoekje zou niet geheel zonder risico zijn. 'Ze zal je dankbaar zijn,' zei Alex.

Jorts antwoord: 'Heeft ze al een aanvraag ingediend voor een bouwvergunning?'

Hij: 'Naar wat ik weet wel. Ze wil het laten bouwen op de grond bij Rinus' boerderij, de Eben-Haëzer. Je kunt het haar vragen.'

En Jort, met het beeld van zijn collega op zijn netvlies, zei: 'Scheltenaar is geen makkelijke man.'

Hij begreep het en zei: 'Zo'n type van naar boven likken en naar onderen trappen.'

'Mag je wel stellen, ja.'

Alex, nadrukkelijk: 'Maar jij als wethouder hebt toch ook wat in de melk te brokkelen en...' Maar door de ernstige blik in Jorts ogen verloor hij alle houvast, en hij vroeg alleen nog: 'Wanneer kan ik haar zeggen dat je komt?'

'Woensdag. Maar denk erom, ik geef geen strobreed toe.' En met een blik op zijn horloge: 'Kom, het wordt tijd, de ruitertjes moeten weer in het zadel.' Jort draaide zich om en liep bij hem vandaan.

Met aandacht keek Alex de lange gestalte na, en werd hij zich meer en meer bewust dat Jort Veldschut een man was van plichtsbesef.

Een por tegen zijn schouder en Jabba's stem: 'Hoor je wat ik zeg?'

'Ja, ik hoor het.'

'Wat zei ik dan?'

Ja, wat zei Jabba? Een beetje verward kijkt hij haar aan. Verhip, nu ziet hij het pas, ze is magerder geworden en ouder, een strakke trek ontsiert haar mond, haar ogen staan hard. 'Eet jij wel genoeg?' vraagt hij bezorgd.

Ze kat: 'Kijk het moois niet van me af.'

Hij voelt zich betrapt, glimlacht en zegt: 'Je kunt nog best voor de kramen langs.'

'Niet zo jokken.' Plots schuift ze op. 'Zie je wel dat je niet luistert? Drink je koffie, hij wordt koud.'

Hij neemt een slok en geeft toe: 'Jabba, je hebt gelijk, ik zat met mijn gedachten ergens anders, maar zoals jij koffiezet, dat is alsof er een engeltje... nou ja, je weet wel. Maar nogmaals, eet je wel genoeg?'

'Hè, wat... wat gaat jou dat aan?'

Hij denkt: ja, da's Jabba, de vriendelijkheid is weer ver te zoeken, en herhaalt: 'Je moet eten, Jabba, je wordt zo mager als een lat. Ik maak me zorgen om je.'

Mager... Dat hoeft hij haar niet te vertellen, de spiegel vertelt het haar iedere dag, helaas. Maar iemand die zich zorgen om haar maakt, dat is lief. Het geeft alleen geen enkele troost, want juist in het vermageren schuilt de vereenzaming van het ouder worden, waardoor ze het gevoel krijgt meer en meer weg te zinken in de herinneringen aan het verleden dat ze zo zorgvuldig voor hem verzwijgt. Het asiel is van belang, daar werkt haar ijzeren wil op, maar ze kan het niet alleen, daar heeft ze Alex' hulp bij nodig. Alex, die op een of andere manier bevriend is geraakt met die Veldschut, een weten waar ze niet bij staat te juichen, maar wie weet, misschien heeft het zijn voordeel. En Alex, met een blik op de klok, zegt: 'Jort zou om een uur of twee hier zijn.'

Is het al zo ver met die twee? Jabba valt narrig uit: 'Nou, nou, Jort en Alex, dik aan tussen jullie.' Maar in haar hart is een gevoel van onrust.

Hij voelt de steek onder water, gaat er rustig tegen in en zegt: 'Kom nou, het blijft geen meneer Veldschut en meneer Guldemond.' En met een blik op de vogeltjes: 'Je vriendjes zijn stil, Jabba.'

Ze kribt: 'Dat weet je, ze zijn in de rui, dan zingen ze niet het hoogste lied.' En met een blik op haar japon, waarin hier en daar een vlek zit, zegt ze: 'Ik ga wat anders aantrekken, hij mocht 's denken: eens een turfstekerskind, altijd een turfstekerskind.'

Bedenkelijk schudt hij zijn hoofd. 'Zo denkt Jort niet.'
'Weet jij hoe hij denkt? Nou, ik ga me omkleden, let jij op de bel?'
Hij let op, spitst zijn oren, luistert, vangt een geluid op van voetstappen op het grind. Daar klingelt de bel, hij staat op, da's Jort Veldschut, een man van de klok.

HOOFDSTUK 4

Dus toch, denkt hij, de man houdt woord. Alex opent de voordeur en ziet Jorts lange, schrale gestalte op de stoep. 'Zo, man van de klok, kom verder en geef je jas maar hier.' Veldschut veegt zijn voeten op de deurmat, voelt zich een tikkeltje nerveus om nu eindelijk eens de vrouw te ontmoeten over wie de meest wonderlijke praatjes in het dorp de ronde doen, en vraagt: 'Wat moet ik tegen haar zeggen, "mevrouw" of eh...'

'Gewoon Jabba, zoals eenieder die haar kent.' Ziet Jort een tikkeltje op tegen dit bezoek? vraagt Alex zich af. Maar het idee kwam toch van hem?

'Gewoon Jabba? Ik ken haar alleen van horen zeggen.'

'Toe, toe, waar blijft je lef als wethouder?'

'Ik kom hier als burger, weet je nog?'

'O, ik herinner me ons gesprek nog als de dag van gisteren. Ga je mee?'

Naast Alex loopt hij over de dikke loper in de lange marmeren gang met over links en rechts eikenhouten deuren, en Jort vraagt verwonderd: 'Hoeveel kamers lopen hierop uit?'

'Naar ik meen zijn het er twaalf.'

'Twaalf... Moet ik dat in alle ernst geloven?'

'Vraag het haar zelf.' Hij opent de deur, laat Jort voorgaan, en vlak daarop klinkt zijn stem: 'Jabba, bezoek voor je.' Het veroorzaakt een echo in het hoge vertrek.

Trillend over heel haar lijf komt ze overeind uit haar crapaud, in haar bleke gezicht tekenen zich paarsige koontjes. Het is voor het eerst dat ze oog in oog staat met wethouder Veldschut, die haar zo keurig een afwijzend briefje schreef, waarvan ze dacht: hij laat zijn macht gelden. Met uiterste zelfbeheersing reikt ze hem de hand en ze prevelt: 'Dag meneer.'

En hij, met haar hand in de zijne, denkt: wat een klein vrouwtje.

Ze trekt een stoel bij, nodigt: 'Gaat u zitten. En blieft u een kopje koffie?'

'Graag, mevrouw.'

Een snelle oogopslag: 'Eenieder die mij kent, zegt gewoon Jabba.'

'Jabba, oké... En ik hoop u te leren kennen,' zegt hij.

'Alstublieft, uw koffie.'

Achter Jabba's rug ziet hij de grijnzende kop van Alex. Hij voelt zich lichtelijk geagiteerd.

'Wilt u een boterbiesje?' vraagt Jabba en ze schuift hem de koekschaal toe.

'Mag ik bedanken, mevrouw.'

'Jabba, hoe vaak moet ik dat nog zeggen?' Ze wordt zenuwachtig door zijn vriendelijke tegemoetkoming, waaronder ze zijn scherp kritiseren wel voelt. Een geluk dat ze haar zwartfluwelen japon heeft aangetrokken, opgesierd door de halsketting met witte parels die ze draagt, en ze hoort in haar herinnering de stem van Casper toen ze deze jurk aanhad, vol bewondering: 'Je bent nog mooier dan de koningin.' Maar dat alles is verleden tijd. Nu staat ze er alleen voor en vecht ze voor haar plan dat maar niet van de grond komt.

Casper, met zijn aangeboren vriendelijke aard, kon goed met mensen omgaan. Zij, al houdt ze zich voor de buitenwereld groot, leeft altijd onder een innerlijke druk van twijfel en spanning, anders dan Casper. Nee, nee, niet aan denken, da's verleden tijd.

'U heeft een heel mooi huis.' Da's Jort.

'Dat zeggen er meer. En zeg maar "je" en "jij".'

Je en jij, het komt hem zo moeilijk over de lippen tegenover de frêle oude vrouw die tussen haar vogeltjes woont in dit grote makelaarshuis. Langzaam glijdt zijn blik door de salon. Hij ziet de met rood fluweel bespannen wanden, de opvallend mooie kristallen kroon, de antieke spiegelkast, de stuk of wat spaarzame meubelen. Maar het opvallendst zijn uiteraard de vele kooien waarin vogeltjes huizen van diverse pluimage, en hij zegt: 'Wat aardig, al die vogeltjes. Mijn zoontje heeft een paar pauwstaartjes.'

'Je zoon?' vraagt Jabba in opperste verbazing.

Hij, met een glimlach: 'Daar hoor je van op, hè.' Het doet hem plezier dat tegen haar te kunnen zeggen.

En Alex denkt: we gaan vooruit. Het ijs is gebroken.

Jabba, plots wat vriendelijker gestemd door wat hij zegt, vraagt: 'Hou je van dieren?'

Hij, met in zijn achterhoofd de ware reden van zijn bezoek – het asiel – zegt: 'Je moest eens weten. Bij mij thuis woont de halve ark van Noach.'

Jabba is nu een en al belangstelling. 'Je kinderen?'

'Hou op, schei uit. Die dierenliefhebbers weten van geen op-houden. Twee honden, twee katten, vier konijnen, twee ca-via's, een stuk of wat pauwstaartjes, en vorige week kwam Bart met twee woestijnratjes aansjouwen, maar dat werd Miek toch te gortig.'

'Miek, is dat je dochter?'

'Nee, mijn vrouw.'

'Is het er een uit het dorp?' De vraag roept herinneringen op. Hoeveel jaar is ze na Caspers dood niet meer in het dorp geweest? Slechts een keer werd het haar te veel om opgeslo-ten te zitten in dit huis. Toen is ze voor dag en dauw opge-staan, heeft ze zich aangekleed en is ze naar buiten gegaan om kriskras door de straten te dolen waar ze als kind zo vaak had gelopen.

Zij, dat turfstekerskind in vale kleren op half versleten klompen. Maar al die dagelijkse dingen die toen haar leven-tje bepaalden, daar vond ze niets van terug. Ze stelde zich de vraag: wat had ik dan verwacht? Jabba liep terug naar het makelaarshuis dat in al zijn voornaamheid aan de rand van het dorp stond. Toen ze het binnenstapte, wist ze: ik heb omgekeken naar een weg die de mijne niet is. Hier hoor ik thuis, dit is mijn leven.

Nu is haar leven veranderd, haat en mint ze de eenzaam-heid, schuwt ze de mensen en voelt ze zich soms een heel oud mens in haar eigen kleine wereld, een vereenzaamde vrouw die zich koste wat kost aan haar plan vastklampt. Een asiel voor dieren die worden geslagen, geschopt en ge-dumpt. Als Jort Veldschut daar nu eens over begon, maar die zei net al op voorhand: 'Weet wel, mevrouw, ik kom hier als gewoon burger u een bezoekje brengen.'

En ingaand op haar vraag zegt hij nu: 'Mijn vrouw komt van een boerderij in Overijssel.'

'Ach zo, een boerendochter?'

'En wat voor een. Met en tussen de koeien grootgebracht.'

Een straal van hoop schiet door haar heen. Die voor haar onbekende vrouw is een boerendochter die van dichtbij het dierenleven kent, misschien dat zij haar – Jabba – steunt in haar plan, en ze zegt opgewekt: 'Wat leuk, een boerendoch-ter. Ik zou weleens kennis met haar willen maken.'

Alex is verwonderd, trekt even zijn wenkbrauwen op en denkt: ze komt zelden zo spontaan uit de hoek, als daar maar niks achter steekt.

Maar Jort zegt: 'Dat zal Miek leuk vinden.'

Plots voelt ze zich warm worden bij het vooruitzicht alleen al, maar dan vraagt ze timide: 'Hoe? In het begin ging het lopen nog wel, maar de benenwagen is niet meer zo best.'

'O, da's geen bezwaar,' mengt Alex zich in het gesprek. 'Ik haal je op, Jort brengt je terug, probleem opgelost.'

Ze aarzelt, ze wil dolgraag, maar de angst voor haar vogels legt een klem op haar. Stel je voor dat er iets gebeurt, wie redt dan haar vogeltjes? Zij, die in de loop der jaren vervreemd is geraakt van de dorpelingen, kent niemand die voor haar vriendjes kan zorgen als zij er niet is..

Jort bemerkt haar aarzeling en stelt voor: 'Als je ertegen opziet, zou Miek ook hier kunnen komen.'

Opgelucht zegt ze: 'Dat lijkt me beter.' Haar blik glijdt bedachtzaam over de lange, schrale gestalte van Jort Veldschut, en ze denkt verwonderd: da's de man die ik in mijn hart verfoeide, maar hoe menselijk komt hij nu over. Alleen als het plan van het asiel ter sprake komt valt hij in zijn stroefheid terug, is het van 'artikel zus' en 'artikel zo', en ze moet begrijpen dat hij het niet alleen voor het zeggen heeft. Haar geest werkt zwaar bij elk woord dat hij zegt, en telkens weer vraagt ze zich af: wat nou, artikel zus en zo, het klinkt me in de oren als onzin, en je maakt het voor een oud mens wel heel moeilijk. Maar nu zegt ze, gesterkt door zijn belofte dat deze Miek bij haar langs zal komen: 'Je vrouw zal als boerendochter de noodzaak van een asiel wel inzien.'

Alex doorziet direct Jabba's boerenslimheid, waarachter de ware reden schuilt, en Jort raadt het ook half en half. Hoe graag hij het ook anders zou willen, de kans dat er een asiel komt is niet groot. Met de tegenwerking van Scheltenaar in zijn achterhoofd, die als het plan ter sprake komt meteen dwars gaat liggen en dreigt het desnoods tot Provinciale Staten uit te vechten, zegt hij met een pijnlijk lachje: 'Ik denk wel dat je bij haar een gewillig oor vindt.' Dat ze daar weinig aan zal hebben, laat hij in het midden. 'Zullen we nu eens een rondje langs de vogels doen?'

Blij komt ze overeind, en weg is de wrevelige uitdrukking op haar gezicht. Leunend op zijn arm loopt ze vrolijk babbelend langs de kooien en Alex, die hen gadeslaat, denkt: da's haar zwakke plek, de vogeltjes, daar leeft ze mee daar sterft ze voor.

Jabba wijst aan en legt uit: 'Dat daar met dat rode snaveltje is een zebravinkje, heel de dag is het gekwetter, ik denk weleens: straks heb je de klem in je bek. En da's een puttertje die geeft piepgeluidjes. In die bovenste kooi zit een vinkje en daar is een zanglijster, als die zijn liedje fluit, zet Onze Lieve Heer zijn oren open. En dat zijn kanaries, die ken je wel.'

Jort, met een blik langs al die kooien, vraagt verwonderd: 'Hoeveel heb je er wel niet?'

Jabba antwoordt met zekere trots: 'Meer dan vijftig, en ik zou er niet één willen missen.'

Hij, onder de indruk van haar kennis, zegt: 'Er is aan jou een ornitholoog verloren gegaan.'

'Mallerd,' zegt ze goedig.

'Heus, ik meen het.'

Ze haalt haar schouders op, gaat er niet op in, wijst naar een kooi en zegt: 'Die schreeuwlelijkerds daar zijn twee grasparkieten, die hebben apenkuren.'

'Hoezo apenkuren? Ik zie het verband niet.'

'Ik wel. De hele dag klauteren ze op en neer langs de tralies.'

'O, zit dat zo?' Jort moet lachen. Die Jabba, hoe komt ze erop? Dan vraagt hij heel voorzichtig: 'Is het geen stress?'

Jabba, plots in vorsende onrust: 'Stress? Hoe bedoel je, ze hebben het hier goed.'

Ja, vertel hem wat, Jabba's vogels zitten in een vijfsterrenhotel. Toch waagt hij te zeggen: 'Altijd in een kooi, da's als een gevangenis bij ons.'

'Ja, ja,' zegt ze, en ze lacht goedig naar hem op: 'Dat zeggen er meer, maar de meeste vogels worden gekweekt in volières, dus die weten niet beter. Ze missen niks.'

Hij houdt zich van de domme en laat haar de eer: 'Je zult het wel beter weten dan ik. Trouwens, je had het over al hun gezang, maar ik hoor er niet een fluiten.'

Jabba, een tikkeltje verontwaardigd: 'Logisch. Ze zitten in de rui. Kijk maar eens, overal losse veren in de kooien.'

'Ik weet weinig van vogels.'

'Dat hebben d'r wel meer. Kom over drie maanden maar

eens terug, dan is het een getierelier dat de rillingen over je rug gaan.'

Hij antwoordt lachend: 'Doen we, Jabba.'

Dan staan ze voor de papegaaienkooi en zegt hij zogenaamd verbaasd: 'Wat, ben jij in het bezit van een grijze roodstaart? Maar dat zijn dure vogels.' Alex had het hem wel verteld, maar hij vindt het leuk om te laten zien dat hij ook wel wat vogelkennis heeft.

Ze haalt haar schouders op: 'Ik zou het niet weten, hij komt nog bij mijn ouders vandaan. Als kind was ik al gek op hem.'

Haar ouders... Plots verschijnt in zijn geest het beeld van zijn ouderlijk huis, het keukentje waar vader en moeder de hoogste ruzie hadden om de papegaai, en hij als kind angstig kijkend van de een naar de ander en trillend op zijn benen.

Twee jaar later was zijn vader dood. Krauw, riep de papegaai toen, alsof-ie zijn vreugde uitschreeuwde. Een aantal jaren later ging moeder hemelen, en als enig zoon erfde hij alle spullen, waaronder de papegaai.

Miek zei: 'Ik wil die schreeuwlelijk niet in huis.' Hij ging ertegen in, hield voet bij stuk, en zo zorgde dezelfde papegaai ook in een tweede huwelijk voor ruzie. 'Het is hij eruit of ik eruit,' zei Miek uiteindelijk obstinaat.

Hij zwichtte, Miek won. De kinderen waren in tranen, maar het was beslecht: de papegaai belandde als gift in het asiel van de nabijgelegen stad, waar de verzorgers dolgelukkig met hem waren.

Jakkes, komt hij met zijn gedachten toch weer op het asiel uit. Jammer dat hij wat dat betreft zo weinig voor Jabba kan doen. Hij moet er toch maar weer eens met Scheltenaar over praten.

Jabba doet het deurtje open, lokt: 'Waar is m'n beessie dan?' 'Krauw,' zegt de papegaai, en hij zet zijn veren op en doet een uitval naar Jabba's hand. Ze schrikt, sluit haastig de kooi en zegt geschrokken: 'Dat doet-ie anders nooit.'

Jort waarschuwt: 'Dat moet je niet meer doen, Jabba. Eén beet met zijn snavel en je hebt een gebroken vinger.'

Jabba, nog met de schrik op haar gezicht: 'Dat komt omdat hij in de rui is.'

Hij knikt en zegt: 'Ik weet er wel iets van. Naarmate ze ouder worden, verandert hun karakter.'

Jabba vraagt ongelovig: 'Hoe weet jij dat nou?'

'Wij hadden thuis ook een papegaai.'

Opperste verbazing is van haar gezicht te lezen als ze zegt: 'Jullie?'

'Daar hoor je van op, hè? Net als jij, een grijze roodstaart.'

Jabba, nog steeds verbaasd, zegt: 'Hoe is het mogelijk.'

'Ja. En ze kunnen heel oud worden, wat ik ervan weet wel zeventig jaar.'

Naar wat jij weet, denkt ze schamper, en zij weet zeker niks. Met een bezorgde blik op de roodstaart, die heftig in zijn veren pikt, zegt ze: 'Hoe moet het dan als hij mij overleeft?'

Hij denkt: en al die andere vogels, want zo piep ben je niet meer. Maar dan bromt hij goedig: 'Ben je mal, jij wordt wel honderd.' Opnieuw neemt hij zich voor nog eens met Scheltenaar te praten, maar of het vruchten afwerpt? De man zal hem direct wijzen op het bestemmingsplan, waarin de bouw van een eventueel asiel niet is opgenomen, maar drommels nog aan toe, waar een wil is, is een weg. Misschien moet hij Bakker er ook maar bij vragen. Dat is de beroerdste niet en de man is voor rede vatbaar, en Jort kan met hem beter opschieten dan met die eigengereide Scheltenaar, tussen hen is het meer een gewapende vrede.

Met een blik op het oude, rimpelige vrouwengelaat zegt hij: 'Stuur om te beginnen eens een aanvraag voor een bouwvergunning. Wie weet.'

Een onthutste blik: 'Een aanvraag voor een bouwvergunning? Ik heb er weleens van gehoord, maar het fijne weet ik er niet van.'

Nee, denkt hij, hoe zou je ook, die realiteit gaat aan je voorbij. En hij zegt: 'Weet je, laat Alex het maar voor je doen, die heeft dat wel meer bij de hand gehad. Nietwaar, Alex?'

Zachtjes zegt ze: 'Dan moet-ie het wel willen.'

Jorts hand op haar schouder. 'O, maar hij wil wel, toch, Alex?'

Die reageert vrolijk en spontaan: 'We doen ons best.'

Jort, opgewekt: 'Laten we het daarop houden.' En met een blik op zijn horloge gaat hij verder: 'Ik moet er nodig vandoor. Dag Jabba, het was me een genoegen.'

'Dag, meneer Veldschut, en nogmaals bedankt voor uw bezoek.'

Weg is de vertrouwelijkheid, geen 'je' en 'jij' meer, maar hij leest de goedhartigheid van haar gelaat, ziet de zachte blik in haar ogen, en zijn handdruk wordt steviger als hij zegt: 'Tot ziens, jullie horen nog van me.'

'En?' vraagt Alex even later: 'Is het bezoek je meegevallen, heb je een andere kijk op hem gekregen?' Jort Veldschut is een man van secuur wikken en wegen, een geest die scherp ziet en vasthoudt aan details.

'Ja,' zegt ze met volle overtuiging. 'Hoe een mens zich in iemand kan vergissen. Laten we nu maar hopen dat hij woord houdt en er schot in de zaak komt.'

In de keuken zitten Miek en Jort met het ontbijt op de kinderen te wachten. Bart, de zoon des huizes, komt het eerst binnen stuiven. De schooltas gaat in de hoek en bom, hij zit, en meteen is het van: 'Pa, wanneer krijg ik een nieuwe atlas?' Zijn stem klinkt schel in de stilte van de keuken.

Fronsend kijkt Miek naar haar zoon. Bart, de puber, soms engelachtig lief, soms geen land mee te bezeilen, en ze zegt: 'Zeg eerst eens goedemorgen. En waar blijft Nienke?'

'O, nou, goedemorgen. En Nienke? Weet ik het, ze loopt op haar eigen benen.' Nienke, zijn zusje met haar gedoe altijd, dit moet ze niet en dat lust ze niet, en een kleren, de kast puilt ervan uit! 's Morgens een jurk aan, 's middags een rok en blouse en 's avonds een spijkerbroek en een trui. 'De mannequin', noemt hij haar spottend. Vader zegt weleens tegen moeder: 'Een geluk dat je zo handig bent met de naaimachine, anders kostte onze dochter handenvol geld.'

Moeder: 'Ach, een lapje van de markt, dat zijn de kosten niet.'

Vader: 'Dat bedoel ik.'

Maar nu zegt vader: 'Vorige week een boek over Europese geschiedenis, nu weer een atlas, blijft dat zo doorgaan?'

'Heus, pa, die atlas is verouderd, en vorige week kreeg ik van Uipkes op mijn kop.'

Ach zo. Uipkes, de aardrijkskundedocent, daar is Jort vroeger nog mee op school geweest. Wim Uipkes, geen beroerde knul, en diens zoon werkt nu als administrateur op het gemeentehuis en is het rechterhandje van Scheltenaar. Misschien moet hij eens aan dat jong vragen hoe het zit met die aanvraag voor een dierenasiel.

'Is er pindakaas, mam?' klinkt Barts schelle stem.

Bart is blond, met een sproetengezicht waarin twee ernstige grijsgroene ogen. De jongen heeft een warm hart voor dieren, maar met die woestijnratjes is het niks geworden omdat Miek haar poot stijf hield. Daarop werd Bart obstinaat en schreeuwde hij: 'Ratten zijn ook dieren.'

Miek, kalm als altijd: 'Da's waar. Ze horen in vaarten en sloten thuis, maar niet in mijn huis.'

Bart: 'Je weet er niks van! Het zijn woestijnratjes.'

Miek: 'Ratten zijn ratten, en al sta je op je kop, het gebeurt niet. Geen ratten in huis. Breng ze maar terug naar waar je ze vandaan hebt.'

Het werden een paar sombere en opstandige dagen tussen die twee, tot Bart met een gewonde gans onder zijn arm kwam aansjouwen. Hij zei diep verontwaardigd: 'Die rotjagers, ze hebben met hagel op hem geschoten.'

Miek keek naar haar zoon en zei: 'Zet hem in het schuurtje en verzorg hem maar.'

Dat deed Bart. Al zijn vrije tijd ging erin zitten, met als gevolg dat Gijs de gans zo mak als een lam werd. Het beest liep Bart luid gakkend overal achterna en over de woestijnratjes werd niet meer gesproken.

'Hé, het kan wel op!' zegt Miek tegen Bart, die de pindakaas met klodders op zijn brood smeert.

Bart reageert zachtjes spottend: 'En op tv zeggen ze nog wel: wie is er niet groot mee geworden?'

'Jij bent al groot genoeg. Hier met die pindakaas,' zegt Miek. En met een verontruste blik op de klok: 'Waar blijft die meid toch?'

Die meid is Nienke. Zwijgend komt ze eindelijk binnen, trekt ze een stoel onder de tafel vandaan en gaat ze zitten.

De klok slaat al en Miek zegt: 'Je mag wel opschieten, straks kom je nog te laat op school.'

Bart vraagt sarrend: 'Heb je weer liggen lezen tot twaalf uur? Ik hoorde het wel toen je het licht uitdeed.'

'Jou wordt niks gevraagd,' komt Miek tussenbeide. 'Hier, Bart, een appel. En nu naar school.'

'Rotjong.' Nienke geeft haar broer een schop onder de tafel.

Bart springt lachend overeind: 'Ha, lekker mis.' Hij doet een greep naar zijn schooltas, roept 'dag mam, dag pap', en weg is Bart.

Nienke, die zich niet lekker voelt, spuwt haar gal: 'Dat rotjong ook! Altijd pesten en sarren.'

'Ho, ho, jongedame, ik wil niet hebben dat je zo over je broer praat.' Dat is Jort die het voor zijn zoon opneemt. 'Ik geef toe, hij kan plagen, maar jij vergeet wat hij elke dag voor jou doet.'

Ze kat: 'Dat weet ik best.' Bart helpt haar met haar huiswerk. Hij zit twee klassen hoger dan zij, en het leren gaat hem zo makkelijk af dat hij met geen enkel vak moeite heeft en ondertussen de hoogste cijfers van de klas haalt.

Zij daarentegen moet keihard werken om goede cijfers te halen. Haar geest werkt traag. Met engelengeduld legt Bart haar de leerstof drie of vier keer uit, tot hij het meer dan zat is en plotseling uitvalt: 'Begrijp je het nu nog niet?' Dan zakt haar de moed in de schoenen en zegt ze: 'Ik ben geen leerhoofd zoals jij.' Bart, kort op het snauwerige af: 'Maar stom ben je ook niet, je moet doorzetten, dan kom je er wel.'

Bam, er gaan acht heldere slagen door de keuken. Miek pakt de schooltas, reikt hem haar dochter aan en zegt: 'Gauw, kind. En morgen wat vroeger uit bed.'

'Dag mam, dag pap!' Nienke heeft geen haast, gaat naar buiten, pakt haar fiets uit het schuurtje, loopt het tuinpad af, opent het poortje, zwaait, stapt op haar fiets, en daar gaat ze eindelijk. Miek zegt geagiteerd: 'Altijd alles op haar dooie gemak. Van wie ze dat toch heeft.'

Die vraag houdt ook Jort bezig, al spreekt hij er nooit over. Nienke heeft een traagheid die aan luiheid grenst, maar vanochtend leek het hem iets anders. Ze was wat bleekjes en had die vermoeide strakke blik in haar ogen. Hij zegt een tikkeltje ongerust: 'Ze zag nogal pips. Zou haar wat mankeren?'

Met een schamper lachje zegt Miek: 'Jij, als getrouwd man, denk toch eens door. De maandelijkse cyclus natuurlijk, zoals elke jonge meid.'

Hij reageert opgelucht en een tikkeltje beschaamd: 'O, is het dat.'

Nu lacht ze voluit. 'Wat dacht jij dan?'

Ja, wat dacht hij? Er kwam van alles in hem op, maar dat

geen moment. Nu weet hij dat hij zich geen zorgen hoeft te maken om Nienke en gaan zijn gedachten naar Scheltenaar, wethouder, net als hij, in een middelgrote gemeente.

Jort heeft als wethouder onder meer Financiën in zijn portefeuille en Scheltenaar gaat over de Ruimtelijke inrichting, en daar zit 'm voor Jabba nu net de kneep. Jabba, die voorheen in hem – Jort – de boosdoener zag, maar na zijn 'burgerlijk' bezoekje er anders over is gaan denken. Ze hebben over en weer elkaars vertrouwen gewonnen, en Alex heeft op gepaste wijze in tweevoud een aanvraag voor een bouwvergunning ingediend, en in al zijn onwetendheid Scheltenaar daarmee op de kast gejaagd. Scheltenaar, als een briesende leeuw stoof hij zijn – Jorts – kamer binnen, gooide de aanvraag op zijn bureau en snauwde: 'Daar weet jij meer van.'

'Van wat?' vroeg hij, zich op dat moment van geen kwaad bewust.

Scheltenaar tikte nijdig met zijn vinger op het formulier. 'Dit hier, een aanvraag voor een bouwvergunning voor een dierenasiel.'

Jabba, schoot het direct door hem heen, maar hij vroeg quasionschuldig: 'Van wie?'

Scheltenaar, met een kop als een rooie biet: 'Van die halvegare met d'r vogeltjes.'

Hij, met het beeld van Jabba voor ogen, zei: 'Pas een beetje op je woorden, Scheltenaar. Zo praten we niet over dorpsgenoten.'

Scheltenaar, wat gekalmeerd: 'Ach kom, iedereen weet toch dat ze getroebleerd is.'

'Ach zo,' reageerde hij kalm. 'Weet iedereen dat?'

'Toe zeg, hou je niet van de domme,' zei Scheltenaar met een strak mondje. Trouwens, wat ik uit betrouwbare bron vernam, je bent bij haar op bezoek geweest.'

Alsof-ie een klap tegen zijn kop kreeg. De verrader slaapt nooit, dat bleek maar weer eens. Maar wie o wie? Alex, Marieke, of toch Jabba zelf? Ach kom, ze mag oud zijn, maar ze is nog goed bij de wekker.

'Nou, wat heb je daarop te zeggen?' vroeg Scheltenaar op een triomfantelijk toontje.

Ja, wat had hij daarop te zeggen. Zou hij het ontkennen?

Met een man als Scheltenaar was het beter er eerlijk voor uit te komen, anders ging het van kwaad tot erger, en ijzig kalm zei hij: 'Als burger buiten diensttijd. Wat is daarop tegen? Of komt het op jou over als belangenverstrengeling?'

'Welnee, kerel, hoe kom je daarbij?' Scheltenaar ging verder op een amicaal toontje: 'Jij en dat ouwe mens, te gek voor woorden.' Scheltenaar deed weer heel gewoontjes, maar de harde blik in zijn ogen bleef, en daar gaat zijn ratel alweer: 'Luister eens, Veldschut, jij en ik hebben als wethouder beiden een fulltime baan waar we onze handen aan vol hebben. Nog meer op ons bordje kunnen we er niet bij hebben, zeg nou zelf.'

'Je bedoelt die aanvraag voor het dierenasiel?' Zo, het was gezegd.

Terstond haakte Scheltenaar erop in: 'Precies, en het komt in heel het herstelplan niet ter sprake.'

Ja, vertel hem wat. Er staan belangrijker zaken op het spel. Maar Jabba is in zijn geest een lieve oude vrouw, op haar zondagse 'toffels' schuifelt ze samen met hem langs de vele kooien, ze wijst aan, vertelt, legt uit, en vertrouwt hem toe dat ze eens een nieuw soort vogeltje heeft gekweekt, een kruising tussen een vink en een kanarie, maar dat werd niks; op een ochtend lag het beestje dood in zijn kooi. Haar eigen schuld, zei ze, je moet niet tegen beter weten in tegen Gods schepping ingaan, en wie dat negeert, krijgt de pen op zijn neus, want weet je, vogels zijn Gods koorknapen, en als er geen vogels en dieren waren, werd het stil en leeg in de wereld. Zo praat Jabba, in haast kinderlijke eenvoud.

En tegelijk kan ze zich furieus opwinden over grutto's, die prachtige weidevogels waarvan er nog maar een handjevol rondvliegen in Nederland, en dat er grutto's zijn die een jaar lang met een zendertje in hun buik vlogen, volgens degenen die het wisten gaf dat geen enkel probleem, maar jongen kwamen er niet meer. Hij schrok van wat ze hem daar vertelde, vogels met een zendertje in hun buik? Het zou wel voor onderzoek zijn. Maar toch.

Eieren? Wat nu, eieren? Het is Miek die met haar vraag zijn gedachten doorkruist. 'Hoezo eieren?' vraagt hij.

Miek doet haar beklag: 'Ik kan nergens verse eieren krijgen. Nou vraag ik je, en dat in een boerendorp.'

'Eieren krijg je niet, die moet je kopen.'

'Ben jij de lolligste thuis? Ik bedoel kakelvers bij de boer vandaan.'

'O, bedoel je dat. Probeer het eens bij Rinus Cannegieter.'

'Rinus Cannegieter?'

'De boer van de Eben-Haëzer.'

'O, dat schapenboertje.'

Hij grijnst: 'Laat dat "tje" d'r maar af. Het is een boom van een vent.'

'Ken je hem?'

'Nou, kennen is een groot woord, maar zo terloops.' Rinus, die een tijdje terug in de hal van het gemeentehuis in strakke vijandigheid tegenover hem stond, prompt viel hij met de deur in huis: 'Goed dat ik je zie, Veldschut.'

Hij reageerde verwonderd, want op zo'n amicale voet stond hij niet met Rinus: 'Hoezo?'

Rinus kwam grimmig: 'Die verdomde ambtenaren zijn allemaal hetzelfde.'

Hij, direct op zijn hoede: 'Je bedoelt?'

'Ik word al veertien dagen aan het lijntje gehouden voor een bouwvergunning.'

'Ik heb het idee dat ze andere plannen hebben met dat land van jou, want je moeder krijgt het ook al niet voor elkaar om er een dierenasiel op te laten bouwen.'

'Ze moeten gewoon niet zo moeilijk doen.'

'Waar wil jij die vergunning nou eigenlijk voor hebben dan?'

'Voor het plaatsen van een kippenschuur, voor duizend kippen.'

'Legkippen? Zie je daar heil in, vandaag de dag, met die historisch lage eierenprijzen?'

Rinus reageerde onverschillig: 'Schapen houden is ook geen vetpot, en een mens moet toch ergens van leven.' Plots was hij fel en verbeten. 'Die ambtenaren zijn nog het ergst. Sommigen halen het bloed onder je nagels vandaan. Als ik naar mijn hart luisterde, trok ik die vent over zijn bureau heen.'

Rinus was sterk als een leeuw. Rinus, achter wiens rug zijn collega's praatten, maar ze zwegen in zijn gezicht. Rinus die aan hem vroeg: 'Kun jij d'r niet wat aan doen, Veldschut? Jullie als ambtenaren onder elkaar.'

Hij schudde zijn hoofd: 'Als ik het in mijn macht had, zou ik het doen.' Hij wees naar de kamer van Scheltenaar: 'Da's de man bij wie je moet zijn.'

Rinus, grimmig: 'Natuurlijk. Hoe had ik ook kunnen denken dat het zou helpen om naar iemand anders toe te stappen. Ambtenaren, ze trekken een lijn tegenover de burger. Tuig, allemaal.'

'Nou, nou, Rinus,' zei Jort, want diens mening viel hem rauw op zijn dak. Met een frons tussen zijn ogen keek hij de man na, met het besef dat Scheltenaar met het al dan niet verstrekken van een bouwvergunning een man kon maken of breken.

En of het zo moest zijn, liep hij Rinus vorige week in de manege tegen het lijf. Rinus was opgewekt en blij: 'Het is voor elkaar, ik heb de vergunning.'

Hij, lachend: 'Kijk eens aan, nu kun je kippen houden.'

Rinus vertelde met kennis van zaken: 'Ik neem Barnevelders, da's een makkelijke kip en ze leggen goed.'

Jort was ondertussen bezig met het roskammen van zijn rijpaard. 'Ik geloof meteen wat je zegt, want van kippen heb ik geen verstand.'

Rinus keek aandachtig naar het paard. 'En zo te zien van paarden net zomin. Er zit pit in die knol. Als je gaat rijden, hou hem in toom, Veldschut.'

Hij, totaal verrast: 'Heb je verstand van paarden?'

Rinus reageerde met een schouderophalen en: 'Ach wat moet ik daarop zeggen? Een beetje van paarden, een beetje van schapen, een beetje van kippen, dat is het, meer niet.'

En hij, met een blik op de man die met zijn handen in zijn zakken er zo onverschillig bij stond, dacht: het is voor het eerst dat wij zo openlijk met elkaar praten.

Met dat beeld in zijn achterhoofd zegt hij nu tegen zijn vrouw: 'Rinus is de zoon van Jabba.'

'Jabba?' Miek, vol verbazing: 'Ze praat nooit over hem.' Miek is inmiddels al een paar keer bij Jabba langs geweest en ze kunnen het goed met elkaar vinden.

'Jabba en praten,' gaat hij erop in. 'Vooral als het eigen is... Enfin, praat er maar niet over.'

Zij, nog steeds verbaasd, denkt: waarom niet? Jort kan soms dingen zeggen en doen die haar verwonderen en soms

bezeren. Jort is een stadsmens en zij een kind van het plat-
teland, misschien schuilt hierin het verschil, en koeltjes
zegt ze: 'Ik zie geen enkele reden om daar met Jabba over
te praten.'

'Houden zo,' lacht hij, en hij pakt haar hand, trekt haar naar
zich toe, kust haar en zegt: 'Als je op eieren uit gaat, doe
Rinus m'n groeten.'

'Wat krijgen we nu?' mompelt Rinus. Hij kijkt naar de vrouw die het erf op komt rijden, en dan herkent hij haar: het is de vrouw van Jort Veldschut. Jort en zijn vrouw komen de laatste tijd nogal veel bij zijn moeder over de vloer, en ook die Alex Guldemond, die hem – Rinus – toen op de vingers tikte wat de schapen betrof. Guldemond, over wie het praatje rondgaat dat het niet meer botert tussen hem en zijn vrouw. Dat kan Rinus zich wel voorstellen. Lara Guldemond is het aanzien waard, maar de mooie Lara heeft oog voor niemand behalve zichzelf.

Maar de stoere tante die nu van haar fiets stapt, Jorts vrouw, lijkt hem een heel ander type. Vlug schiet hij in zijn blauwe kiel, en voor zij bij de schuurdeur staat, staat hij al buiten.

Een klein ogenblik observeren ze elkaar. Zij denkt: Jort heeft gelijk, die Rinus is een beer van een vent. En hij denkt: zo, een stevige tante, breed in de heupen en stevig beenwerk, en een kop met rossig-blonde krullen, een vrouw waar je als kerel houvast aan hebt. Dan voelt hij dat zacht tjokkerende verlangen naar een vrouw waar hij het bed mee kan delen, een vrouw die hem kinderen schenkt, bloed van hem en haar, het nageslacht waar hij trots op kan zijn. Maar zoiets gebeurt alleen als je een geluksvogel bent, en Rinus Cannegieter is meer een pechvogel. Een boerderij terwijl hij geen boer is, schapenhouder tegen wil en dank, en sinds kort duizend achteruitschrapers. Tel uit je winst.

'Mag ik me even voorstellen? Ik ben Miek Veldschut.'

'Rinus Cannegieter.' Er belandt een stevige, mollige hand in de zijne, hij voelt de trouwring en vraagt: 'Wethouder Veldschut?'

Een hartelijke lach en ze zegt: 'Goed geraden.'

'Het was niet echt een gok,' geeft hij toe.

'Ach, zijn we zo bekend hier in het dorp? Maar waar ik voor kom: verkoopt u eieren?'

Even zwijgt hij in vreemde verlegenheid, dan zegt hij: 'Jawel, maar ik moet nog garen.'

'Garen?' vraagt ze, met een blik op haar horloge. 'Het is al bij tienen.'

Wordt hij even op zijn vingers getikt! Hij norst: 'Ik heb nog meer te doen.'

Weer die spontane lach als ze zegt: 'U bent de enige niet.'

Hij grinnikt. '"U" is voor hoge heren. Noem het beessie maar bij zijn naam, hoor: ik ben gewoon Rinus.'

'En ik ben Miek,' zegt ze. Ze kijkt naar de Eben-Haëzer, het oude steetje waar de kastanjes prijken met hun rode kaarsen, de mussen paren op het randje van de dakgoot, de gierzwaluwen heen en weer vliegen. 'Een aardig spulletje heb je.'

'Ach,' reageert hij onverschillig.

Zij, verwonderd: 'Niet dan? Het geeft mij het idee van een klein paradijsje.'

Hoor daar, een paradijsje. Ze moest eens weten wat ze zegt tegen hem, boer tegen wil en dank. Hij voelt zich bezweet, de kleren plakken aan zijn lijf, binnenkort moet-ie ook nog voerbieten rooien, en altijd weer die schapen op je nek, dan is er dit en dan weer dat, en vanochtend vroeg voor dag en dauw verweiden, ga jij naar links dan gaan zij naar rechts, dan zwiept alles in hem op, kan-ie ze wel wat. 'Het lijkt allemaal mooier dan het is,' zegt hij uiteindelijk. 'Het dak moet nodig vernieuwd, de schuur moet geschilderd en ik ben achter met het sloten, en volgende week staan die lui van de kroosschouw weer voor m'n neus.'

Kroosschouw, ze weet er alles van. Miek staat in haar gedachten weer als kind in de keuken terwijl vader kibbelt met de ambtenaar van het waterschap, de man staat op zijn strepen: 'Tijd is tijd, Hoornsman. Dit is al de derde keer dat ik hier sta, dat gaat je geld kosten, man.'

Vader, stekelig: 'Je laat je gezag wel gelden, Schepers.'

Schepers, ritselend met het formulier: 'Regels zijn regels, daar ontkomt niemand aan, ook jij niet.'

'Dat betwist ik niet, maar de omstandigheden waren ernaar. M'n knecht is ziek, ik heb twee nachten m'n bed niet gezien vanwege het afkalven, en tot overmaat van ramp is de melkmachine kapot. Dan kan er weleens wat bij inschieten.'

Schepers is niet te vermurwen, houdt voet bij stuk: 'Jaja, ik ken dat soort verhalen. Je zou er haast medelijden mee krijgen.'

Vader, diep gegriefd: 'Als je er zo over denkt, heb ik net zo lief dat je gaat.'

Schepers haalt zijn schouders op, likt aan zijn potlood, en schrijft een boete uit.

Vader, plots timide: 'Je doet me onrecht aan, man. Dat je dat niet begrijpt.'

'Ik word ook op mijn vingers getikt als ik me niet aan de regels hou. Als ik het in mijn macht had... Enfin, het is niet anders. Alsjeblieft, Hoornsman. Binnen zes weken betalen, anders komt er nog eens zoveel procent overheen.' En weg is Schepers op zijn motorfiets.

Vader, met het formulier in zijn hand, kijkt de wegrijdende Schepers na, zucht uit de grond van zijn hart en zegt: 'Dat zijn nu ambtenaren. Wolven in schaapskleren.'

En zij keert terug naar het heden en kijkt met aandacht naar de stoere boer die voor haar staat, van wie de dorpers zeggen: 'Het is een grote stijfkop.' Maar de dorpers hebben op iedereen wat, behalve op hun boterham.

Het is moeilijk voor te stellen dat deze grote vent de zoon is van de kleine Jabba. Jabba, die leeft voor en met haar vogeltjes, en die zich met heel haar hart inzet voor een dierenasiel. Maar Jort zegt met stellige zekerheid: 'Dat komt er nooit. Scheltenaar heeft het hierin voor het zeggen, en als hij nee zegt, is het meestal gebeurd.'

'Dus je komt voor eieren?' vraagt Rinus. 'Kom even binnen voor een bakkie, ik heb net gezet.'

Zij, plagend: 'Zal ik het doen?'

Hij, met een grijns: 'Ik vreet je niet op.'

Daar zit ze dan in het rommelige keukentje tegenover Rinus Cannegieter, en hij zegt: 'Je zult wel denken: wat een zootje hier.'

'Ja,' geeft ze toe, 'het kan wel wat netter.'

Hij mompelt: 'Je zit hier met een vrijgezel.'

'Met andere woorden: die neemt het niet zo nauw. Maar daarom hoef je de boel nog niet te laten verslonzen.'

'Ik heb nog meer te doen dan kopjes wassen.' Het zonlicht valt door het keukenraam naar binnen, glijdt over haar volle schouders en stevige borsten. Dromerig neemt hij haar beeld in zich op. Haar blanke huid, de brede heupen. Haar aanzien wekt verlangen in hem op, de hartstocht jaagt door zijn lichaam, brengt spanning... Gejaagd springt hij overeind, mompelt: 'Warm hier!' Rinus loopt snel naar de gootsteen, draait de kraan open en plenst twee volle handen water tegen zijn gezicht. Terstond brengt het zijn bloed tot bedaren. Hij grijpt de handdoek, wrijft zijn gezicht droog, gaat weer zitten, trommelt met zijn vingers op het tafelblad, en met haar blik op zich gericht merkt hij schuchter op: 'Je zult wel denken, da's ook een halvegare.'

Denkt ze dat? Rinus een halvegare? Nee, dat denkt ze beslist niet. Ze ziet Rinus als een gezonde jonge kerel, zonder een spatje profane begeerte, maar wel iemand die het alleen zijn meer dan zat is en een vrouw zoekt. Ze zegt het hem zonder meer: 'Weet je wat het met jou is: je moet aan de vrouw.'

'Makkelijk praten. Welke vrouw wil er in zo'n zwijnenstal wonen?'

Hoort ze teleurstelling in zijn stem? Lachend gaat ze ertegenin: 'En ik dan. We zitten hier samen heel genoeglijk een bakkie te drinken.' En op een wat resoluter toontje: 'Je mankeert toch niks aan je handen?'

Hij, onthutst: 'Ik, als kerel? Je ziet mij toch niet met een schortje voor?'

'Waarom jij niet en een ander wel?' Jort verschijnt op haar netvlies, hij heeft een schort voor, staat bij de gootsteen, doet voor haar de afwas. Maar Jort zegt ook: 'Het is dat je hoofdpijn hebt, ik maak er geen gewoonte van.'

Rinus neemt de vrouw tegenover hem weer gretig op, en ondanks dat hij zich geneert voor zijn gedachten hoe hij haar zo-even voor de geest haalde, zegt hij: 'Als jij nu eens die vrouw bent die hier komt werken?'

Dat zint haar niet, een moment kijkt ze hem oplettend aan, dan zegt ze: 'Naar ik meen hebben wij toch niks met elkaar uitstaande?'

Hij, rood tot onder zijn haarwortels, stamelt: 'Ik... eh... alsjeblieft, vergeet het, ik had dat niet mogen zeggen.'

Ze glimlacht zonnig en legt haar hand vertrouwd op zijn arm, als ze zegt: 'Dat weet ik toch. En ga je nu eieren voor me halen?'

Hij is opgelucht dat ze niet te zwaar aan zijn woorden tilt. Rinus komt van zijn stoel overeind, doet een greep naar zijn pet en zegt: 'Ga mee.'

Daar lopen ze dan door de lange gang met boerengeeltjes

en blauw geschilderde wanden. Hij wijst erop en zegt: 'Dat doen we tegen de vliegen.'

Ze knikt en zegt: 'Da's me bekend.' Opgewekt babbelend loopt ze naast hem voort, maar wat ze zegt, dringt niet geheel tot hem door. Slechts één gedachte spookt door zijn kop: voor het eerst in al die jaren is er een vrouw op de Eben-Haezer. En nog wel de vrouw van wethouder Veldschut. Soms vraagt Rinus zich af: zou hij dankzij Veldschut alsnog die bouwvergunning hebben gekregen?

Aan het eind van de gang wijst hij haar op twee houten treetjes, waarschuwt: 'Pas op dat je niet valt.'

Een guitige blik: 'Ik heb ogen in m'n hoofd.'

Hij, met een van pijn vertrokken gezicht bij de herinnering: 'Ik ook, maar het is me toch een keer overkomen. Drie weken lag ik eruit met een verzwikte enkel.'

'En had je hulp?'

'Hulp, van wie? Ze zien je aankomen. Nee, ik heb drie weken rondgehobbeld met een manke poot.'

'Dan heb je het niet gemakkelijk gehad.'

'Ach,' zegt hij met een onverschillige schouderophaling. 'Onkruid vergaat niet, en de schapen moesten zich maar redden.'

'Ja, da's waar ook, je bent schapenboer.' Miek denkt weer aan haar vader, uit een gonjezak tovert hij een potlam tevoorschijn, het mekkert met een iel geluidje en vader zegt: 'Voor jou. Als je hem grootbrengt, mag je hem houden.'

Het was geen hem maar een haar, en jaren liep ze tussen de koeien in de wei.

'Ja,' klinkt het stug van Rinus. 'Ze staan op stal. Wil je ze zien?'

'Op stal, met dit weer? Dan horen ze in de wei.'

'De hoefjes moeten verzorgd.'

'O, is het dat?'

'Ja. Gerustgesteld?'

Ze ziet de onrustige blik in zijn ogen, de tot een spleetje geknepen mond, en zegt: 'Ja, het is weleens zwaar, schapen geven veel werk.'

Ja, vertel hem wat, daar is-ie in de loop der jaren wel achter gekomen. Hij opent een tussendeur van de gang naar de stal en zegt: 'Daar staan ze.'

62

Vol van herinnering loopt ze de stal in. De schapengeur, vermengd met de geur van stro en hooi, ontroert haar. Het zijn de bekende geuren waarmee ze is opgegroeid. 'Het is Texels ras,' zegt ze bewonderend, 'een goed wol- én vleesschaap.'
Vertel hem wat, met scheren kom je er amper door.
Ze streelt over de kop van een van de beesten en zegt: 'Schapen zijn lieve dieren.'
Schapen lieve dieren? Hij deelt haar mening niet. Schapen geven handenvol werk: verweiden, twee keer in het jaar ontsmetten tegen teken, hoefjes schoonhouden, in het voorjaar lammeren zodat je 's nachts je bed niet ziet, en dan maar afwachten hoe het jaar daarop de marktprijzen zijn, en die zijn de laatste jaren huilen met de pet op, en degene die anders beweert weet niet waar hij over praat.
Nee, het boeren kan hem gestolen worden, ondanks dat Cannegieter het met zijn pleegzoon zo goed voor had. Ach, wat heeft al dat gepieker voor zin, de zaak kan niet worden teruggedraaid, en met Miek Veldschut naast hem voelt hij helemaal de zekerheid van zich af glijden. En maar schapen strelen. Een glimlach plooit zich stroef om zijn lippen als hij zegt: 'Ruik eens aan je handen.'
'Waarom?'
'Ruik dan.'
Ze ruikt en herinneringen zweven aan, een potlam dartelend in de wei. 'Lanoline, dat wordt verwerkt in de duurste crèmes en verzacht ruwe handen.'
Hè, is dat zo? Verbaasd kijkt hij op zijn eigen handen neer, ruw en schilferig met in de vingertoppen zwarte kloofjes, en hij zegt: 'Dat wist ik niet.'
'Daar ben je een man voor,' zegt ze met een heldere lach. 'Als ik weer voor eieren kom, neem ik een pot crème voor je mee. Maar dan ook smeren, afgesproken?'
'Afgesproken.' Weer die onrustige blik in zijn ogen en weer die stroeve trek om zijn mond, maar in zijn gezicht ziet ze ook trekken van Jabba. Jabba, die heel haar vertrouwen in Jort stelt. Miek heeft met Jabba te doen, en in een vlaag van moedeloosheid snibde ze onlangs tegen haar man: 'Ambtelijke molens draaien langzaam. Jij bent wethouder, doe er eens wat aan.'
Jort reageerde kortaf: 'Meerdere molens, heb ik tegen haar

gezegd. Jabba vecht tegen de bierkaai. Als ze verstandig is ziet ze van haar plan af, maar ze is horend doof en ziende blind, en houdt maar vol.'

Zij, op de hand van Jabba: 'Maar jij als wethouder kunt er toch wat aan doen?'

'Zullen we erover ophouden?' vroeg hij koeltjes. 'Trouwens, ik heb andere dingen aan m'n kop. Ik wil ons op de kaart krijgen voor de verkiezing van de Groenste Gemeente.'

Zij, verbaasd: 'Groenste Gemeente?'

'Ja. Het is hier hartstikke groen en daar kun je een titel voor krijgen. Dan kom je in de landelijke kranten, het is positieve pr.'

'Dat zou een dierenasiel ook kunnen zijn.'

Jort, plots obstinaat: 'Wat weet jij er nu van?'

'Dat ik het voor Jabba opneem,' zei ze kattig.

Jort, vol drift: 'Je doet je best maar.' En pats, daar ging de deur met een klap dicht.

Na die ruzie met Jort deed ze de rest van de dag op de automatische piloot haar werk. Het gonsde door haar hoofd: ruzie met Jort om Jabba, dat wil ik niet. Het mag niet zo zijn dat Jabba de tweespalt in ons huwelijk wordt.

'Je komt veel bij mijn moeder, hè?' zegt Rinus nu.

Verrast kijkt ze hem aan, het is voor het eerst dat hij over zijn moeder praat, en ze zegt: 'Jawel, en ik kan goed met haar opschieten.'

'Jij wel. Ik helaas niet echt. Zo dol zijn we niet op elkaar.'

Ze schrikt van zijn eerlijke bekentenis en zegt: 'Op mij komt ze over als een goed mens.'

Een honend lachje: 'Jawel, maar ze doet in principe alles voor die rotvogels, en dan vooral voor die stinkpapegaai. Ik kom altijd op de tweede plek. Of eigenlijk de honderdste ongeveer, als al die vogels voorgaan.'

'Zo erg?'

'Wat heet. Die papegaai is me aangevlogen, trok de haren uit m'n kop, en mijn moeder nam het nog voor dat beest op.'

Ze schiet hardop in de lach. 'Eigen schuld. Dan moet je maar pinda's voor hem meenemen. En ga eens wat meer naar je moeder toe, voor ze helemaal vereenzaamt. Misschien klim je dan een paar treetjes op de waarderingsladder.'

De vervreemding tussen hem en zijn moeder heeft zich nooit

zo pijnlijk laten voelen als nu Mieke hem dat zegt, en hij bromt goedig: 'Ik zal wel zien.'

'Nee, niet "ik zal wel zien", gewoon doen.'

Hij norst, want waar bemoeit ze zich mee: 'Da's geen makkelijke opgave.'

En zij, Jabba kennende en nu ook diens zoon, zegt: 'De appel valt niet ver van de boom. Maar als jij geen toenadering zoekt en zij ook niet, komen jullie nooit ergens.'

Wrevelig haalt hij zijn schouders op. 'Moet je nog eieren?'

'Daar kom ik toch voor?'

Natuurlijk. Het zou ook eens voor de gezelligheid zijn. Nou ja, het brengt hem in elk geval weer wat geld in het laatje, en dat kan hij goed gebruiken. Ze halen samen wat eieren op en lopen terug naar het erf.

'Mooie kippen,' zegt ze terwijl ze hem wat geld geeft voor de eieren. 'Echt een mooi koppel kippen. Ze zitten goed in de veren en goed in het vlees. Zijn het Barnevelders?'

Hij, verrast: 'Dat zie je goed. En van die schapen weet je ook je weetje.'

Ze schatert. 'Zo vreemd is dat niet, voor een boerendochter.'

'Wat, je bent een boerendochter?' Hij wordt er warempel een beetje warm van, en ook een tikkeltje overmoedig, als hij zegt: 'En je man, is Veldschut een boerenzoon?'

'Mis. Volop een stadsmens.'

'O.'

'Hoor je van op, hè.'

'Mag je wel zeggen.' Wethouder Veldschut, getrouwd met een boerendochter, en hij, Rinus Cannegieter, een eenzame vrijgezel en boer tegen wil en dank. Met al haar kennis van zaken geeft Miek hem het gevoel alsof alles anders had moeten zijn: zij met haar man op de boerderij en hij, Rinus, misschien als wethouder. Dat lijkt hem wel wat. Maar ach, wat staat hij nou te dagdromen.

Hij loopt met haar op naar haar fiets, draagt galant haar tas en vraagt: 'Kom je nog eens terug voor eieren?'

'Als ze lekker zijn wel.'

'Dat zijn ze,' zegt hij overtuigd. 'Ik voer de kippen maïs.'

'Maïs? Pas maar op dat ze niet te vet worden, dan gaan ze subiet van de leg.' En op andere toon: 'Je moet de sloten nog doen, zei je toch?'

Hij, onbegrijpend glimlachend: 'En daar maak jij je druk over?'

'Ikzelf niet, maar als je wilt, stuur ik Bart.'

'Wie is Bart?'

'Mijn zoon.'

Haar zoon! 'Het is zwaar werk.'

'O, maar Bart kan wel tegen een stootje, hij is flink uit de kluiten gewassen.'

'Maar dan moet hij ook nog willen.'

'Hij? Jíj moet willen.'

Of hij wil? Een brede glimlach op zijn gezicht: 'Stuur hem maar.'

'Afgesproken. En nu ga ik ervandoor. Tot ziens, Rinus.'

Ze wil opstappen, maar plots houdt hij haar tegen: 'Wacht eens, Miek.'

'Is er wat?' vragend kijkt ze hem aan.

'Je man rijdt paard, is 't niet?'

'Hoe weet jij dat?'

'Ik liep hem tegen het lijf in de manege.'

'Wat, rijd jij ook?'

Met een brede grijns zegt hij: 'Ja, hobbelpaard. Nee, voor paardrijden heb ik geen geld. Ik moest een paar baaltjes hooi brengen, vandaar. Maar dat terzijde: je moet je man waarschuwen, dat paard van hem deugt niet. Een kromme neus, schichtig, en direct op de achterbenen.'

Zij, een beetje minachtend: 'O, dus jij hebt verstand van paarden?'

'Een beetje,' zegt hij schuchter. 'Trouwens, ik heb het je man al gezegd, maar het zou niet erg zijn als jij het hem ook nog eens op het hart drukt.'

'Maar Jort is een heel ervaren ruiter.'

'Kan zijn, maar dat paard is niet te vertrouwen. Zeg hem dat maar.'

'Ik zal het hem zeggen. Gerustgesteld?'

'Heel fijn, dank je. Ik zou niet willen dat hem iets overkwam. Dag, Miek.'

'Dag, Rinus,' zegt ze. In haar hart weet ze dat ze het Jort niet zal vertellen. Rinus moet niet denken dat hij meer weet dan haar man, een volleerd ruiter. Jort geeft zelfs kinderen rijles. Wat verbeeldt die schapenboer zich wel niet!

HOOFDSTUK 6

Jabba, net klaar met vogeltjes voeren, staat voor het raam en kijkt naar de lucht, waar tegen het hemelblauw wolken traag voortdrijven. Net zo traag gaan ook haar gedachten, ze omcirkelen wijlen haar man en diens zoon David, haar pleegzoon. Heel in het begin kreeg ze nog weleens een brief van hem. *Beste tante*, stond daar dan boven. Het woord 'moeder' is nooit over zijn lippen gekomen. Hij gedroeg zich altijd koel en afstandelijk, zij het wel vriendelijk. Trouwens, ze heeft al jaren niets meer van hem gehoord.

Rinus komt de laatste tijd wat meer bij haar over de vloer en doet wat voorheen Alex voor haar deed, de tuin wat opknappen. Ach, ze ziet zelf ook wel hoe slordig soms alles erbij ligt. Vroeger, ja, toen Casper... Niet denken, vooral niet verder denken, dan voelt ze weer de pijn om alles wat toen had kunnen zijn, en ze heeft het door eigen schuld verloren.

Kijk, een merel in de tuin, als ze het raam nou eens op een kier zet, zou hij dan reageren op het kwinkeleren van haar vogels? De vogels, ze zijn een stuk van haar leven en haar troost.

Sinds kort komt Miek Veldschut ook bij haar over de vloer, een enkele keer samen met haar man Jort, die zijn gedachten goed kan formuleren en verstandige dingen zegt over het asiel waar tot nu toe geen schot in zit, waardoor ze zichzelf ophitst en een eigen oordeel vormt. Maar haar woorden komen stumperig en hakkelend uit haar mond, waardoor ze in de war raakt en van schrik haar mond houdt.

'Je ziet mij als de grote boosdoener, hè?' zegt Jort dan. 'Enfin, dat moet dan maar, ik kan ook geen ijzer met handen breken. Dag Jabba, tot ziens maar weer.'

Ze voelt haar hand in de zijne, en zijn stevige handdruk, haar zo bekend, en denkend aan zijn oprechte vriendschap zegt ze beschaamd: 'Het is niet lief van me zo narrig tegen je te doen.'

En hij, op wat plagerig schertsende toon: 'Dat weten we toch. Zo is Jabba.'

Zij, met duizend aanstormende gedachten, weet daar geen antwoord op. Een diepe moedeloosheid valt over haar heen en ze vraagt zich af of ze echt zo onuitstaanbaar is.

En die twijfel wordt er niet beter op als Miek een aantal dagen later bij haar op bezoek tussen neus en lippen door tegen haar zegt: 'Toom voortaan tegenover Jort wat in wat het asiel betreft. Als het aan hem lag, had het er allang gestaan, maar hij heeft het niet alleen voor het zeggen.'

Zij, smalend: 'Mooi, dat je het voor je kerel opneemt, maar die ambtenaren spelen allemaal onder een hoedje.'

Miek, lachend: 'Foei, wat denk je weer lelijk.'

Zij, met in haar hart nog altijd de hoop op een asiel, dat door tegenwerking van hogerhand meer en meer een onrealiseerbare droom schijnt te worden, valt scherp uit: 'Liegen en bedriegen staat bij die heren voorop.'

'Bij Jort ook, Jabba?'

'Jort?' herhaalt ze wat bedwongen, en plots zeker van zichzelf: 'Nee, hij niet.'

Miek, met een fijn glimlachje: 'Gelukkig. Dat te weten is voor mij in zekere zin een opluchting, want hij is mijn man. Zullen we nu samen een kopje thee drinken?' Ze houdt een zak omhoog: 'Verse stroopwafels, daar hou je toch van?'

Een moment van ontroering waardoor ze niets kan zeggen. Miek die aan haar denkt, net als Jort, Alex, Marieke Carelse, met altijd een kleine verrassing: een bloemetje, een doosje chocolaatjes, een rol biscuit, kleine gaven die haar ontroeren, en kleine momenten van liefde die eeuwig moest duren.

Het slaan van de buitendeur, stappen in de gang, dat moet Rinus zijn. Alex komt altijd voorlangs, ze heeft hem in vol vertrouwen een huissleutel gegeven. Dat viel verkeerd bij Rinus, hij wond er geen doekjes om: 'Welja, loop je eigen zoon maar voorbij en geef een halve vreemde je huissleutel. Wat doet die vent voor je dat-ie zo bij je in de pas staat?'

Ze begreep zijn ergernis, ging voor haar doen er zachtjes tegen in: 'Alex helpt me met het asiel.'

Rinus, met honende spot: 'Mens, word toch eens wakker, dat asiel komt er nooit.'

Zij, plots doodnerveus: 'Al komt de onderste steen boven, het komt er.'

'Jawel, maar dan zullen jouw en mijn kiezen geen pijn meer doen,' schamperde Rinus.

Ze was verbluft, want Rinus kan zo raar uit de hoek schieten, en vroeg: 'Hoe bedoel je?'

'Dat je gek bent en die Guldemond ook. Al die soesa om een asiel, en mocht het wat worden, dan draai jij voor alle kosten op. Want de gemeente is niet gek.'

De kamerdeur gaat open en op de drempel staat Rinus, jekker aan en laarzen aan zijn benen. Snibbig valt ze uit: 'Welja, dat loopt zomaar met laarzen aan naar binnen.'

Rinus doet alsof hij het niet hoort, stapt de salon binnen, kijkt met een brede grijns in het rond en zegt: 'Heb je je vogeltjes al gevoerd?'

Ze gaat niet in op zijn praat en stuift op. 'Doe die laarzen van je benen, de prut zit er nog aan.'

Onverschillig schopt hij zijn laarzen uit, kwakt zijn jekker op een stoel, buigt zich naar haar toe en zegt: 'Zo'n klein wijffie en zo'n grote bek. Geen wonder dat je de meeste mensen tegen je in het harnas jaagt.'

'Zo veel komen er hier niet.' Hij moest eens weten hoe ze zich soms voelt, in radeloze eenzaamheid. Als ze het hem vertelt, zou hij haar dan begrijpen? Waarschijnlijk niet. Rinus loopt meestal met een bord voor z'n kop.

'Alleen je dierenvriendjes?'

'Juist, die.'

Zijn grote forse gestalte buigt zich naar haar toe als hij zegt: 'Ik vraag me af, dat asiel, hoelang hou je jezelf en je dierenvriendjes nog aan het lijntje? En dat je nog gelooft in die onzin.'

Da's tegen het zere been. Trillend over heel haar lijf van woede valt ze heftig tegen hem uit: 'Dat zal jij met je stomme kop nooit begrijpen.'

'Stom geboren en nooit wat bijgeleerd. Zo is het toch, hè, moeder.' En op een gemoedelijker toontje: 'Ik kom je wat eieren brengen. Zullen we de ruzie bijleggen en een bakkie doen?'

Ze toomt in met een knik in de richting van het koffieapparaat: 'Als jij zet. Ik ben wat beverig in mijn benen. En de koek denk je er maar bij, die is gisteren opgegaan. Alex en Marieke Carelse waren hier.'

Even floerst het voor zijn ogen. Vanzelf, de dierenvriendjes, met hun eenheid van man tot man, daar valt hij buiten. Hij zet koffie en vraagt: 'En hadden ze nog nieuws?'

Of ze een gedaantewisseling ondergaat, opgetogen begint ze te babbelen, het is Alex voor en Alex na, en Marieke krijgt ook de lauwerkrans omgehangen. Maar tijdens het praten ziet hij haar lippen wit worden, haar ogen trekken, en plots ongerust zegt hij: 'Stil maar, nu weet ik het wel. Hier heb je een bakkie.'

Zwijgen hangt tussen hen, hij slurpt genietend van zijn hete koffie, zij blaast in haar kopje en zegt met een blik op haar zoon: 'Jij hebt loden pijpen.'

Een smalend lachje: 'Koffie moet zijn als een vrouw, moeder: heet en sterk. Dat hoef ik jou toch niet te vertellen.'

Zijn smalende lachje klokt na in haar oren, hij kent haar verleden, maar maakt er nooit een zinspeling op. Waarom nu dan wel? Ze voelt onrust, zou het hem willen vragen, maar durft het niet. Ze strekt haar rug en valt scherp uit: 'Nog één zo'n zinspeling en je hoeft hier niet meer te komen.'

Het ligt op zijn tong te zeggen: 'Dat begrijp ik. Sinds meneer Alex Guldemond hier over de vloer komt, hoef je mij niet meer te zien.' Maar bij het zien van haar veranderende blik zegt hij: 'Nou ja, vergeet het maar.'

Vergeten? Da's makkelijker gezegd dan gedaan. Ze zal het nooit kunnen vergeten. Rinus is een kind van de liefde, jazeker, maar ook het kind van haar zonden. Casper heeft haar dat alles vergeven, maar toch, die misstap blijft aan haar knagen, en dan komt Rinus aan, die zonder erbij na te denken zulke dingen tegen haar zegt. En ijzig zegt ze: 'Weet je wat het met jou is? Je moet eens leren wat je zeggen of zwijgen moet.' En wat gemoedelijker: 'En schenk je moeder nog eens een bakkie in.'

Hij staat op, schenkt in, reikt haar de koffie. 'Alsjeblieft, moe.' Stilte tussen hen, waarin ieder zijn eigen gedachten heeft, in hem de herinnering aan Miek Veldschut, waar hij zich niet van kan losmaken. Haar woorden hebben iets in hem wakker gemaakt. Verantwoordelijkheidsgevoel voor het bedrijf, waarvan hij dacht: dat heb ik niet in me.

Ook Jabba's gedachten omcirkelen de Eben-Haëzer, de schapenkudde, de kippen, en ze zegt: 'Naar wat ik van Miek hoor heb je Barnevelders.'

Hij, een tikkeltje trots: 'Een flink aantal Barnevelders zelfs. En maar kakelen.'

'Leggen ze goed?'

'Als ze niet leggen, bind ik hun poten vast. Trouwens, weet

je wat me opvalt? Ik hoor praktisch geen getjilp.'

Rinus die aandacht aan haar vogeltjes schenkt! Ze wordt er waarachtig warm van en zegt: 'Ze zijn nog niet goed door de rui.'

'O, is het dat?'

'Juist, dat is het. Enfin, je komt er nog wel achter met je kippen.'

Kippen, prompt denkt hij aan Miek Veldschut toen ze laatst weer om eieren kwam, hoe hij de eieren uit het legnest haalde en ze voorzichtig in haar tas legde. 'Verser kun je ze niet krijgen,' zei hij haar.

'Daarom koop ik ze hier,' lachte ze. 'Het is me de vorige keer goed bevallen.'

'Het is een eind fietsen hiernaartoe.'

Weer die blije lach. 'Goed voor de lijn.'

Voor de zoveelste maal gleed zijn blik over haar volslanke figuur. Hij lachte en zei: 'Je mag er wezen.'

Zij, zachtjes: 'Kijk je weleens naar jezelf?'

De vraag verwarde hem. O, hij wist het wel, hij heeft een grof en bonkig lijf, handen als kolenschoppen, bepaald geen moeders mooiste, maar hij had het nooit zo pijnlijk gevoeld als op dat moment. Rinus reikte haar de tas en zei: 'Hier, pak aan, je eieren. Da's drie vijftig.'

Ze telde het geld uit in zijn hand, zag de norse trek om zijn mond en voelde, meer dan ze begreep, dat hij zich geheel in zichzelf terugtrok. Zachtjes zei ze: 'Je moet maar zo denken, eenieder is zijn eigen maker niet.'

'Ach.' Zijn geest werkte langzaam, hij pakte een schaal en schepte wat maïs uit het vat, om hen heen een luid gekakel.

Zij, het kakelend goedje observerend, zei: 'Ze zijn tevreden.'

Hij, op een onverschillig toontje: 'Achteruit schrapen, zo zie ik het.'

Ze schoot in de lach: 'O, wat mal dat je het zo ziet. Ik vind het prachtig. Weet je dat kippen dertig kakelgeluiden herkennen?'

Hij, verbaasd: 'Die achteruitschrapers? En met een grijns: 'Hoe, in het Frans, Duits en Engels?'

'Nee, suffie, zoals wij onderling met elkaar praten.'

Hij, een moment totaal uit het veld geslagen, mompelde: 'Weet ik dat.'

Ze legde haar hand op zijn arm, keek vertrouwd naar hem op en zei: 'En dat voor een boer. Neem de tijd er eens voor en luister naar je kippen, dan hoor je wel degelijk het verschil.' 'Boer', het woord haakte in zijn oren. Ze zag hem als boer. Hij wilde zeggen: 'Daar ben ik niet geschikt voor, die telkens terugkerende zorgen in een afgesloten wereldje. Maar ik moet wel, de Eben-Haëzer is me opgedrongen.' Maar ze zou het niet begrijpen als hij haar dat trachtte uit te leggen. Miek, een boerendochter in hart en nieren. Wel weet hij dat als zij er is hij zich milder gestemd voelt en dat zijn afgesloten wereldje er heel anders uitziet.

Voor hij het beseft vraagt hij aan zijn moeder: 'Komt Miek Veldschut hier nog?'

Opmerkzaam kijkt ze hem aan: 'Miek Veldschut. Hoezo?'

'Ze haalt eieren bij me.'

'Nou, dat is een mooi extra centje voor je. Haal die pet eens van je kop.' Rinus, één bonk onverschilligheid, nog een wonder dat hij haar niet om geld vraagt. Zou-ie eindelijk leren op eigen benen te staan nu hij die kippen heeft? 'Maar goed, ik heb niet gehoord dat Miek hier vandaag zou komen.'

'Waar praten jullie zoal over als ze hier is?'

'Wat raakt jou Miek Veldschut?'

Ja, wat raakt hem Miek Veldschut? 'Nou, niks in het bijzonder. Ik mag toch wel wat vragen?' Hij tast in zijn broekzak en tovert zijn shagdoos tevoorschijn.

Terstond stuift ze op: 'Geen gerook hier, denk om de vogels,' Ach, lieve help, hoe heeft hij dat kunnen vergeten, altijd weer die vogels. Hij stopt zijn shagdoos weer weg.

'Vanzelf mag je het vragen,' komt zijn moeder erop terug, 'maar haal je geen stomme dingen in je kop, Rinus. Miek Veldschut is een getrouwde vrouw.'

Gebelgd stuift hij op. 'Waar zie je me voor aan?'

Onverwachts klinkt het mild: 'Je moeder spreekt uit ondervinding, en daar wil ik jou voor behoeden.' Rinus lijkt als twee druppels water op zijn biologische vader, en langzaam speelt zich een film voor haar ogen af. Ze glijdt terug in de tijd. Daar loopt ze met Gradus Vos door het turfveld. Gradus heeft de macht in handen, hij is de 'latloper' onder de turfstekers, meet het aantal meters op dat de mannen per dag hebben uitgestoken en betaalt hen uit. Gradus heeft een kennersoog voor vrouwen en kent het klappen van de zweep. Ze raakt door hem begeesterd en wordt zwanger van hem, ondanks dat ze getrouwd is met Casper Cannegieter. Casper, bang voor het verlies van naam en eer, wil geen ruchtbaarheid, accepteert Rinus als een eigen zoon. Gradus Vos vertrekt van de ene op de andere dag met stille trom. Heeft Casper hem soms zwijggeld gegeven?

Tot op de dag van vandaag weet ze het niet, en pas later hoorde ze dat Gradus Vos ook getrouwd was.

Weg, weg, niet meer aan denken, heel dat verleden ligt verzonken in een diepe put. Maar die man dan die tegenover haar zit? Haar zoon, de zoon van haar begeerte, die met zijn rode boerenkop op zijn borst klaagt over de lage wolprijzen, en dat er een paar schapen zijn met zere hoefjes, zodat de dierenarts weer moet opdraven en het alleen maar geld kost, en zo is er altijd wat.

'Waar niet?' antwoordt ze. 'Dat geldt voor jou en voor iedereen.' Straks zal ze wel weer horen: 'Moe, kun je me helpen?' Het weten rinkelt als venijnige belletjes in haar hoofd.

Daar heb je het al: 'Moe, als de dierenarts...'

Gered door de bel, luid weerkaatst het geluid door de marmeren gang. 'Krauw,' schreeuwt de roodstaart verschrikt. Rinus snauwt: 'Hou je bek.' En Jabba, plots in de zenuwen, veert rechtop en gebiedt: 'Doe jij eens open.'

Tergend langzaam komt hij overeind, toont geen haast. 'Vooruit dan. Omdat je het zo vriendelijk vraagt.'

'Jaja, schiet maar op.'

Hij voelt lust tot plagen. 'Mens, het is Onze-Lieve-Heer niet,' zegt hij, en hij loopt met langzame passen de salon uit.

Stemmen in de gang, ze luistert met gespitste oren, Mieks stem, en dat is... Het zal toch niet waar zijn? Ja, toch wel, Jort Veldschut, en op de achtergrond de stem van Alex. En bijna voelt ze het als een gruwel dat Rinus nu juist hier is.

Achter elkaar komen ze naar binnen, Miek voorop, vrolijk en opgewekt als altijd: 'Hier Jabba, voor jou! Rozen. En ze geuren heerlijk, stop je neus er maar eens in.'

'Dank je, Miek.' Ze bloost in plotselinge blijheid, haar smalle magere hand grijpt naar het boeket. Rode rozen, haar lievelingsbloemen.

'Dag Jabba, ik ben maar eventjes met Miek meegekomen.'

Da's Jort. Zijn scherpe grijze ogen glijden over haar magere gestalte: 'Nee, nee, blijf zitten, vermoei je niet te veel.'
'En ik kom mee ter opluistering,' zegt Alex. 'Je ziet wat witjes, Jabba. Je mankeert toch niets?'
'Een beetje moe,' lacht ze terug, en met een spijtig toontje: 'De koffie is op.'
'Geen bezwaar, dan zetten we nieuwe.' Miek is opgewekt als altijd. 'Leuk dat je zoon er ook is. Vertel eens, Rinus, hoe staat het met de schapen?'
'Ik, eh...' Nu zij zo onverwachts hier is, haar ogen vriendelijk en zacht van dichtbij, weet hij niet wat hij moet zeggen. Ze maakt iets in hem los, dat kan hij niet ontkennen, maar ze is samen met haar man, hij mag zulke gedachten niet hebben.
'Er wordt je wat gevraagd.' Jabba, een koele blik flitst uit haar ogen.
'Rinus is zijn tong verloren,' plaagt Alex, bij het zien van die bonkige kerel die er als een verlegen kind bij staat.
Het is Jort die Rinus' onbeholpenheid denkt te doorzien, op hem toe loopt, zijn hand op diens schouder legt en zegt: 'Rustig aan, Rinus, we zijn nog niet weg.'
Kampend met zichzelf dringt tot hem door dat Veldschuts medegevoel hem naar hem – Rinus – had toegedreven. Veldschut, die het voor hem opnam in de hal van het gemeentehuis. En plots met al zijn aandacht op de man gericht zegt hij op wat ruwe toon: 'Rij je nog steeds paard?'
'Ja,' zegt Jort, 'hoe dat zo?' Ze waren als bij toeval elkaar tegen het lijf gelopen bij de manege. Rinus, sjouwend met een baaltje hooi op zijn schouder, bleef voor de box staan, waar Jort het paard stond te roskammen. Hij keek een tijdje belangstellend toe en zei: 'Pas maar op met die rooie.' Daarna liep hij meteen door.
Verbaasd had hij hem nagekeken, het paard knabbelde speels aan zijn mouw, lachend duwde hij het dier opzij, klopte het in de hals en zei: 'Laat die schapenboer maar praten, die is niet wijzer.' Met dat beeld in zijn achterhoofd zegt hij nu op ietwat trotse toon: 'Ja, ik rij nog steeds paard. Bezwaar?'
Rinus, kortaf: 'Ik? Dat moet je zelf weten.'
'Allemaal koffie?' Mieks opgewekte stem, al babbelend schenkt ze op voorhand koffie in: 'Jabba, ik weet het, veel

melk en weinig suiker, Alex precies andersom, Jort zwart. En jij, Rinus? Blijf daar niet staan, pak een stoel en schuif bij.'

Daar zit-ie dan tussen Jort Veldschut en Alex Guldemond. Net koffie, nu weer koffie, het komt zijn neus uit, maar hij wil haar niet teleurstellen. Miek zit naast zijn moeder en babbelt honderduit, en Jabba fleurt er waarachtig helemaal van op. Het gaat er vrolijk en gezellig aan toe. Hij neemt een slok koffie, voelt zich verre van op zijn gemak, al dat gepraat over en weer over zaken die hem niet interesseren of waar hij geen verstand van heeft, af en toe wat schuchter getsjilp van een paar vogeltjes, plots een harde schreeuw ertussendoor van de papegaai. Waarom zit dat kreng niet in het regenwoud, waar hij thuishoort, maar hier in zo'n verdomde koperen kooi, gevangen, als je erop doordenkt is het in en in zielig, en hij weet heel zeker dat als het zover is dat zijn moeder het tijdige voor het eeuwige heeft verruild, dat hij dan al die kooien open zal zetten en al die vogels hun vrijheid teruggeeft. Alex Guldemond zegt wat tegen hem, maar wat hij zegt? Alex Guldemond, die hem in de stal zo gevoelig op zijn vingers tikte, een grief die hem nog steeds dwarszit. Strak rechtop zit hij op zijn stoel tussen al die dierenliefhebbers. Miek, Alex, Jort, Jabba en niet te vergeten Marieke Carelse, die ook is komen aanwaaien; hij kan hun enthousiasme niet delen. Zijn mening: het dier is onderdanig aan de mens. Opeens breekt het klamme zweet hem uit, het prikt onder zijn haren, in zijn hals, en met heel zijn gedachten bij zijn eigen probleem zegt hij: 'Ik heb zere hoefjes onder de schapen.'

'Wat?' Miek zit al naast hem, geeft gratis advies: 'Niet in de wei laten. In de stal houden, en scheiden van de andere dieren.' Weg is haar plagerige manier van praten tegen hem. Nu is ze bloedserieus: 'En denk erom de dierenarts erbij te halen, want het is besmettelijk.'

Ja, dat hoeft ze hem niet te vertellen. Hij mag dan een surrogaatboer zijn, maar zo stom is-ie nu ook weer niet. 'Ze staan al apart,' zegt hij.

Miek geeft weer advies: 'En denk erom dat je de stal ontsmet.'

Hij, met een verslagen trek op zijn gezicht: 'Zo erg?' Hij

denkt aan de dierenarts, het gaat weer geld kosten, en de rafels hangen toch al aan zijn portemonnee, en die paar centen die hij heeft opgespaard zijn er ook al door. Schapen, het zijn lieve dieren, maar ze geven handenvol werk en kosten bakken met geld, zo veel dat-ie er praktisch niets aan overhoudt. En degene die zegt dat het wel zo is, liegt dat-ie barst. En Miek gaat maar door met raad geven, je moet dit doen en dat laten, hier spreekt een vrouw met kennis, maar het gaat zijn ene oor in en het andere uit, hij ziet alleen haar grote grijsblauwe ogen, de warrige rossig blonde krullen om haar gezicht, en op de achtergrond haar man. Wat een contrast met zijn eenzame vrijgezellenbestaan. Rinus zucht en zegt: 'Ik zal alles doen zoals jij het zegt.'

Ze lacht warm. 'Goed zo, en ik zal Bart sturen. Dan kan-ie je een handje helpen. Hij is graag bij je op de boerderij.'

Jort Veldschut, aangestoken door het enthousiasme van zijn vrouw, vult aan: 'Moeder en zoon, het zit in de genen, die liefde voor het boerenleven. Maar als jullie het niet af kunnen, helpen Alex en ik wel een handje. En jij, Jabba?' richt hij zich tot haar. 'Als het ons dan nog niet lukt, mogen we dan ook op jouw steun rekenen? Zowel je zoon als de Eben-Haëzer moeten in leven blijven.'

Jabba staart strak naar de man die haar dat zegt, dan glijdt haar blik van hem naar de anderen, allemaal lieve mensen die haar zoon steunen en zich zorgen maken over dat idyllische boerderijtje met het rieten dak en de rondom bloeiende kastanjes. De Eben-Haëzer, hoeveel malen is ze daar als kind langs gehuppeld, hunkerend naar goedheid, liefde, warmte en beschutting. En nu, als oude vrouw, die alles heeft waar ze zich vroeger op blindstaarde, leeft ze in het kwellende besef dat het er weinig toe doet, en dat ze dag in dag uit opbokst tegen ambtelijk beleid, dat zich strikt houdt aan wetten en regeltjes.

Ambtenaren, ze hebben de macht en dragen het uit, en Jort Veldschut is daarop geen uitzondering. Charmant, voorkomend, poeslief in je gezicht, maar wat wauwelt-ie nu tegen Rinus. 'Sinds kort valt de Eben-Haëzer onder beschermd dorpsgezicht, wist je dat?'

Nee, Rinus weet het niet, en Jabba net zomin, en nu ze het wel weet, lapt ze het aan haar laars. Beschermd dorpsgezicht, ja hoor, maar een behoorlijk dierenasiel, ho maar. Maanden geleden heeft ze met behulp van Alex een aanvraag ingediend voor een bouwvergunning, maar tot nu toe nul op rekest, en de laatste weken heeft ze ook haar sterke twijfels of Alex en Marieke nog steeds hetzelfde enthousiasme ervoor op kunnen brengen als voorheen. Ze heeft het idee dat hun vertrouwen in de goede afloop langzaam afbrokkelt. Ja, als het zo ter sprake komt, dan zijn ze wel vol vuur, maar anders geen woord erover, en dat zet haar aan het denken.

Hè, al die pratende stemmen om haar heen, waarin de een het nog beter weet dan de ander, het duizelt haar.

'Lysol, dat ontsmet het allerbest.' Dat is Miek, resoluut als altijd.

'Die geur blijft veel te lang hangen, dat wordt niks,' gaat Alex er dwars tegen in.

'En krijg je ze met geen stok naar binnen,' zegt Marieke.

Stemmen, allemaal stemmen en opgewonden gepraat, alleen Jabba hoort ze niet, die houdt haar kaken stijf op elkaar. De stem van Jort Veldschut, vriendelijk overredend als altijd, hij doet ondanks zijn gebrek aan kennis van het boerenleven ook een duit in het zakje. Schapen, schapen, schapen, ze hoort niet anders, en over het asiel geen woord. Plots voelt ze zich door iedereen in de steek gelaten, en in haar borrelt de lust op om te beledigen, hen pijn te doen zoals zij haar pijn doen, en in nietsontziende woede valt ze uit tegen Jort Veldschut: 'Allemaal goed en wel wat je daar prevelt, maar hoe staat het met de aanvraag voor het asiel? Dat moet jij toch weten, of hou je met zoete beloftes een oude vrouw aan het lijntje?'

Haar sarcastische opmerking echoot na in hun oren, en Rinus, rood en geagiteerd, valt als eerste uit: 'Potdomme, moeder, toom een beetje in, wil je?'

En Alex, die wel voelt waar de schoen wringt, voegt eraan toe: 'Het is de toon die de muziek maakt, Jabba.'

Miek zwijgt, ze begrijpt die verbetenheid van Jabba, en ook de reden die erachter schuilt. Maar niemand behalve zij – Miek – weet hoe dikwijls Jort het voor Jabba tegen Scheltenaar heeft opgenomen, en haar, zijn vrouw, hierover in vertrouwen nam, en tegelijk haar op het hart drukte: 'Weet wel, ik klap uit de school, mondje dicht tegenover anderen.'

En Jort Veldschut denkt: Jabba, ze voelt instinctmatig waarom ik hier ben en dat ik haar daarmee tot in het diepst van haar ziel zal treffen, dat weet ik wel zeker. Hij buigt zich naar haar toe, legt zijn hand op haar schouder en zegt: 'Jabba, ik wil met je praten.'

Weg zijn de drift en de grote mond. Ze ziet de bezorgde trek op zijn gelaat, voelt zijn hand op haar schouder, en scherp en helder is in haar het besef: het voorstel is voorgoed afgewezen. Het asiel waar ze al zo lang haar hoop op had gevestigd. Zachtjes zegt ze: 'Je bent met Miek meegekomen om mij te zeggen dat mijn aanvraag is afgewezen.'

'Jabba, ik...'

Ze heft haar hand. 'Zeg maar niets meer. Vanaf het begin heb ik het geweten. Ambtenaren, allemaal koele denkers die keurig langs het lijntje lopen, en heel veel mensen daarmee op het hart trappen.'

Eigenlijk moet hij nu zeggen: 'Ik ben ook ambtenaar, maar ik loop niet zo strak langs het lijntje als mijn collega.' Maar het heeft geen zin. Hij heeft niet voor elkaar gekregen wat ze wilde en wiens schuld dat is, doet er niet toe. Maar hij wil ook niet dat ze een hekel aan hem krijgt. Hij pleit: 'Jabba, je moet me geloven, ik heb mijn best voor je gedaan, maar ik heb het niet alleen voor het zeggen.'

Geloven, ze moet iedereen geloven, Miek, Alex, Marieke, Rinus en ook Jort Veldschut, maar haar diepste verlangen, de bouw van een dierenasiel, geloven zij daarin? Of zien ze het meer als een dwaas denken van een oude vrouw die zegt: 'Als er geen dieren meer waren, was de wereld leeg.'

'Jabba, ik...' Jort aarzelt opnieuw, ziet haar wit weggetrokken gelaat onder de steeds dunner wordende zilvergrijze haren en voelt zich onrustig.

En zij leest de waarheid in zijn ogen, maar leed pijnigt haar hart en ze voelt zich moe en verslagen, haar hoofd zakt op haar borst, geknakt en willoos zit ze in haar stoel en mat klinkt het: 'Ga weg, alsjeblieft, ga allemaal weg. Ja, jij ook, Rinus. Laat me alleen.'

Die nacht gaat ze niet naar bed. Stil en onbeweeglijk zit ze in haar stoel tussen haar vogeltjes.

DEEL TWEE

Schafttijd! Rinus, terug van het land waar hij de schapen heeft verweid, zit breeduit leunend op beide onderarmen aan de tafel en kijkt belangstellend naar Marieke Carelse, die zittend op haar knieën een jonge kauw voert.

Twee keer in de week komt Marieke bij hem om zijn huishouden te doen, en sindsdien lijkt het wel of er een frisse wind door het huis waait. Marieke lacht en zingt, ze dweilt de keuken, jaagt het stof van de schoorsteen en vensterbank en wrijft met was de stoelen en tafel zo op dat ze glimmen als een spiegel.

Hij leunt wat voorover en zegt: 'Lukt het je een beetje?'

Haar vriendelijke gezichtje kijkt naar hem op, ze lacht hem toe en zegt: 'Het moet nog steeds wennen.'

'Wie? Die kauw of jij?'

'Allebei, hij aan mij en ik aan hem. Ik geef hem brood geweekt in melk.'

'Kauwen worden grootgebracht met wormen.'

Een ietwat verontwaardigd: 'Ik ben geen kauw.'

Hij, met een flauwe glimlach: 'Nee, jij bent Marieke.'

Op de dagen dat ze hier werkt zorgt ze ook voor de middagpot, die ze ieder aan hun eigen kant van de tafel gebruiken. Hutspot met kaantjes, waar hij dol op is. Ze knikt hem toe en zegt: 'Het schijnt je te smaken.'

Hij, tevreden en voldaan, prijst haar kookkunsten de hemel in. Ze schiet in de lach, schept zijn bord nog eens vol en zegt: 'Mijn oma heeft me leren koken.'

'Dan heb jij een goeie oma.' Marieke verloor heel jong haar moeder en is door haar vader en grootmoeder grootgebracht.

De kauw zet het op een schreeuwen, verjaagt zijn gedachten, en vlug stopt Marieke een stuk gesopt brood in de open snavel, en hij zegt bewonderend: 'Zo te zien gaat het je goed af.'

'Ik moet wel, ik kan hem toch niet laten verhongeren?'

Haar ogen glanzen hem vriendelijk toe, en plots verlegen met zichzelf zegt hij: 'Daar ben jij de vrouw inderdaad niet naar.'

Marieke, die wat het asiel betrof samen met Alex Guldemond pal naast zijn moeder stond. Enfin, da's van de baan, maar het heeft zijn moeder meer aangegrepen dan menigeen dacht, veertien dagen heeft ze zich bij haar vogels opgesloten, wilde niemand zien, en na veertien dagen, toen ze zich weer tussen hen voegde, moest eenieder pijnlijk bekennen dat het haar dieper had geschokt dan wie dan ook van hen had kunnen vermoeden. Haar toch al smalle gezicht was nog magerder geworden, de rimpels nog dieper, en over de paarsig dooraderde koontjes lag een perkamentachtige kleur. Eenieder bemerkte de verandering in haar en Miek zei: 'De afwijzing van dat asiel moet Jabba verwerken, en dat kost tijd.'

Wat kakelt Marieke nu weer? 'Een heel werk, dat gevoer. Trouwens, ik snap niet waarom je hem hebt meegenomen.' 'Nou ja,' monkelt hij. 'Da's ook wat, hij zat daar in z'n eentje aan de slootkant, en zo zielig piepen, dan neem je zo'n kauwtje toch mee. Zeg nou zelf.'

Ja, zeg nou zelf, maar Marieke zegt heel wat anders: 'Fout. Een kauw is een nestvlieder, je had hem moeten laten zitten, de ouders zaten heus wel in de buurt.' En een tikkeltje spottend: 'Dat moet jij als boer toch weten.'

Dat steekt hem, hij als boer hoort alles over dieren te weten, zoiets heeft Miek Veldschut hem ook gezegd. 'Een goede boer is één met zijn bedrijf, dat is hij aan zichzelf verplicht.' Die terechtwijzing bleef hem in zijn kop hameren, en hij trachtte haar oordeel te rechtvaardigen. Hij heeft zich afgebeuld op het land, geprobeerd de lichaamstaal van zijn dieren te verstaan, heeft er vakliteratuur op nageslagen, maar het lukte hem niet, de betekenis van dit alles drong niet tot hem door, en hij begreep wat hij al jaren wist: hij was geen boer, zou het ook nooit worden. Ondanks dat de Eben-Haëzer met de allerbeste bedoelingen hem in de schoot was geworpen. Arme Casper Cannegieter, maar een nog armere Rinus.

Nors valt hij uit: 'Een boer kan niet alles weten.'

Even fronst ze haar wenkbrauwen, schiet dan luidop in de lach en zegt: 'Als je alles wist, was je professor.' Kijk hem daar zitten, die grofbonk, nors en weinig toeschietelijk, maar als je hem beter leert kennen, valt hij reuze mee.

Door toedoen van Miek Veldschut is ze hier terechtgekomen en werkt ze hier twee dagen in de week. Miek had lang en ernstig met Mariekes vader gepraat. Haar vader is goed van hart, maar heel beschermend tegenover zijn dochter. De man had wrevelig geantwoord: 'Jaja, Rinus Cannegieter. Als je zo met hem te doen hebt, waarom ga je dan zelf niet?' Wat Mieks antwoord daarop was, weet Marieke tot op de dag van vandaag nog niet, maar plots liet haar vader zijn bezwaren vallen en mocht ze voor twee dagen in de week op de Eben-Haëzer werken. Rinus hoeft daar voorlopig niets voor te betalen. Dat hebben Miek, Jort en Jabba onderling geregeld. Maar dat zijn moeder ook bijlegt, daar hoeft hij niks van te weten.

Rinus, hij is veel op het land bij zijn schapen, komt alleen binnen voor zijn natje en droogje, laat haar de vrije hand en is goed voor haar.

Ze pakt de kauw, zet hem onder de stoof, en hij vraagt verwonderd: 'Waar is dat goed voor?'

Ze strijkt een lok van haar voorhoofd en zegt: 'Denk eens na. Dat fladdert anders vrij in het rond en poept alles onder. Daar pas ik voor.'

'O, is het dat?' Hij kijkt in het rond. Een paar weken terug was het hier nog op z'n best bezemschoon, en nu is het om door een ringetje te halen, hangen er gordijntjes voor de ramen, kunnen ze bij hem binnenkomen. Maar er komen niet veel mensen bij een verlopen schapenboer. Ja, schuldeisers en af en toe een deurwaarder, en de dierenarts, ja, die vooral, en meestal in het voorjaar tijdens het lammeren, dan schudt de man zijn hoofd en zegt met een medelijdende blik op de schapen: 'Man, man, je hebt er geen gevoel voor, doe ze toch van de hand.'

Hij, met een grauw: 'Mooi gezegd, maar een mens zal toch wat moeten. Het komt me niet aanwaaien.'

'Dat ben ik met je eens,' zegt de dierenarts dan, wroetend met zijn hand in het achterlijf van het schaap, en komt daarbij tot de conclusie: 'Het is een stuitligging, ik moet het afhalen. Da's de vierde al. Je hebt geen geluk, Cannegieter.'

'Nee,' grauwt hij met een terugblik op de achter hem liggende jaren. 'Het kost elk jaar meer van stijgen dan van dekken.'

'Troost je, je bent de enige niet,' bromt de dierenarts onder het werken door. 'Bij Kees Vlaming is het dito, en ook bij Geestenrijk. In het algemeen is dit voor iedereen een slecht schapenjaar, veel eenlingen, stuitgeboortes en dwarsliggingen, het werk loopt me over m'n handen heen. Hier heb je je lam, het is een ram, en een beste ook nog. En nu maar hopen dat het ooi het niet afstoot. Ze heeft het zwaar gehad.'

Maar het ooi stootte het lam wel af, en hij had er weer een potlam bij, vier potlammeren die hij de eerste dagen om de twee uur moest voeren en met de fles grootbrengen, dat wordt weer een schip van bijleggen, en de dierenarts weet van schrijven. En uiteindelijk weet hij wel waar het op uitdraait: Rinus moet weer bij moeder aankloppen.

Vroeger dacht hij daar met een luchtig hart over, nu gaat hij erheen met lood in zijn schoenen, want ze is nog steeds niet goed over de afwijzing van het asiel heen, al rept ze tegenover anderen daar met geen woord over. Maar zij die het weten merken dat ze is veranderd. Maar ach, als de scherpe kantjes eraf zijn, zal het wel weer beter gaan. Tijdens een gesprek gebeurt het wel dat ze plotseling haar ogen sluit en met haar hoofd tegen de stoelleuning leunt, en als dan een van hen daardoor opgeschrikt vraagt of het wel goed met haar gaat, klinkt het laconiek: 'Ja hoor, het is de ouderdom maar. En jullie moeten niet zo op me letten.'

En Mieks commentaar daarop: 'Oud en versleten, maar ze houdt zich goed, ons oudje.'

Oud en versleten, als weerhaken sloegen die woorden in zijn hersens, de manier waarop Miek het zei. Zijn moeder reageert sinds de afwijzing nog meer kortaf en kregelig tegenover zijn vragen om geld. Nijdassen en weinig zeggende woorden over en weer, maar aan het eind van het liedje gaat ze toch door haar knieën, geeft ze hem het geld met de woorden: 'Er zal een dag komen dat ik er niet meer ben, dan zul je voor jezelf moeten zorgen.'

Vroeger ging hij er lachend tegen in, nu voelt hij onrust, en dat is de reden dat hij wat meer bij haar op bezoek gaat, en wat eieren voor haar meeneemt en als-ie in een goede bui is voor haar de tuin wat opknapt. Als het karweitje is geklaard en hij naar binnen gaat staat meestal de koffie voor hem klaar, praten ze stil samen, halen herinneringen op, vraagt zij vriendelijk naar zijn schapen, en hij onwillig naar haar vogeltjes, want hij denkt: wat er ook gebeurt, die vogels zijn haar zwakke plek. En plots in een sterk gevoel haar te beschermen zegt hij: 'Als het voeren je te zwaar wordt, voer ik die vogels wel.'

Zij, onthutst: 'Je meent het.' Dan, plots met haar vroegere vinnigheid: 'Hou toch op met dat idiote geklets.'

Hij, plots timide, zwijgt gegriefd, voelt nog altijd haar wrok tegen hem, wrok die hem meer dan voorheen pijn doet, en gromt: 'Dan niet.'

Maar de laatste tijd vraagt hij zich meer en meer af: hoe komt toch van jongs af aan dat eeuwigdurende wrokken tussen hem en zijn moeder?

Door het hem welbekende verleden. Hij, dat kind van die andere man. En het was Casper Cannegieter die hem als een eigen kind zag en met zijn edelmoedigheid het gezin bij elkaar hield.

'Als-ie groot is, laat ik hem vliegen.' Marieke die zijn gedachten aan stukken scheurt.

'Wie? Wat?'

'Die kauw.'

Gunst, ja, die kauw. Een klein moment was hij heel die kauw en Marieke vergeten. Hij schuift zijn stoel achteruit, komt overeind en zegt gewoontegetrouw: 'In de startblokken. Het komt een mens niet aanwaaien, wat jij, Marieke?'

Marieke, haar charme trekt een ogenblik zijn aandacht. Zou ze, als hij haar vroeg…? Verdomme, wat zijn dat voor rare gedachten die door zijn kop spelen, hij lijkt wel niet goed wijs. 'Vertel eens, Marieke, hoe oud ben je?'

'Achttien, en jij?'

'Twee keer zo oud, zesendertig.'

'Dus je bent een ouwe bok.'

'Nou, oud, oud…' Hij schiet in de verdediging. 'Ik ken er die ouder zijn.' Maar hij voelt zich verward, slikt een paar maal, werpt een blik in de spiegel. Daar ziet hij een vierkante stoere kop, zilveren streken door zijn blonde haardos, rimpeltjes om zijn ogen. Marieke heeft gelijk, hij is een ouwe bok. Zo zie je maar, een mens staat er niet bij stil, maar uit het verborgene komt de ouderdom met rasse schreden, en pikt je in je kuif voordat het tot je volle besef doordringt. Zijn hand strijkt een paar maal door zijn haren, stug en dik als de vacht van een poedel. 'Da's het enige mooie aan je, je haar' zei z'n moeder altijd tegen hem toen-ie nog een snotaap was.

Plots Mariekes stem: 'Kijk het mooie niet van je af.' Haar lachende gezicht weerkaatst in de spiegel. Hij voelt zich betrapt, weet zich geen houding te geven en zegt quasiluchtig: 'Kom, ik ga eieren rapen, de kippen kakelen de oren van je hoofd.'

'Verhip, kijk daar eens wie eraan komt,' zegt Marieke.

Hij kijkt, het is de nieuwe auto van Alex Guldemond, die zo te zien wel een paar centjes heeft gekost. Het zonlicht weerkaatst in de portierramen en op de sportvelgen. Alex Guldemond, een weeë moeheid trilt boven zijn hersens uit. Ondanks dat ze nu goed met elkaar omgaan, kan hij die sneer die Alex hem toen gaf in de schapenstal maar niet vergeten. Alex Guldemond, een goedbetaalde baan, een eigen huis, een mooie vrouw, je hebt van die geluksvogels. Alhoewel, sinds kort doet een raar praatje over Alex Guldemond de ronde: het zou tussen hem en zijn vrouw niet meer boteren. Maar het dorp weet van kletsen, op iedereen hebben ze wat, behalve op hun boterham.

Zijn blik hecht zich aan de auto, die draait het pad op dat naar de Eben-Haëzer leidt en komt snel naderbij. Marieke staat naast hem en nog steeds verbaasd zegt ze: 'Alex? Wat moet die hier?' Tegelijk slaat haar hart een wilde roffel en kijkt ze met meer dan gewone belangstelling naar de man die achter het stuur zit. Alex Guldemond, wiens strenge gezicht verandert in een zachte glimlach als ze hem op straat tegenkomt, of bij Jabba een praatje met hem maakt. Maar als hij zich even terugtrekt uit de salon zegt Jabba: 'Haal je geen rare dingen in je hoofd, Marieke.'

Zij, quasiverbaasd: 'Hoe bedoel je, Jabba?'

Jabba, fronsend: 'Je weet bliksems goed wat ik bedoel, hij is een getrouwd man.'

Zij, uitdagend: 'Er doet anders een praatje de ronde.'

Een minachtend gesnuif: 'Praatjes, ja, dat ken ik. Enfin, ik heb je gewaarschuwd: gebruik je verstand. En nu ga ik m'n vogeltjes voeren.'

Zij, gebelgd, denkt: verstand, moet je horen wie dat zegt, Jabba, die zelf in haar jonge jaren een affaire heeft gehad, dat is eenieder bekend. Jabba, nu een oud vrouwtje met een scherpe oogopslag, haar hoge stem waarin een tsjirpend geluid gelijk haar vogeltjes. Gevederde zangers achter koperen tralies, waar Jabba leunend op haar stok drie keer op een dag babbelend langs loopt. Gekooide vogels, iets wat lijnrecht staat tegenover haar gedachten van de bouw van een asiel. Enfin, da's nu van de baan, Alex en zij leggen zich erbij neer, maar Jabba is daar nog steeds niet overheen en het drukt haar terug in haar eenzaamheid. Arme Jabba, die van zichzelf zegt: 'Ik ben een idioot geweest om me vast te klampen aan het idee van een dierenasiel. Er is niets, niets, niets meer. Alles is uit mijn handen weggeslagen, en wat rest, is het verwerken van de teleurstelling in een oud stoffig hoofd, dat te moe is om te denken.'

Gepiep van remmen, de auto stopt bij de achterdeur, Alex stapt uit, loopt om de auto heen, houdt als een galante ridder het portier open, en Marieke zegt vanachter het keukenraam: 'Kijk nou eens, je moeder en Miek Veldschut zijn mee.' Ja, dat ziet hij waarachtig zelf ook wel. Bezoek van zijn moeder, het overrompelt hem, hoelang is dat geleden. Jaren. Maar of hij er nu zo verguld mee is dat ze weer voor zijn deur staat? Het idee komt zeker van Miek Veldschut af. Miek, lachend en druk pratend, ze helpt zijn moeder bij het uitstappen, eerst komt de stok uit het portier en dan zijn moeder, behoedzaam brengt ze haar gewicht op de stok over en ze wankelt. Alex schiet toe, maar ze slaat zijn hand weg, zegt iets en stampt een paar maal met de stok op de grond. Marieke, een tikkeltje scherp: 'Moet je je bezoek niet verwelkomen?'

Hij ontwijkt haar blik, ze moest eens weten hoe hij erover denkt, en bromt: 'Ik moet nog eieren rapen.'

Marieke, onbekommerd: 'Dat kan altijd nog. Zal ik koffiezetten?'

'Je doet maar, en koek denken ze er maar bij.' En met de smoor in zijn lijf loopt hij de visite tegemoet, die hij quasi-vriendelijk begroet: 'Jullie hier? Dat is wel heel onverwacht.'

'Dat is het leuke eraan,' zegt Miek, opgewekt als altijd. 'En we hebben je moeder meegebracht.'

Ja, daar heeft hij geen bril voor nodig. 'Dag moeder.'

'Dag jongen.' Even schiet haar blik scherp naar hem uit, wat is het toch een grofbonk, die zoon van haar, en dat hij blij is met haar bezoek betwijfelt ze. De band tussen moeder en zoon is nooit zo sterk geweest, en een tikkeltje uitdagend klinkt het: 'Ja, je moeder op bezoek, na jaren. Ben ik welkom? Maak van je hart geen moordkuil.'

'En je vogeltjes?' ligt het op zijn tong. 'Kun je je troetelkindjes wel alleen laten?' Maar hij slikt zijn woorden in, en zijn moeder, met een hoofdknik richting Alex, zegt: 'Het idee komt van hem, je zit altijd in huis, zei-ie, je gaat maar eens mee.'

'En Miek?' vraagt hij. Miek, menig klant heeft ze hem aangebracht. Hij verkoopt bijna meer eieren dan zijn kippen kunnen leggen.

Miek, opgewekt babbelend: 'Ik was heel toevallig bij je moeder op visite toen Alex het plan opperde, en ik dacht: kom, ik ga mee, hoe meer zielen, hoe meer vreugd. Maar aan je gezicht te zien...'

Zo, dus aan zijn gezicht te zien vindt hij het niet zo'n leuke verrassing als ze allemaal dachten. Nou, dan ziet ze het goed, hij staat niet te juichen bij die onverwachte visite, maar verschuilt zich achter een leugentje: 'Onzin, maar jullie overvallen me, ik zou net eieren rapen.'

'Ik ga met je mee,' biedt Miek meteen aan.

En hij denkt: niet prettig, ik moet het hok nog schoonmaken, en Miek als rechtgeaarde boerendochter heeft direct op- en aanmerkingen, en meestal niet ten onrechte. Maar soms irriteert het hem en valt hij nijdig uit: 'Bemoei je nu eens niet met andermans zaken.'

'Goh,' reageert zij dan, 'wat ben jij opeens op je tenen getrapt. Maar ik hou voortaan m'n mond wel.' Maar Miek en haar mond houden, dat moet hij nog meemaken. Hij weet zeker dat ze weer commentaar zal hebben.

Een vriendelijk tikje op zijn schouder, da's Alex: 'Ik heb je een nieuwtje te vertellen.'

'O,' zegt hij droogjes, 'ik dacht dat je om eieren kwam.'

'Dat ook, maar er is ook nog iets anders.'

Iets anders? Gaat het toch om Lara? En voor het eerst vraagt hij zich af: kan ze tegen Alex' overheersende persoonlijkheid wel op? Lara, haar beeld op zijn netvlies, onverwachts stond ze voor zijn neus, een knappe, zelfbewust uitziende vrouw die met scherpe blik alles nauwlettend in zich opnam. En hij speelde met de gedachte: een leven van dienen en zich weggeven, dat zie ik haar niet direct doen. Hij vraagt: 'Wat is dan dat nieuwtje?'

'Straks,' zegt Alex met een geheimzinnig lachje: 'Eventjes nieuwsgierig blijven, Rinus, maar je zult ervan ophoren.'

Binnen komt hen de koffiegeur tegemoet, het gezelschap zet zich rond de tafel. Marieke schenkt koffie, presenteert een jodenkoek, en op Rinus verbaasde vragen waar ze dat zo gauw vandaan tovert, is het antwoord: 'Er stond nog een blik in de kast, en je moet zo denken, je moeder komt niet elke dag op visite.'

'Nee,' bromt hij wat beschaamd. 'We overlopen elkaar niet.'

'Het is precies twaalf jaar geleden dat ik voor het laatst mijn voet hier op het erf zette,' zegt zijn moeder.

Miek, verbaasd: 'Waarom, Jabba?' Ze moet er niet aan denken dat haar kinderen later...

Ja, waarom? Omdat Rinus en zij elkaar zo slecht verstaan? Of ziet zij – Jabba – haar zoon als de verpersoonlijking van haar zondeval tegenover de edelmoedigheid van Casper Cannegieter? Rinus, de zoon van Gradus Vos. Heeft Casper de man toen zwijggeld betaald om zijn naam en haar eer te redden?

Ze weet het niet, Casper was meer een zwijger dan een prater. En de laatste tijd gaat het godzijdank tussen haar en Rinus een beetje beter. Ach wat, zelf is ze ook geen makkelijke tante, en meestal gaat ze haar eigen gang. En in heel haar leven heeft ze niemand naar de ogen gekeken, op die ene na, Casper Cannegieter, en juist zijn liefde voor haar heeft ze verraden.

'Ook nog een bakkie, Jabba?' Da's Marieke. Sinds kort werkt ze twee dagen in de week bij Rinus. In het begin zinde het vader Carelse niet, maar Miek zei tegen Jabba: 'Ik heb met Carelse gepraat, en ik ken Rinus te goed dat hij zijn vingers zal branden aan een jonge meid.' Marieke, vroeger gek op de vogeltjes, en als zij – Jabba – net als nu pijn in haar heup heeft, was het: 'Blijf maar zitten, ik voer ze wel.' Maar de laatste tijd is het: 'Kan Rinus het niet doen?'

Rinus, hij komt wat meer aanwaaien, neemt eieren voor haar mee, harkt in de tuin bladeren bij elkaar, maar naar de vogeltjes kijkt hij niet om.

'Nou, Jabba?' Marieke staat met de koffiepot in haar hand. Marieke, haar blozende gezichtje, die vriendelijke ogen. Marieke was een en al enthousiasme over het asiel. En nu?

Ze zou haar willen vragen: 'Denk je daar nog weleens aan?' Maar die teleurstelling van toen doet haar nog altijd zo zeer, dat ze er niet over kán praten, en ze zegt: 'Schenk maar in, kindje, je zet een lekker bakkie troost en houdt hier de boel schoon en netjes, dat mag weleens gezegd.'

Verbaasd kijkt Marieke haar aan, meestal is Jabba niet zo gul met haar complimentjes, en zegt zachtjes zodat Rinus het niet kan horen: 'Ik word ervoor betaald.'

Jabba, met een fijn lachje: 'Logisch, voor niks gaat de zon op.'

Rinus zet zijn lege kom terug op het schoteltje, wendt zich tot Alex en zegt: 'Nou, kom op met je nieuws, wat heb je me te vertellen?' Alex, een getrouwd man, maar als hij wil kan hij aan iedere vinger nog een jonge meid krijgen, en nu gaat het praatje rond dat hij en Lara... Ach wat, in het dorp praten ze hun kelen schor, zwieren vol overtuiging hun weetje uit. Maar toch, die praat over Alex en Lara, dat laat hem niet los, het blijft hem achtervolgen.

'Er komt een nieuwe weg door het dorp,' zegt Alex. 'Is dat nieuws of niet?'

Hij, onverschillig: 'O, dat praatje gaat al zo lang. Eerst zien, dan geloven.'

Alex, een tikkeltje opgewonden: 'Het schijnt er nu toch van te komen.'

Een spottend lachje: 'Hebben ze dat in je oor gefluisterd?'

'Ja. Hoe ik dat weet?' Hij kijkt naar Miek en ze wordt op slag onrustig, het bloed stijgt naar haar hoofd, en Rinus, met heel zijn aandacht op haar gevestigd, vraagt: 'Komt dat van jou af?' Haar man Jort Veldschut zit er zeker achter, het zou kunnen, hij is er de aangewezen man voor om een stille dorpsgemeente nieuw leven in te blazen.

Miek, plots een en al nervositeit: 'Ik zeg niets.'

'Nee,' norst hij. 'Als ik Alex zo hoor, heb je al genoeg gezegd.' In hem gramschap, vrouwen van jong tot oud, het zijn allemaal kletskousen.

Miek, wat timide: 'Nou ja, een *slip of the tongue*, zo moet je het zien.'

Hij, plots met een kop als vuur: 'Ik ken geen Engels, ik spreek alleen m'n moerstaal.'

Een toegevend glimlachje: 'Zo zijn er nog wel een paar.'

Kan zijn, maar haar woorden verwarren hem, er kleeft iets aan het duidelijk inzien van zijn miserabele kennis, en voor het eerst voelt hij het als een last, wat hem bloedrood maakt tot aan zijn haarwortels.

Mieks hand op zijn arm en haar zacht kalmerende stem: 'Til er niet te zwaar aan, een goede boer is net zo belangrijk. En kijk naar je moeder, zij heeft het in haar leven ook gered.'

Hij knikt, maar onderscheidt tevens het waardeoordeel dat schuilging achter haar goedbedoelde woorden.

Een por tegen zijn schouder en Alex zegt: 'Blijf je erbij, makker? Hoe ik het weet, vraag je. Nou, in het dorp bij de boeren wordt over niets anders gepraat, en gisteren liepen er landmeters in het land van Jochem Willems. Nou jij weer.'

Rinus haalt er zijn schouders over op, dat liedje heeft hij al zo vaak op de viool horen krassen, het openstellen van de achterliggende gebieden, het mocht wat. Het herstel van een aantal gebouwen en het tegenhouden van het dierenasiel, daar is het bij gebleven. Maar naar wat Alex nu zegt blijkt er toch wel iets gaande te zijn, dat zowel onder de burgers als de boeren beroering brengt. Wat zegt Alex nu weer? 'Jort was er ook bij.'

Jort Veldschut, de wethouder. Jort, die in het algemeen zei: 'Geen plannen meer ten koste van het groen, en zover het in mijn vermogen ligt, zal ik er alles voor doen om het dorp op de kaart te krijgen als Groenste Gemeente.' En wat doet Jort nu, handjeklap met de hoge ambtenaren, da's niet mooi van hem.

En Jabba's gedachten draaien ook om hetzelfde punt, ook zij loopt niet warm voor het plan, maar ze stelt zich tegelijk de vraag: hoe hou je de vooruitgang tegen? Ze doet daarbij de ontdekking dat de moderne tijd die ze met hart en ziel verfoeit, haar ouderdom heeft achterhaald. Maar de grootste angst is dat haar huis in die planning valt, en wordt afgebroken. Mocht dat zo zijn, dan zal de gemeente wel met geld over de brug komen, maar dat vergoedt niet waarvan ze zal worden beroofd, en het zwaarst weegt de angst voor haar vogeltjes, daarmee raken ze het diepst van haar wezen. O, feitelijk heeft ze het vanaf het begin geweten, toen de aanvraag om een dierenasiel met veel mooie woorden werd afgewezen. Ambtenaren, ze denken allen in regeltjes en lijntjes, en hoe ze een ander daarmee raken, interesseert hen niet.

En Miek Veldschut met haar spontaniteit is al niet veel beter, die staat aan de kant van haar man, en dat heb je nu vertrouwd en daar heb je de deur voor opengezet. Plots heeft ze zichzelf niet meer in de hand en valt ze woest tegen Miek uit: 'Jij, jij en je man, jullie zijn niet te vertrouwen, spannen samen tegenover wie dan ook, en laten sommige dorpers er vals inlopen.'

Zwaar valt Rinus uit tegen haar snerpende stem: 'Let een beetje op je woorden, moeder, je beschuldigt maar zonder meer.'

Maar het is Miek die, ondanks alles wat naar haar hoofd wordt geslingerd, bij haar neerknielt, haar armen om Jabba heen slaat en zegt: 'Ik begrijp dit alles wel.'

En Alex, zichtbaar opgelucht – want Jabba is soms net een giftige spin – licht toe: 'Voor het zover is, krijgen we alsnog de gelegenheid onze eventuele bezwaren in te dienen.'

Jabba gaat op zijn troost niet in, kijkt stilletjes voor zich uit, want stel je toch eens voor dat haar dat lot treft, waar moet ze dan naartoe met haar vogeltjes? Naar Rinus? Vergeet het maar. Naar een bejaardenhuis? Dat is in de stad, dan moet ze voorgoed het dorp uit en al haar vogeltjes achterlaten. Da's de openbaring van de harde waarheid. Een matte vermoeidheid valt over haar heen, even sluit ze haar ogen en zegt: 'Ik wil naar huis.'

Miek, zichtbaar ongerust, zegt: 'Zo opeens? Zou je dat wel doen, Jabba?'

Maar zij, nog steeds worstelend in haar geest met een gefingeerd beeld van zichzelf en haar vogeltjes, kijkt verweesd in het rond, voelt de angst en herhaalt: 'Ik wil naar huis.'

En Alex, de brenger van het nieuws waardoor Jabba van streek is geraakt, moet een paar maal slikken voor hij zegt: 'Dat moet dan maar.' Hij richt vragend zijn blik op Rinus, die met zijn schouders schokt en zegt: 'Dat moet ze zelf weten.'

'Kijk nou eens!' klinkt de verwonderde uitroep van Marieke. 'Politie.'

Rinus loopt vlug naar achteren met een: 'Wat zoekt die hier?'

Op de koegang staat een gestalte in een blauw uniform, hij herkent de man direct. Het is adjudant Van der Wolf, hoofd van de verkeerspolitie hier in de regio en een graag gezien man in het dorp. In een poging tot scherts zegt hij: 'Heb ik wat op mijn kerfstok, Van der Wolf?'

Adjudant Van der Wolf, een en al ernst, schudt zijn hoofd en zegt kortaf: 'Man, man, wanneer neem jij toch eens telefoon.' En pal daarop: 'Is mevrouw Veldschut hier?'

'Ja, hoezo?'

'Ik moet haar spreken. Haar man heeft een ongeluk gehad.'

'Een wát?' Schrik slaat door hem heen, en verbijsterd kijkt hij naar de agent. Jort Veldschut heeft een ongeluk gehad en het moet wel erg zijn, wil de politie aan de deur komen. Plots trekt een siddering door zijn lijf en stelt hij zich de vraag: wat voor toekomst wacht Miek Veldschut?

HOOFDSTUK 8

Er heerst avondrust in huize Guldemond. De kinderen zitten boven aan hun huiswerk en Alex en zijn vrouw zitten bij de haard. Hij leest de krant, maar wat hij leest, dringt niet tot hem door. Zij zit aan een haakwerkje. Tussen hen in hangt een gespannen stilte, waarin ze elkaars stemming trachten te peilen.

Lara bijt een paar maal op haar lip, vat moed, legt haar haakwerkje neer, kijkt naar haar man en zegt: 'Alex, we moeten praten.'

'Dat moeten we inderdaad.' Hij legt de krant neer, wrijft met de hand over zijn kin en zegt: 'Brand maar los. Wat heb je op je lever?'

'Het gaat zo niet langer tussen ons, Alex.'

Zo, dus ze komt tot de conclusie dat het zo niet langer tussen hen gaat. Dat had hij wel verwacht. Maar toch voelt hij verwarring en pijn dat het zo ver tussen hen is gekomen, en hij vraagt zich af: is dat verstandshuwelijk waar we allebei in het begin zo prat op gingen, toch niet zo verstandig als we voorheen dachten? 'En wat wil je nu?' vraagt hij.

'Wat ik wil?' Ze komt overeind van haar stoel, strekt zich in haar schouders, staat hoog en frank voor hem, haalt een paar maal diep adem en zegt: 'Ik wil scheiden.'

Scheiden! Dat zag hij niet aankomen. Oké, hij liep er zelf maanden over te dubben, maar zij komt er eerlijk voor uit. Scheiden, het woord alleen al, hij staat er niet bij te juichen, maar misschien is het voor hen beiden de beste oplossing. Na de aanbouw van de serre was er plots die verwijdering tussen hen, vraag hem niet hoe en waarom, opeens was het er. Lara's koele evenwichtigheid sloeg om in een stroeve rust, waarachter haar ergernis om hem schuilging, en haar onverschilligheid tegenover anderen. Maar toch, scheiden, hij heeft er moeite mee dat woord te verwerken. Ook al waren er momenten dat hijzelf met die gedachte heeft gespeeld, nu zij het zegt, klinkt het als een vonnis in zijn oren. Hij zegt: 'En hoe moet het dan met de kinderen?'

'De kinderen?'

'Ja, de kinderen. Zij worden de dupe.'

Ze lacht eventjes. 'Hoe kom je daarbij? Gewoon, ze gaan met me mee.'

Er verschiet iets in hem, zo aanklagend, zo koud en leeg heeft ze zijn hart gemaakt, en ook koud en leeg zijn huis, en nu ook in een bewuste zelfzucht de kinderen, en hij zegt: 'Vergeet niet, het zijn ook mijn kinderen.'

Verdiept in eigen denken geeft ze niet direct antwoord, dan klinkt het: 'Daar had je eerder aan moeten denken.' Ze kijkt hem aan met zo'n gewonde blik in haar ogen dat hij de zijne haastig afwendt. En ze zegt nog meer: 'Goed, ik geef eerlijk toe, ik ben een koele vrouw, en misschien is dat de reden dat ons huwelijk na een aantal jaren nu op een laag pitje staat, maar dat geeft jou niet het recht die situatie te draaien in je eigen voordeel en je heil te zoeken bij een jonge meid.'

Een ogenblik kijkt hij haar verdwaasd aan, en zijn sterkste vermoeden op dat moment is: ze weet het van mij en Marieke Carelse. Maar van wie heeft ze dat gehoord? Van wie? Hij barst los: 'Hoe in hemelsnaam, van wie weet je dat?'

Een smadelijk glimlachje. 'Dus het is waar. Ik wilde het eerst niet geloven, maar nu je het zelf zegt: het was Carelse, die op zijn eigen manier mij daarop wees, en me waarschuwde: "Jouw man en mijn dochter strekken hun handen uit naar verboden vruchten, roep je man ter verantwoording, vrouw Guldemond."'

Het is alsof hij een scherpe houw tegen zijn kop krijgt, hij voelt dat hij bloedrood wordt en zegt: 'Hoelang weet je dat al?'

Een verachtelijk glimlachje. 'Wat doet het ertoe? Het feit ligt er.'

'En daarom wil je van me scheiden. Misschien zou het wijzer zijn de ontstane situatie eens onder de loep te nemen, en jezelf af te vragen of je hier niet ook schuld aan hebt.'

'Wat?' schiet haar stem fel uit. 'Ik zou aan die onverkwikkelijke affaire mede schuldig zijn?'

Hij sust: 'In het achterliggende jaar is in ons beiden iets veranderd en gebroken.'

Om haar mond een moeilijk glimlachje. 'Juist, daar zeg je het ware: tussen jou en mij is er niets meer, en daarom wil ik scheiden, nog niet eens zozeer om Marieke, al doet het me als vrouw wel pijn dat je me ontrouw bent geweest.'

Ondanks haar harde woorden staat ze nog steeds niet onverschillig tegenover hem, realiseert hij zich dan. Maar ze blijft er kalm onder. Hij had ook niet anders verwacht, wat voor situatie ook, Lara blijft zichzelf meester.

'Ga je ermee akkoord?' vraagt Lara, kalm en vriendelijk alsof het om een onbenullig iets gaat. 'En de kinderen neem ik vanzelfsprekend mee.'

Hoor daar, ze doet zoals ze altijd heeft gedaan, egoïstisch tot op het bot. Nijdig valt hij uit: 'Bedenk wel, ik ben hun vader, en ik hou te veel van ze om me zonder meer door jou opzij te laten schuiven.'

Ze geeft niet dadelijk antwoord, al zou ze tegen hem kunnen zeggen dat hij door zo te handelen haar leven heeft vergiftigd, door zijn omgang met Marieke Carelse, en misschien nog veel ergere dingen waar ze liever niet aan wil denken. Toch trilt haar stem een beetje als ze koeltjes zegt: 'Jou opzijschuiven? Bedenk wel dat jij als man en vader ons opzij hebt geschoven, en ik vraag me af, wat heb je nu nog in oprechte eerlijkheid ons te bieden? Niets, immers.'

Hij zwijgt, trommelt met zijn vingers op de stoelleuning. Het is allemaal waar wat ze van hem zegt, hij is van hen tweeën de schuldige, maar het dringt niet tot haar door dat juist haar koele onaandoenlijkheid hem daartoe heeft gedreven. Nu zijn huwelijksbootje op de klippen dreigt te lopen, speelt hij met de vraag: kan hij de liefde voor Marieke opbrengen en zij voor hem?

Wekenlang hebben zij beiden in een liefdesroes geleefd, blind voor alles om hen heen, maar toch, die levenslust van haar, wat voor gevoel van hem staat daartegenover, en heeft hij de doortastende moed om alle schepen achter zich te verbranden en samen met haar een toekomst op te bouwen? Marieke wil wel, daar is hij vast van overtuigd, zij zei laatst vol enthousiasme: 'Desnoods gaan we emigreren.' Marieke, die samen met hem hun toekomst ziet op welke plek dan ook, maar wat als daar voor beiden geen toekomst is en slechts de waan van de dag overblijft?

Wat kletst Lara nu weer. Hij hoort haar praten over een advocaat, alimentatie, alleen voor de kinderen, niet voor haar, voor zichzelf zoekt ze wel een baan, ze heeft ervaring als directiesecretaresse.

Haar woorden en zijn eigen gedachten tollen door zijn kop, moet je dat nu horen, ze denkt zeker dat ze achttien blijft, spottend valt hij uit: 'Hè ja, zie je het al voor je, de werkende moeder?' Dan vervolgt hij nijdig: 'Hou toch op met die onzin, je loopt naar de veertig, geloof me, ze zitten echt niet op je te wachten. En scheiden? Gebruik toch je verstand.'

Ze zwijgt, kijkt stilletjes voor zich uit, worstelt met de verwarring en de pijn van de moeilijke dagen die achter haar liggen.

Hij, door haar zwijgen moed vattend, zegt: 'Laat die onzin toch varen.' Dan buigt hij zich naar haar toe en bedelt als het ware: 'Toe, Lara, laten we er nog eens over praten, neem niet halsoverkop een beslissing.'

Haar stem is strak en koel als ze zegt: 'Praten? Dat heeft geen enkel nut, ik weet het heel zeker, het is voorbij tussen ons.'

Zijn hart huilt om de verloren illusie, hij kent haar, als haar van buitenaf iets bedreigt, kan ze bikkelhard zijn, en laat ze het los alsof ze het nooit heeft bezeten.

Zachtjes zegt hij: 'Scheiden, het is gemakkelijker gezegd dan gedaan, maar wat daarna komt, heb je daar wel echt goed over nagedacht? Vooral voor de kinderen?'

Ze schokt even alsof een pijn haar treft, valt dan scherp uit: 'De kinderen? Juist voor hen. Denk je eens in, een vader die hun moeder bedriegt. Hoe zullen ze daar later op reageren?'

Hoe goed begrijpt hij haar gekrenkte trots, waarin alles voor haar wankelt, haar eigen leven, maar in haar ogen ook dat van de kinderen. En Marieke, hoe zal zij reageren als hij haar dit alles vertelt?

Plots wordt het hem te veel. Hij springt op, loopt heen en weer, probeert zijn kalmte te herwinnen, gaat weer zitten en zegt: 'Goed, ik geef toe, ik neem alle schuld op me. Maar ben je niet bang, als ze ouder en wijzer worden en vragen gaan stellen, dat ze het anders zullen zien dan jij nu, en partij gaan kiezen voor de vader of de moeder?'

Ze haalt haar schouders op en onverschillig klinkt het: 'Dat zien we dan wel weer, maar hier blijven doe ik in geen geval.'

En hij denkt: ze houdt vast aan haar besluit, en nogmaals pleit hij: 'Alsjeblieft, Lara, neem geen overhaast besluit, denk er nog eens over na.'

Denken, denken, de laatste weken doet ze niet anders, over

Alex en Marieke, en vader Carelse die haar daarover inlicht op zijn manier. En in een eergevoel van broeiende angst en twijfel stond ze hem aan te kijken, vond geen weerwoorden, zei: 'Marieke, jouw dochter? Dat had ik nooit achter haar gezocht.'

'En jouw man, vrouw Guldemond?' antwoordde Carelse: 'Hoe denk je daarover? Hier zijn er twee die niet vrijuit gaan.'

Ze kromp ineen als onder een zware slag, wendde haar blik af. Toen ze de moed weer vond naar hem te kijken, zag ze een traan langzaam langs zijn wang glijden. 'Doe dat niet, Carelse,' zei ze ontroerd, en ze legde haar hand op zijn arm. 'Je kunt ervan op aan dat ik vanavond met mijn man daarover praat.'

Carelse veegde haastig met zijn hand langs zijn ogen, mompelde: 'Da's goed, vrouw Guldemond. Verboden vruchten plukken uit andermans boomgaard, daar komt niets goeds uit voort. Dag, vrouw Guldemond.' En Carelse sjokte verslagen verder.

Doch die avond sprak ze er niet met Alex over. Ze schoof het voor zich uit en pas na een tijdje, toen haar bewust lijden overging in een strakke onverschilligheid, wist ze heel zeker: ik ga hier weg. Ook voor de kinderen is het beter, in schade en schande wil ik niet leven. En ze heeft het hem gezegd en bewust afstand gedaan van wat eens tussen hen was, maar de vraag blijft hoe zij de wanhoop hierover in zichzelf moet overwinnen.

'Lara'.

'Ja.'

'Ik, eh...' Nerveus breekt hij af, bijt op zijn lippen. 'Lara... ik...' Hij voelt haar strakke blik op zich gericht, zoekt naar de juiste woorden, maar kan zijn gedachten niet dwingen en zegt: 'Nogmaals vraag ik je: blijf. Heus, het is beter voor ons beiden.'

'O ja? Ik zie het heel anders. Na alles wat er tussen ons is gebeurd, is het beter dat we in de toekomst ieder onze eigen weg gaan.'

Koud als ijs klinkt haar stem in zijn oren, en hij voelt zijn zenuwen strakgespannen onder een helder denken, vat weer moed en zegt: 'Hoe moet ik je van dit dwaze plan afbrengen? Nogmaals, alsjeblieft, blijf.'

Ze zwijgt een klein moment, heen en weer geslingerd tussen hoop en twijfel, maar ze weet het heel zeker, ze zet haar plan tot scheiden door. Ze kan en wil niet meer met een man leven die met een andere vrouw in bed heeft gelegen en haar heeft bemind. En al zou hij voor haar – Lara – de sterren van de hemel plukken, het is alles kapot in haar en dood, Alex Guldemond betekent niets meer voor haar.

'Maar...' begint hij en hij houdt meteen zijn mond, en denkt: misschien is het wel beter zo. Een vrouw die zo diep bezeerd is, daar is niets mee te beginnen. Hij legt zich erbij neer en zegt: 'Goed, als je per se weg wilt, ik hou je niet tegen.' En in hem is het wrange besef: het dringt niet tot haar door dat ze me door haar koele cynisme naar een ander heeft gedreven, en als ze koste wat kost haar zin doorzet, ben ik van ons tweeën de verliezende partij en zal ik het moeten accepteren. Zijn gedachten aan Marieke zijn verder weg dan ooit.

Jabba, met de grijze roodstaart op haar schouder, loopt langs de vogelkooien en babbelt honderduit, alsof de gevederde vriendjes haar kinderen zijn. Het voeren van vogels is voor haar de vreugde van de dag, dan is het goed en meer verlangt ze niet. Al pratend vult ze de voederbakjes, en haar vriendjes tonen haar hun dankbaarheid in allerlei fluittonen, wat haar iedere keer ontroert, en de groene agaatkanarie zingt met zijn hoge trillers boven alles uit, tsiep, tsjiep, tsjiep, het trilt na tot in de hoeken van de salon. Ontroerd staat ze even stil voor zijn kooi. Hoor hem toch eens zingen, zijn snaveltje trilt ervan, zijn keeltje bibbert driftig en doen de tranen in haar ogen springen. Zangvogels, ze zijn de koorknapen van Onze-Lieve-Heer. Jabba heeft het liefst de ganse dag alleen maar vogelgezang om haar heen en geen mensenpraat, want dat maakt haar soms zo moe.

Plots is Caspers gestalte in haar geest, zo helder en duidelijk alsof ze hem aan kan raken. Casper, hij zegt iets tegen haar. Het kan niet waar zijn, straks ebt het beeld weer weg, en toch hoort ze het heel duidelijk: 'Zet je hart open, Jabba, en laat Zijn geest binnenkomen.' Maar hoe kan ze dat als ze in haar leven tegenover Casper heeft gefaald? Maar Caspers beeld blijft haar in haar geest volgen. Het is huiveringwekkend en onverklaarbaar, plots irriteert haar het vogelgezang, ze legt kleedjes over de kooien en gaat er even bij zitten. Na een tijdje ebt het beeld weg, is alles weer als voorheen, trekt ze de kleedjes weer van de kooien en dan begint het vogelconcert opnieuw.

Dan voelt ze in haar lijf een vreemde gewaarwording, die als een schrik door haar heen slaat. Dit was geen verbeelding. Casper was haar hart, haar geest binnengedrongen en heeft een tipje van de sluier opgelicht, haar een stukje van een andere wereld laten zien. En zij herkende de schim, haar kinderjaren waarin haar onschuld nog bestond...

Narrig schudt ze haar hoofd. Wonderlijke gedachten, die onrustig maken en leiden tot niets. Weg, weg ermee. Ze staat op, gaat door met vogels voeren.

'Krauw!' De roodstaart schreeuwt in haar oor, trekt hard aan haar haren. Ze geeft hem een tik tegen zijn snavel: 'Laat dat.' 'Krauw!' schreeuwt hij nog harder, en hij slaat hard met zijn vleugels. Dat wordt haar toch te bar. Ze pakt hem van haar schouder, zet hem terug in zijn kooi.

Hij protesteert, fladdert heftig met zijn vleugels en zet een geschreeuw op vanjewelste dat horen en zien je vergaat. Ze pakt een krant en geeft driftig een klap tegen de kooi. Prompt zet hij zijn kopveren op en doet een uitval naar haar hand. Verschrikt deinst ze achteruit, en ze pakt een kleedje, gooit het over zijn kooi: 'Daar, dat zal je leren.'

Achter haar een spottende stem: 'Is het beessie stout geweest?' Rinus, door het geschreeuw van de roodstaart heeft ze hem niet horen binnenkomen. En dat hij dat nu juist moet zien. Rinus, hij heeft geen hart voor haar vogels, en voor de papegaai al helemaal niet. Ze voelt zich door hem overvallen, valt scherp tegen hem uit: 'Wat sluip je weer als een moordenaar naar binnen?' Dat is het zinnetje waarmee ze zich in haar geprikkeldheid aan hem verraadt.

Hij schiet in de lach. 'Kom zeg, maak het nou.' In zijn ogen is een strakke blik als hij naar haar kijkt, terwijl hij denkt: ze tobt ergens over. Dat vreselijke ongeval van Jort Veldschut, waardoor onderling grote veranderingen plaatsvonden, kan zij moeilijk verwerken. Vroeger had zijn moeder in alles wat ze uitdacht haar invloed, maar dat is nu veranderd, en dat zit haar dwars.

Ze zegt: 'Ik kan het vandaag de dag niet meer volgen, vroeger trouwde je één keer in je leven en mooi of niet mooi, het kwam niet in je op om uit elkaar te gaan. En nu, zaterdag getrouwd en maandag scheiden, en wat blijft er over, een eenzaam leven vastgelopen op een afgelegen weg.'

Hij, geagiteerd: 'Waar slaat dat nu op?' Zijn moeder, heeft ze ooit in hem geloofd? Ja, in David, zijn pleegbroer, de geslaagde man in het leven, maar van hem hebben ze al jaren niets meer gehoord. David gaat zijn eigen weg en ziet niet om. Als jonge knul was dat al zo, en nog. En zijn moeder drentelt maar heen en weer langs de kooien, het gaat hem bepaald op zijn zenuwen werken. Nors valt hij uit: 'Mens, ga toch eens zitten.'

Bom, ze zit, kijkt hem in strakke gespannenheid aan en vraagt: 'Lukt het een beetje tussen jou en Miek?'

Een vraag die ze hem al honderd keer heeft gesteld, waarop hij die haar telkens weer tracht uit te leggen waarom Miek Veldschut onverwachts als huishoudster bij hem is ingetrokken. Daar heb je het al.

'D'r man nog geen halfjaar onder de groene zoden en ze valt jou op je dak.'

Moet hij haar nu zeggen dat het precies andersom is, dat hij Miek met dat voorstel overviel? Miek, die zijn vraag als een schok ervoer, haar hoofd schudde en zei: 'Dwaasheid. Hoe durf je?'

Dat vroeg hij zich later ook af; waar haalde hij de moed vandaan? Maar toen runde ze al drie maanden zijn huishouden, en in zijn hart ontwaakte een verlangen en de vraag: is er in de toekomst een klein sprankje hoop op wat geluk? Is het alsnog voor ons beiden weggelegd? Miek en hij, het is een samengaan, meer niet.

O, z'n moeder spuit weer haar gal: 'En Marieke Carelse begrijp ik ook niet. Dat is net achttien jaar en papt aan met een getrouwde vent.'

Hij, plagerig: 'Die vent is wel Alex Guldemond, waar jij toentertijd zo hoog mee liep. Weet je nog, moeder?'

Ze snibt: 'Dat hoef je je moeder niet voor de voeten te gooien.'

O, ze weet het nog als de dag van gisteren, de scheiding van Alex en de reden waarom. Alex en Marieke hadden een affaire en die arme Lara werd er de dupe van. En voor die tijd heeft zij – Jabba – Marieke nog wel gewaarschuwd, en plots ziet ze zichzelf in Marieke terug. Ze zucht en zegt: 'Ik begrijp die twee niet, zij achttien en hij een keer zo oud.'

Maar hij begrijpt het wel. Zijn moeder moet eens niet alles op zichzelf betrekken. Haar levensgeschiedenis staat los van dit alles.

'Blijft-ie in zijn huis wonen?' vraagt ze. Alex, wanneer heeft ze hem voor het laatst gezien, ze weet het niet meer. Soms is het 'mistig' in haar hoofd, laat het denken haar in de steek.

'Nee, het huis wordt verkocht. Wat kijk je nu ongelovig? Zo gaat dat met een scheiding, ieder zijn deel.'

Verschrikt kijkt ze hem aan. 'Dat mooie huis! Het is net verbouwd.'

Hij grinnikt. 'Al was het een paleis, het gaat aan de hamer.'

'Waar moet Alex dan naartoe?'

Lust tot plagen drijft hem om te zeggen: 'Wat zou je zeggen van hier?'

'Hier?' Een trek van schrik op haar gelaat, en ze heeft het gevoel of ze in de afgrond valt.

'Ja, hier. Me dunkt, het huis is groot genoeg. Twaalf kamers, dat moet lukken.'

Een beklemming valt over haar heen. Hoe moet ze hem uitleggen dat ze al die kamers na Caspers overlijden heeft afgesloten. Kamers waarin alleen maar herinneringen liggen. Die kamers zijn vol met het verleden, met hun diepe verrukking, maar ook met duistere vrees en die onbestemde roep uit stille verte, als eenmaal haar tijd daar is. Daar is geen plek meer voor iets anders. Nooit meer.

Nerveus knippert ze een paar maal met haar ogen en snauwt: 'Verhuren? Ik begin er niet aan.'

Hij, met baldadig plezier: 'Kom, kom, het is het overdenken waard.'

Ze kribt: 'Begin je nu weer?'

Hij sust: 'Stil maar, ik plaagde je een beetje. En wat Alex betreft: maak je maar geen zorgen, hij en Marieke wonen in die oude molenaarswoning van Mul.'

'Mul? Welke Mul?'

'Hoe heb ik het nou met je? Denk eens door. Mul, hij woonde aan het eind van het Achteromme.'

'O, die?' Ze probeert zijn beeld vast te houden, maar het lukt niet, het verwaast en verdwijnt.

'Ja, die,' gaat hij erop door. Mul is oud en krom gebogen. Mul, die tegen iedereen zegt die het horen wil: 'Ik sta met een been in mijn graf, maar mijn ziel is schoon en ik hou de moed erin.' En Rinus, doorgaand op hun gesprek: 'Hij verhuurt zijn huis aan Alex en Marieke, en voor de man het bejaardenhuis in ging, heeft-ie het helemaal laten opknappen, dus wat dat betreft hebben ze er een mooi plekje aan.'

Zachtjes zegt ze: 'O, dat weet ik... weet ik niet.'

Hij, enigszins geërgerd: 'Wat weet je nu wel? Je zit hier maar tussen dat gebroed, het is alles zaad en veren, ruim ze toch op.'

Zijn woorden doen haar pijn, vanzelf weer de vogels, gekrenkt stuift ze op: 'Nog even en ik word tachtig, een mens kan niet alles weten.' Dan, argwanend: 'Waarom kom je hier eigenlijk? Is het weer om geld? Zeg het maar.'

'Nee, ik kom je wat brengen.'

'Eieren heb ik genoeg.'

'Iets heel anders. Je zult ervan opkijken.'

Een minachtend gesnuif: 'Het zal me wat wezen.'

Hij geeft geen antwoord, haalt uit zijn jaszak een doosje tevoorschijn. Wat is dat? Ze komt half overeind uit haar stoel. Weg zijn de argwaan en onmin. 'Wat zit daarin?' vraagt ze met grote ogen.

'Wacht maar af. Is dat kooitje daar leeg?'

'Ja, helaas wel. Vorige week lag het puttertje dood.'

Hij grijnst en loopt naar het kooitje. 'Komt dat even mooi uit.'

Terstond stuift ze op: 'Het doet jou niks, hè, een dood vogeltje. En haal die grijns van je gezicht.' Het irriteert haar dat hij zo onverschillig doet, maar toch dribbelt ze nieuwsgierig achter hem aan.

Hij drukt haar het doosje in haar hand, opent het kooitje en zegt: 'Hier, doe het beestje er zelf maar in.'

Met trillende vingers maakt ze het doosje open, houdt het voor het kooitje. Het begint met een licht gefladder en dan ontsnapt voor haar ogen een klein, helderwit vogeltje met een knalrode snavel uit het doosje in de helderte van het zondagmorgenuur.

'Een zebravinkje,' fluistert ze ontroerd. Ze kijkt opzij naar Rinus en zegt: 'En wat een prachtig exemplaar. Ik heb nog nooit zo'n witte gehad. Maar hoe kom je hieraan? Je houdt niet van vogels.'

Hij kijkt op haar neer en ziet zijn moeder ineens als een klein en mager vrouwtje. Iedere keer dat hij haar opzoekt lijkt ze nog meer gekrompen. Rinus schudt zijn hoofd en zegt: 'Ik hou wel van vogels, maar niet zoals jij. Vogels horen thuis in de vrije natuur en niet opgesloten in kooien.' Hij overweegt ook haar te vertellen van Scheltenaar, die hem al een paar maal op het gemeentehuis heeft ontboden om met hem te praten over een eventuele verkoop van zijn land. De gemeente is bereid daar een flink bedrag voor te betalen. 'Denk erover na, Cannegieter.'

Hij vertelde het aan Miek, en die zei: 'Da's een zaak die jezelf aangaat. Val je moeder er niet mee lastig, laat haar bij haar eigen wereldje en de vreugd van haar vogeltjes.'

Maar slechts een woord kwam over van alles wat ze zei. Jezelf, zei ze, niet wij, en luisterend naar de natuurlijke drang van zijn hart zei hij: ''t Is "wij".'

Miek schudde haar hoofd. 'Hou je je nog altijd vast aan die illusie?'

Hij, smekend: 'Ik kan niet anders, dat weet je.'

'Daar komt niks van in en dat wist je van tevoren.'

'Ik zal goed voor je zijn.'

'Hou er nu over op, anders pak ik stante pede mijn koffers en ben ik weg.'

'Dat meen je niet,' zei hij geschrokken.

Miek, heel zeker van zichzelf: 'Dat meen ik wel. En trouwens, moet jij de schapen niet verweiden?'

Hij schoof zijn stoel achteruit, schoot in zijn blauwe werkkiel en liep richting deur, maar plots was Miek naast hem, ze hield hem tegen en hij vroeg verwonderd: 'Wat nou?'

Vragend keek ze naar hem op. 'Wanneer moeten de schapen ontsmet?'

Miek, op en top boerendochter, en hij een keuterboertje van niks. Miek, de weduwe van Jort Veldschut, en hij – Rinus – hield zich te veel vast aan een illusie en zei gespeeld onverschillig: 'Ik zal wel zien, denk volgende week.'

Miek, op besliste toon: 'Wacht niet te lang, met dit warme weer heb je zo een tekenplaag. Bart kan je wel een handje helpen met het ontsmetten, daar wordt-ie niet minder van.'

Bart, Mieks zoon, en Rinus' rechterhandje. Bart is heel anders dan Nienke, Mieks dochter, die toen ze hoorde wat haar moeder van plan was haar sproetenneusje optrok en uit de grond van haar hart zei: 'Ik, mee naar die halvegare schapenboer? Vergeet het maar.' En hoe Miek ook smeekte, Nienke hield haar poot stijf en vertrok naar haar grootouders in Overijssel. Bart is uit een heel ander hout gesneden, die loopt aan de zonzijde van het leven, altijd blij en goedgeluimd. Bart lijkt op zijn moeder, ze hebben allebei het ware boerenbloed. Bart, hij droomt en praat niet anders dan over de Eben-Haëzer.

'Waar kom je nu feitelijk voor?' Da's zijn moeder. 'Om me dat zebravinkje te brengen, of is het weer om geld begonnen?'

'Geld?' Hij gebaart met zijn handen. 'Nee, nee, niet meer.'

'Niet? Vroeger wel.'

'Da's voorbij, moeder.'

'Sinds wanneer?' Rinus is inderdaad veranderd, ze had het al gemerkt. Vroeger was het altijd klagen en kliemen, en nu... Zou dat toch komen door de goede invloed van Miek? En hij denkt: zal ik haar zeggen dat Miek over de centen gaat? Miek, die bij de eerste blik op zijn administratie meteen zei: 'Ik zie het al, je hebt hier geen kaas van gegeten. Die handelaren zijn jou te glad af. Voortaan doe ik de financiën wel.' Miek, ze heeft hart voor zijn bedrijfje. 'Sinds Miek en ik samen zijn gaat alles veel beter,' vertelt hij zijn moeder.

'Maar waar ik voor kwam...'

'Om mij die zebravink te brengen,' valt ze hem lachend in de rede.

'Precies,' lacht hij opgelucht. 'Je slaat de spijker op de kop. En, ben je er blij mee?'

'Ach jongen, je moest eens weten.'

'Dus je weet het,' zegt Alex met zijn blik op Rinus. 'Als het ooit zover komt, koop ik van jou de Eben-Haëzer. Heb je er oren naar?'

Er oren naar? Man, de woorden echoën na in zijn kop. Hij vangt Alex' blik op, die over zijn samengeknepen handen naar hem kijkt, en zegt: 'Loop je niet een tikkeltje te hard van stapel? Het is nog geen uitgemaakte zaak.'

Alex, op een luchtig toontje: 'Wat niet is, kan komen. En zoals jij het me vertelt, heeft de gemeente er belang bij jouw land te kopen en is men bereid daar goed voor te betalen. Denk je toch eens in; in één klap alle zorgen weg en jij het heertje. En wees eerlijk, Rinus, je bent nooit een echte boer geweest.'

Da's een waarheid als een koe, wat Alex daar beweert. Hij heeft nooit veel met boeren op gehad. Casper Cannegieter heeft hem toen met de allerbeste bedoelingen die kant op geduwd en hij wilde de man niet teleurstellen, dus ondanks zijn tegenzin probeerde hij er toch iets van te maken, maar of de duvel ermee speelde, heeft hij in al die jaren alleen maar tegenwind gehad. Hou dan als boer maar eens je kop boven water. Altijd weer moest hij voor ondersteuning bij zijn moeder aankloppen en dat ging met veel gemopper en hatelijke opmerkingen van haar kant gepaard, maar het eindigde er altijd weer mee dat ze hem toch hielp, en haar geld heeft al die jaren zijn bedrijfje draaiende gehouden. Of zo goed als draaiende.

Toen kwam Miek op de Eben-Haëzer en met haar de grote verandering. Ze kwam, zag en overwon. Miek pakte stevig aan, liet zich door hem alles wijzen, drong hem vriendelijk maar beslist van zijn plaats en zei: 'Ik zie het al, voor boeren ben jij niet in de wieg gelegd.'

Hij, onthutst: 'Waar zie je dat dan aan?'

Miek, lachend: 'Ben je vergeten dat je met een boerendochter van doen hebt? Maar als je er bezwaar tegen hebt dat ik het zeg, hou ik m'n mond al.'

Bezwaar? Hij, die altijd verlangd had naar een vrouw in zijn leven? En Miek was hem niet vreemd, al vanaf dat hij haar leerde kennen voelde hij sympathie voor haar, maar Miek was de vrouw van Jort Veldschut, en daar was alles mee gezegd. Maar nu was ze weduwe en wees ze hem vanaf het begin goedhartig op zijn fouten, en hij gaf eerlijk toe: 'Ik ben geen boer, ik heb het niet in de vingers. Maar als jij denkt dat je het wel hebt, ga je gang.'

Een moment van aarzeling, toen zei ze: 'Je moet niet denken dat ik me wil opdringen.'

Hij, vol van vertrouwen: 'Ik zie een vrouw die er verstand van heeft, dus...'

Een spontaan lachje. 'Dus geef jij de leidsels graag uit handen.'

'Ik draag ze aan je over,' zei hij in oprechtheid.

'Dus je hebt vertrouwen in me?'

Hij keek naar haar gezicht, de glans in haar ogen, die lieve mond, voelde als het ware een wisselwerking tussen hem en haar en zei uit het diepst van zijn hart: 'Met jou aan het roer durf ik dat risico te nemen.'

Alex Guldemond zegt echter iets heel anders: 'Toen ik een aantal maanden geleden met dat verhaal kwam aandragen, geloofde je me niet.'

Wat? Alex' woorden dringen nauwelijks tot hem door, zijn gedachten omzweven nog steeds Miek, die handjeklap in- en verkoopt, en tegen hem zegt: 'Zie je, zo moet je het doen, je poot stijf houden en je door die handelaren niet in een hoekje laten drukken.'

En de handelaren zeggen tegen hem over Miek: 'Die laat zich geen oor aannaaien.' Ze hebben meer respect voor haar dan ze ooit voor hem hebben getoond.

'Dat ze land opkochten,' licht Alex toe. 'Nou, ze lopen er weer, de landmeters met hun jalonstokken en afzetlint.' Rinus krijgt een por tegen zijn schouder: 'Hé, blijf je erbij, of zit ik hier in de ruimte te kletsen?'

Ja, hij blijft erbij. 'Dus de heren zijn er weer en nu wordt de planning toch doorgezet,' vat hij samen. Ach, eerst geloofde hij het inderdaad niet. Er werd al jaren over een nieuwe weg gepraat, maar nooit iets gedaan. Maar nu schijnt er toch vaart in de zaak te komen en is er op voorhand door de gemeente al hier en daar land opgekocht, en het legt de boeren geen windeieren. Blauwboer liet prompt naar de eisen des tijds zijn koeienstal verbouwen, en Van Tiel zette een kapschuur neer. Weg alle kommer en zorg, en Rinus zag het met lede ogen aan en kwam voor de zoveelste maal tot de conclusie: de één valt het geluk in de schoot, de ander heeft het nakijken. Met de smoor in zijn lijf ploeterde hij voort op de Eben-Haëzer.

Maar vorige week, als bij toverslag, veranderde de situatie. Toen zag hij een landmeter vanaf het kruispunt waar de Stolpweg overgaat in de Dorpsstraat. Hij stopte zijn krakerige Ford, stapte uit, en in het grille zonlicht tuurde hij met zijn hand boven zijn ogen naar de verderop gelegen weilanden, waarin de koeien vredig liepen te grazen. Hij vroeg zich af: hoelang zal ik nog kunnen genieten van dit weidse uitzicht en die landelijke rust... Toch door invloed van Miek had hij meer waardering gekregen voor de schoonheid van het boerenland. Een geschenk van boven, noemt Miek het. Ze wil ook altijd bidden voor het eten. Hij heeft daar niks mee, zegt: 'Moet dat? Je eten wordt er koud door.'

Miek, onverstoorbaar: 'Als je ziel maar warm wordt. Eet smakelijk.' En 's avonds bij de boterham weer hetzelfde liedje, en Miek zegt: 'Bid maar mee, je wordt er niet slechter van.' Sindsdien vouwt hij zijn handen en sluit hij zijn ogen, al zegt het hem niks. Daarop zegt Miek vol overtuiging: 'Dat komt wel, God kent zijn pappenheimers.'

Mooi gezegd van Miek, maar als je daarin niet bent opgegroeid, is het lastig om te geloven. Zijn moeder niet, David net zomin. Ja, Casper Cannegieter wel, hij had zich eens laten ontvallen: 'Als eerst het hart brandend in ons is, zien wij het leed van onze medemens.' Cannegieters woorden waren onbegrepen langs hem heen gegaan, maar nu, met Miek, moet hij er soms weer aan denken.

Achter hem het geknars van remmen, dat het denken aan Miek op de vlucht joeg. Het was de auto van Scheltenaar. De man stapte uit, kwam naar hem toe, klopte hem joviaal op de schouder en zei: 'Goed dat ik je hier tref, Cannegieter. We moeten eens ernstig met elkaar praten.'

Hij, met in zijn achterhoofd al die heisa van toen voor die vergunning voor de bouw van het kippenhok, zei: 'Praten? Waarover? Laat horen.'

Scheltenaars voorhoofd fronste onder de rand van zijn grijze vilthoed. Hij schudde zijn hoofd en zei: 'Da's in een paar woorden niet gezegd, Cannegieter.'

Hij, onverschillig, norste: 'Dan gebruik je een paar woorden meer.'

Scheltenaar, zichtbaar opgelucht: 'Laten we afspreken aanstaande woensdag bij mij op het gemeentehuis, om een uur of tien. Schikt je dat?'

Hij, grijnzend: 'Dan is het koffieuur, komt dat wel gelegen?'

Scheltenaar, plots een en al jovialiteit: 'Dan drink je een kopje mee, wel zo gezellig.'

Er lag iets in de houding van de man dat bij hem – Rinus – weerzin opriep, en hij zei: 'Ik weet het beter gemaakt: woensdagochtend bij mij thuis, dan is Miek Veldschut er ook bij.'

Scheltenaar, een tikje meewarig: 'Ach ja, Miek Veldschut. Al vroeg weduwe, wat een vreselijk lot heeft haar man en haar getroffen. Went het al een beetje tussen jullie daar op de Eben-Haëzer?'

Hij, met een grimmig lachje: 'Dat zal wel lukken.' Maar innerlijk voelde hij zich bezeerd. Als ze aan Miek kwamen, kwamen ze aan hem, en om erger te voorkomen, bitste hij: 'Afgesproken, Scheltenaar?'

Scheltenaar, een tikkeltje uit de hoogte: 'Het is niet de normale gang van zaken, maar dat moeten we voor die ene keer maar door de vingers zien. Woensdagmorgen om klokslag tien uur bij jou thuis. Dag, Cannegieter.' De man lichtte beleefd zijn hoed, stapte in de auto, gaf gas en schoot de Dorpsstraat in.

Hij ziet Alex, die hem stilletjes observeert, en zegt: 'Gisteren schoot Scheltenaar me aan.'

'Scheltenaar? Dus toch.'

'Wat nou, dus toch?'

'Gewoon. Die vent komt praten. En dat gaat niet over koetjes en kalfjes, neem dat van mij aan,' zegt Alex. Door zijn geest zweeft de Eben-Haëzer. Marieke dweept met dit oude boerderijtje. Zij zei laatst tegen hem: 'Je weet het nooit, maar als Rinus zijn land verkoopt en hij geeft ons de kans, kopen wij dan dat spulletje?'

Hij drukte een kus op haar wang. Marieke was soms net een groot kind, maar wel met een hart van goud. 'Afwachten, lieve meid. Ten eerste is het nog niet zover, en ten tweede valt het onder beschermd dorpsgezicht.'

Marieke is lief en aanhankelijk en staat voor hem in vuur

en vlam, maar hoe komt het dan toch dat hij tijdens hun tederste momenten soms aan Lara denkt, en aan haar koele cynisme dat hen uit elkaar deed groeien, zodat het tussen hen tot een breuk kwam? Lara zal zich de eerste tijd wel redden, het huis bracht bij de verkoop een aardig centje op, en voor de kinderen heeft hij een centje vastgezet en elke maand betaalt hij trouw zijn alimentatie, waarover Marieke weleens boos beweert: 'Een geluk dat je zo'n goedbetaalde baan hebt, anders zaten we op zwart zaad.' Hij, enigszins gepikeerd, zegt dan: 'Het zijn ook mijn kinderen.'
'Ik wil kinderen van jou en mij,' reageerde ze daar laatst op. Hoorde hij jaloezie in haar stem? Hij trok haar in zijn armen en zei: 'Waarom die haast? Je bent nog jong genoeg om moeder te worden.'
Ze duwde hem een eindje van zich af, trok haar conclusie en zei: 'Dus jij wilt niet.'
Hij streelde haar wangen en zei: 'Liefje, je weet wat ik je heb gezegd. Eerst een boterbriefje.'
Ze pruilde. 'Wanneer? We zijn al ruim een jaar bij elkaar.'
Juist, wanneer? Dat is voor hem ook de vraag. Iets weerhoudt hem ervan, en dat iets is Lara's beeld, waar hij moeilijk van kan loskomen. Lara is, ondanks al haar tekortkomingen, een vrouw met innerlijke beschaving, mooi, charmant, en voorkomend tegen iedereen. Marieke daarentegen is een eenvoudig dorpskind, met iets ongedwongens in zich dat hem boeit, en... totaal onverschillig voor de mening van anderen. Marieke, die zich vol liefde zonder rem aan hem geeft. Marieke, ze verdient beter, en soms verfoeit hij zichzelf.
Dus zegt hij, terugkomend op het gesprek tussen Rinus en hem: 'Als het gaat zoals ik denk, kun jij je land voor goed geld kwijt, en zit je snor.'
Rinus haalt zijn schouders op. Verdomme, Alex draaft maar door, die ziet in zijn geest de nieuw aangelegde weg en hem – Rinus – als miljonair. Nors valt hij uit: 'Als ik jou zo hoor, zit ik op rozen. Maar mocht het zover komen, dan heeft Miek hierin ook wat te zeggen.'
Opperste verbazing: 'Miek?'
Hij knikt. 'Juist, Miek, dat hoor je goed. Voor mij geeft haar stem de doorslag.'

Hij geeft geen antwoord, heeft zo zijn eigen gedachten. Rinus, de grofbonk, hij is veranderd. En dat allemaal door de invloed van een vrouw? Die ene vrouw, Miek Veldschut?

Bam, vijf heldere slagen zweven door de salon. 'Voedertijd,' bromt Jabba, en ze komt leunend op haar stok overeind uit haar stoel, en denkt: waar blijven die twee? Tegelijk gaat de kamerdeur open en op de drempel verschijnen Rinus en Miek. Half verwijtend, half verheugd zegt ze: 'Zo laat nog? Ik had jullie al afgeschreven.'
'We konden niet eerder,' excuseert Miek. 'We kregen onverwachts bezoek.' Ze denkt: zal ik het haar meteen maar vertellen?
'Hoezo bezoek?' Jabba's blik schiet van de een naar de ander. Dat hokt maar met elkaar, net als Alex en Marieke. Deugdzaamheid is vandaag de dag ver te zoeken, en pas op als je er wat van zegt, je krijgt meteen de wind van voren. Door eigen schande en leed wijs geworden heeft ze Marieke nog zo gewaarschuwd. Maar Marieke zag de allure van Alex Guldemond. Groot, slank, sportief, alles mee, niks tegen. Maar een getrouwde man, daar komt nooit iets goeds van. En toch sloeg Marieke haar woorden in de wind en ging ze haar eigen weg. Met Rinus en Miek is het net zo, en o wee als je er wat van zegt. En zo zie je maar: als je oud wordt, doet je mening er niet meer toe.
'En wat voor visite,' zegt Rinus. Hij heeft iets wreveligs in zijn vermoeide gezicht. 'Je zult ervan versteld staan.' En met een blik op de klok: 'Maar we blijven niet te lang, hoor.' Ze sputtert tegen: 'Maar jullie zijn er net!' En tot Miek: 'Vroeger bleef je soms een paar uur.'
'Ach kom, Jabba,' valt ze lachend uit: 'Wat een onzin om dat zo precies uit te rekenen. We hebben thuis ook ons werk.'
Thuis, de Eben-Haëzer. Maar voor hoelang nog? Jabba heeft ook wel de praatjes gehoord over een nieuwe weg en dat de gemeente misschien het land wil opkopen. Een kwestie die frictie met zich meebrengt tussen haar en Rinus; de laatste tijd is er veel onrust in het dorp.
Miek zegt op wat vrolijker toon: 'Zal ik in de gauwigheid koffie voor ons zetten, en hebben we nog een koekje in huis?'
'Koek, nee.'

'Wat, geen koek bij de koffie? Ongezellig, hoor.'

'Ongezellig.' Plots stuift ze op. 'Waarom zou ik koek in huis halen, zo vaak zie ik jullie niet.'

'Kom, kom, Jabba, is dat niet wat overdreven? Veertien dagen geleden waren we hier nog wel met Bart.'

Jabba glimlacht. Ze vindt Bart een aardig joch. Hij babbelt honderduit als hij hier is en is gek op de vogeltjes, en sinds kort helpt hij haar met het schoonmaken van de kooien.

'Dan drinken we geen koffie, maar nemen we een glaasje fris,' zegt Miek, opgewekt als altijd. 'Wat wil je, Rinus? Druivensap? En jij, Jabba? Weet je dat Bart dolgelukkig is met zijn kanarie?'

Kanarie... Ze drukt haar hand tegen haar voorhoofd, kijkt wat verweesd in het rond. Een enkele keer heeft ze weleens moeite zich de dingen te herinneren. Ze ziet de stoere kop van Rinus, het lieve gelaat van Miek. Maar Casper, waar is Casper? O god, ze zoekt hem al zo lang in zijn eigen huis, ze zou eventjes tegen zijn schouder willen uithuilen en hem vertellen over al die zaken die ze niet begrijpt, en over al die dingen die langs haar heen gaan en dat haar leven soms zo moeilijk is.

Plots klinkt het klagend: 'Casper... Waar ik ook zoek, hij is nergens te vinden, en je wilt toch weleens met elkaar praten.'

Casper? Twee paar ogen die elkaar verbaasd aankijken en dan hun blik op Jabba vestigen, en Rinus zegt verwonderd: 'Casper is al jaren dood, moeder.'

'O, is het dat.' Ze knippert een paar maal met haar ogen zonder dat het goed tot haar doordringt en zegt klagend: 'En ik maar zoeken door heel het huis, maar alle deuren zijn op slot, en ik heb geen sleutel.'

'Jawel,' sust Miek, en ze grabbelt in het naaimandje, houdt de sleutel omhoog. 'Kijk eens, hier is-ie al.'

Jabba, plots opgelucht: 'Ach ja, dat was ik vergeten, stom hè?'

Miek klopt haar troostend op de hand. 'Hindert niet, Jabba. Iedereen vergeet weleens wat.'

'Jij ook?'

Miek knikt. 'Ik ook.'

Jabba, plots weer helemaal bij de tijd, richt zich tot Rinus en

zegt kattig: 'Maar jij bent niet blij met die kanarie, je houdt niet van vogeltjes.'
'Ach,' zegt hij, en hij haalt zijn schouders op. 'Dat ene vogeltje.'
'Waar er een is, komen er meer.'
'Ik dacht het niet.'
Zij, triomfantelijk: 'Wacht maar af.'
Meteen is hij op zijn hoede. Wat is ze van plan? Wil ze hem nog meer vogeltjes in de maag splitsen? Hij zegt voorzichtig: 'Hoe bedoel je?'
Zij, opeens onzeker over zijn nooit te overwinnen afkeer van haar vogeltjes, zegt: 'Het spreekwoord zegt: als er een schaap over de dam is, volgen er meer.'
'Dat geldt voor schapen, niet voor vogeltjes. Trouwens, we komen over andere dingen praten.'
'En dat is?'
'De gemeente wil de grond rond de Eben-Haëzer kopen.'
'Dus toch!' Onthutst kijkt ze hem aan. 'En, ga je het doen?'
'Vraag het Miek.' Met gefronst voorhoofd, de ogen brandend in zijn kop, staart hij voor zich uit, hoort weer de krakerige stem van Scheltenaar: 'Het plan van de commissie ligt op mijn bureau. Indien je er niets in ziet, ben je niet verplicht akkoord te gaan.'
Er niets in zien. Zo simpel ligt dat niet. Rinus heeft lange tijd gedacht dat zijn boerderij als beschermd dorpsgezicht niet in aanmerking kwam, maar nu is het de bedoeling dat de nieuwe weg pal achter de Eben-Haëzer langs loopt. Het boerderijtje zelf blijft als beschermd dorpsgezicht gespaard en de achterliggende bunders worden voor een smak geld opgekocht. Scheltenaar klopte hem op de schouder en jubelde: 'Denk je eens in, Cannegieter, bijna een miljoen voor krap een halve bunder. Naar mijn weten is dat nog nooit gebeurd, maar de heren zitten hoog, en dan moet je weleens wat geld uitgeven. Als ik je een raad mag geven: wees wijs en hap toe. Het geeft je een aardig kapitaaltje op de bank, daarvoor vang je moeiteloos een hoge rente. Je kunt leven als een koning, nooit meer geldzorgen. Dat noem ik nog eens geluk hebben.' Scheltenaar plukte een denkbeeldig pluisje van zijn broek en pufte aan zijn dure bolknak. Miek schoof over de tafel de glazen asbak naar hem toe en hij – Rinus

– dacht tot zijn eigen verwondering: als je een halfjaartje terug hiermee op de proppen was gekomen had ik staan juichen, maar nu? Kon hij alles opgeven wat hij nu had? Miek die samen met hem de schapen verweidt, de potlammeren grootbrengt, en naast hem lopend met de hand voerbieten inzaait, de inspanning en de zon brengen kleur op haar gezicht, om hen heen de wiekslagen van fladderende vogels, die opvliegend langs hun hoofd scheren, soms voelen ze de trilling van hun vleugels. Na het inzaaien leunen ze samen tegen het damhek, zijn blik overziet de polder, een en al bedrijvigheid heerst op deze zonovergoten dag, en hij kijkt opzij naar Miek en vraagt zich af: denkt ze nog weleens aan haar overleden man, de vader van haar kinderen? Hij hoorde haar daar nooit over. Jort Veldschut, doodgeslagen door die ruin. Jort, een volleerd ruiter, dan zou je toch denken. En hij – Rinus – had hem voor die knol nog zo gewaarschuwd.

Miek die bij hem – Rinus – introk. Hoe zei ze ook weer? 'Ik kom als vriendin, niet als vrouw.' Hoe oud zal ze zijn? Veertig, tweeënveertig jaar? Hij heeft het haar nooit gevraagd, en zij praat er nooit over. Miek, een vrouw van melk en bloed, volslank met een blank, fris gezicht, een volle, warme stem en altijd opgewekt. Ze runt zijn huishouden, houdt zijn boekhouding bij, is één met de schapen, en Bart raapt elke dag eieren. Rinus kan zich geen dag zonder die twee indenken.

Miek, ze was bij het gesprek met Scheltenaar aanwezig, en luisterde met alle aandacht wat de man te vertellen had. Na diens vertrek zei ze: 'Financieel is het een fantastisch aanbod, zo'n kans krijg je geen tweede keer.'

Onthutst keek hij haar aan, viel toen scherp uit: 'En dat zeg jij? Jij, die me altijd voorhield te houden wat je hebt, want het geld raakt op en dan ben je alles kwijt.'

Maar nu zei Miek iets heel anders: 'Als Alex de Eben-Haezer koopt en we van de gemeente het geld krijgen voor de verkoop van het land, zouden we kunnen emigreren naar Tasmanië en daar een schapenbedrijf opzetten. Zesduizend Merinoschapen met wol die voor veel geld over heel de wereld wordt verkocht.'

Hij, in beklemmende schrik, stamelde: 'Emigreren? Da's nog

nooit in m'n kop opgekomen. Ja, slechts een keer in een balorige stemming, maar dat was het. En nu zeg jij...'

Lachend keek ze hem aan. 'Ja, en nu zeg ik emigreren. Toen Scheltenaar met dat bod kwam, dacht ik meteen: dit is onze grote kans. En wees eerlijk, Rinus, dit bedrijfje heeft te weinig grond om het rendabel te maken. Dus pak die kans, bouw daar een nieuwe toekomst.'

Vragend keek hij haar aan. 'Daar, je bedoelt in Tasmanië?'

'Beter daar dan hier.'

'Hoezo daar en niet hier?' Verdomme, hij werd zenuwachtig van haar gepraat.

'Omdat in verhouding met daar, hier de landprijzen veel hoger zijn.'

Hij, nog steeds onrustig door haar gepraat, vroeg: 'Hoe weet je dat toch?'

Miek, lachend: 'Wat?'

Hij: 'Over Tasmanië.'

'Van mijn neef.'

'Je neef? Daar heb je me nooit iets van verteld.' Ineens drong tot hem door: wat wist hij feitelijk van haar? Ja, dat ze een boerendochter was, maar daar hield het mee op.

'Ja, mijn neef. Vijftien jaar terug is hij geëmigreerd naar Tasmanië. Hij runt nu twee schapenbedrijven.'

'Van hemzelf?' Plots was in hem een gevoel van jaloezie. Jawel, boerenzoons.

'Wat dacht je dan? Gosse als pachtboer? Wees wijzer.'

'Ik ken hem toch niet.'

'Geloof mij, hij is niet het type om te pachten.'

Ruw viel hij uit: 'Goed, dus het is van hemzelf. Had-ie zeker een zak geld mee.'

Ze begreep zijn kwelling, schudde haar hoofd en zei: 'Dat was zijn erfdeel. Want die drie broers samen op een bedrijf, dat zou alleen maar ellende geven.'

'Dus koos neeflief eieren voor zijn geld.'

'Kan je wel stellen, ja. En hij heeft het waargemaakt.'

Een pijnscheut ging door hem heen. 'Maar ik ben geen boer. Ook niet aan de andere kant van de wereld.'

Ze keek hem aan met een warme glimlach. 'Ik zal een boer van je maken.' Spelenderwijs gleden haar vingers over zijn blote arm, bevoelden zijn spieren. Ze keek hem vol aan en zei: 'Je weet toch dat ik het goed met je meen. En Bart ziet in jou een vader.'

Dat ze het oprecht met hem meende, daar was hij van overtuigd, maar juist dat tikkeltje meer, dat hij tijdens een gesprek weleens door liet schemeren, daar moest ze niets van hebben. Dan keerde ze zich koel van hem af, voelde hij zich verslagen en tegenover haar verreweg de mindere.

'En Nienke dan?' vroeg hij. Het meisje leek meer op haar vader, moest niets hebben van het boerenleven.

Miek haalde haar schouders op. 'Ze zal het een groot avontuur vinden. Reken maar dat haar schoolvriendinnetjes jaloers op haar zullen zijn. Dat maakt voor Nienke al veel goed.'

En langzaam in de kringloop van zijn gedachten namen haar woorden vaste vorm aan, Tasmanië, een boerderij, een vrouw aan zijn zijde, Bart, Nienke, maar ook kinderen van hem en haar. Hij nam impulsief een besluit, boog zich naar haar toe en zei: 'Goed, jij je zin. Als Scheltenaar komt, teken ik. We verkopen de boel, emigreren naar Tasmanië en bouwen een nieuwe toekomst. Maar dan wel getrouwd als man en vrouw. Als je hiermee akkoord gaat, doen we het.'

Een verwonderde blik, toen schoot ze luidop in de lach. Miek raakte vluchtig met haar lippen de zijne, en zei: 'Als dit jouw aanzoek is? Enfin, doe maar, ik teken wel. Mevrouw Miek Cannegieter. Klinkt niet gek, hè? Al zal ik er wel even aan moeten wennen.'

Er is stilte in de salon, waarin ieder zijn eigen gedachten heeft, die slechts af en toe worden onderbroken door het zachte getsjilp van de vogeltjes. Miek, die niet meer aan het verleden wil terugdenken en zich koestert in Rinus' goedheid. En Rinus overpeinst straks de verkoop van heel zijn hebben en houwen, zijn boerderijtje, het land, zijn schapen en kippen, maar boven alles uit zijn aanstaande huwelijk, waarvan Miek laatst zei: 'Zie het meer als een overeenkomst. We maken er geen grote drukte om, geen soesa. Gewoon simpel: je moeder, Alex en Marieke als getuigen, aantekenen en weer terug naar huis.'

'En dan emigreren,' vulde hij aan.

Miek, lachend: 'Jij bent goed van onthouden.'

Zijn blik gleed naar zijn moeder, en van haar naar zijn eigen spiegelbeeld. Moeder en zoon, ze hebben meer van elkaar weg dan beiden wensen, en eenieder leeft in zijn eigen wereld. Hoe zal ze reageren op het nieuws? Met haar weet je het nooit. Maar dat het hem moeilijk valt, is duidelijk. Hij zucht, raapt zijn moed bij elkaar en zegt: 'De kogel is al door de kerk, moeder. Ik verkoop heel het zootje en als de zaak rond is, gaan Miek en ik trouwen en emigreren we naar Tasmanië.'

Als door de bliksem getroffen staart ze hem aan. Dit nieuws overvalt haar, ze weet zich er geen raad mee en zegt verwonderd: 'Emigreren?' En met een hoofdknik richting Miek: 'Heb jij dat bedacht of zij?'

'Miek,' antwoordt hij, en hij voelt hoe het bloed naar zijn hoofd stijgt en denkt: het trouwen zegt haar niks, maar het emigreren raakt haar. Daar heb je het al.

'Welja, dat doet maar. Meneer krijgt op eens de kolder in de kop, gaat emigreren en laat zijn ouwe moeder in de steek. Eerst David en nou jij. Daar breng je dan kinders voor groot.'

'David is je pleegzoon, moeder.'

'Juist, en jij bent eigen bloed, dus dat komt dubbel hard aan. Enfin, ik hou je niet tegen. Je doet maar. Het endje zal zijn last wel dragen.'

'Als je wilt, nemen we je mee, Jabba.' Dat is Miek, rustig als altijd.

Prompt stuift ze op. 'Mee? Denk je dat ik gek ben, op mijn leeftijd nog de halve wereld rond.' Tasmanië, wat moet ze daar. Verlorenheid met nergens een doel, een toekomst of een houvast. Hier hoort ze thuis, is ze zichzelf, leeft ze samen met haar vogeltjes, met de herinneringen aan Casper en met de laatste jaren van haar leven. Casper, hij is al jaren geleden overleden, maar zijn beeltenis beheerst heel haar geest. Soms is het zwaar, soms geeft het haar wat verlichting, maar het intense verlangen naar hem blijft. Wat kakelt Rinus nu?

'De grond is daar goedkoop en het is goede grond. We willen een schapenbedrijf opzetten en de overheid verstrekt subsidie als je daar als Hollandse boer een bedrijf wilt beginnen.'

'Wie vertelt dat mooie verhaaltje?'

'Een neef van Miek.'

'Eerst zien, dan geloven.' Jabba haalt haar neus op. Rinus, de surrogaatboer, en die zal nu... Komt het toch door de invloed van Miek Veldschut?

'Moeder.'

'Ja.'

'Als ik het geld vang door de verkoop van het land, zal ik je tot de laatste cent terugbetalen.'

'Heb ik je ooit om die centen gevraagd?' Ze bespeurt spanning in zijn wezen.

'Nee, maar ik...'

Een achteloos handgebaar en ze zegt: 'Hou die centen maar. Of ik het je nu geef, of later, maakt in het grote geheel niet uit.'

'Ik krijg veel geld voor het land.'

'Krijgen, krijgen. Hebben is de kunst.'

'Dat zit wel goed, moeder.'

'En dan emigreren?' Rinus, wie had dat gedacht. Ze kan er nog steeds met haar verstand niet bij.

'Eerst trouwen, moeder.'

Ach ja, dat is waar ook, Rinus, haar zoon, straks een getrouwd man. Jabba heeft er nooit in geloofd dat deze dag zou komen, maar zo zie je maar, een mens kan nog verrast worden door het leven, zelfs op zulke hoge leeftijd. 'Wanneer is het feest?' 'Volgende maand. En als jij naast Alex en Marieke ook meegaat als getuige, zouden we dat geweldig vinden.'

Ze schrikt. 'Hemelse goedheid, ik op mijn leeftijd als getuige?'

'Dus je wilt niet. Zeg het maar ronduit.' Rinus probeert het te verbergen, maar waarom doet haar weigering hem zo'n pijn?

'Nee, ik niet,' antwoordt ze stil. 'Daar is je moeder te oud voor.'

Lang nadat Rinus en Miek zijn vertrokken, zit ze nog uren op, staart stilletjes voor zich uit, voelt zich een oude vrouw, die in haar denken alles beschouwt vanuit een eigen standpunt. Heeft ze zich in haar zoon dan toch vergist? Zij die altijd dacht: die grofbonk heeft geen oog voor vrouwen. En nu, Rinus straks een getrouwd man en geëmigreerd naar Tasmanië.

En zij? De laatste jaren van haar leven tot ledigheid gedoemd?

Voor het eerst in al die jaren vergeet ze de vogeltjes te voeren.

HOOFDSTUK 10

In zijn middagpauze slentert Alex Guldemond door het park, dat in de zachte aprilmaand in een lichtgroene waas ligt te glanzen. Het park is onlangs door de gemeente aangelegd als compensatie voor de nodige overlast voor verschillende bewoners bij de aanleg van de nieuwe weg, en chapeau voor Eduard van Houwelingen, de nog jonge burgervader die het plan doorzette ondanks het bezwaar van vele tegenstanders. Van Houwelingen hield voet bij stuk; de weg moest en zou er komen. En ziedaar, een pracht van een weg met aan weerskanten een ventstrook, en eenieder vaart er wel bij. De weg die het dorp uit zijn isolement verloste, waar de middenstand nu de vruchten van plukt, al is het nog in bescheiden mate, maar met hoop op de toekomst.

Ook de zaai- en landbouwvereniging waar Alex algemeen directeur van is profiteert van de vooruitgang, en vorige week zijn er drie arbeidskrachten in vaste dienst bij gekomen, en sinds kort hebben ze een vergunning voor de bouw van een opslagloods en het vergroten van het terrein van het wagenpark. Voor het zover was moest hij vele besprekingen doorstaan, met de wethouder, de architect, de aannemer. Enfin, het heeft een aantal maanden geduurd, maar nu is de zaak toch rond en volgende week gaat de eerste paal de grond in. Maar Alex heeft er door al die besprekingen wel een aantal grijze haren meer bij.

Marieke dartelt zijn geest binnen, gaat zitten op zijn knie, tikt speels lachend tegen zijn haardos en zegt: 'Een streep zilvergrijs, je wordt oud.'

Hij, overrompeld door wat ze zegt, antwoordt met een pijnlijk lachje: 'Jij ook, als je tijd van leven krijgt.'

Marieke, op een luchtig toontje: 'Ik word honderd.'

'Het is te hopen.'

Marieke schatert: 'Hopen doen de koeien.'

Hij strijkt een lok van haar voorhoofd. 'Ja, jij hebt je woordje wel klaar.'

'Niet dan?' Ze glipt van zijn knie. 'Jij altijd met je ernst. Ik haal een glas fris voor je. Je wilt toch wel een glas fris?'

Hij knikt. 'Doe maar.' Alex ziet de stille vreugde in haar ogen. Marieke is blij met elke liefkozing, hunkert naar zijn kus, maar soms, tijdens een woordenwisseling tussen hen, maakt ze plots een felle toespeling op het verleden, vooral als het Lara betreft. Maar hij verzekert haar ervan dat hij meer van haar houdt dan hij ooit van Lara heeft gedaan. Marieke, ze is en blijft een groot kind, en dat is juist wat hem in haar boeit en aan haar bindt.

Hij loopt rond het vijvertje, blijft aan de rand staan. Een paar eenden scharrelen door wat kroos, aan de overkant een jonge goudenregen. De nog schrale gele trossen waaien zachtjes in het zoele windje. Hij haalt een paar maal diep adem. Heerlijk, die frisse lucht, het doet hem goed. En het lentezonnetje krijgt al aardig kracht. De laatste maanden heeft hij zich een slag in de rondte gewerkt, dus nu er schot in de zaak komt, moet hij maar een paar snipperdagen opnemen. Waarachtig, hij is eraan toe, en Marieke zeurt hem al wekenlang aan zijn hoofd voor een weekendje naar zee. Dat moet dan maar, al trekt zijn hart meer naar de bossen.

'Dag Alex.'

Er gaat een schok door hem heen, een stem die hij uit duizenden herkent, Lara. Snel draait hij zich om, staat oog in oog met haar. 'Jij?' zegt hij verrast, haar chique gestalte gretig in zich opnemend, van haar zorgvuldig hoog opgekamde haren tot aan de puntjes van haar sierlijke pumps. In wat voor situatie ook, Lara behoort tot de vrouwen die in wat voor omstandigheden dan ook zichzelf blijven, zowel qua uiterlijk als in kleding. Ze hebben elkaar al een tijd niet gezien omdat de kinderen op eigen gelegenheid tussen hun ouders heen en weer gaan; daar hebben ze de leeftijd al voor.

Ze glimlacht. 'Je zegt niet veel.'

'Nee,' zegt hij, nog steeds verrast. 'Ik dacht warempel dat ik een spook zag.'

Een spottend lachje en ze zegt: 'Dank je voor je compliment.'

Ze neemt ook hem op. Al is hij wat grijzer geworden, hij is nog altijd een knappe man.

'Maar wel een pracht van een spook.'

'Gelukkig, dat is voor mij een hele geruststelling.'

Nu lachen beiden, en hij denkt: eens was je een deel van mijn leven, en nog steeds hebben we samen duizenden herinneringen; de eerste jaren van geluk, onze bruiloft, de geboortes van onze kinderen, het vieren van hun verjaardagen, de vakanties, feestdagen, en opeens is alles voorbij.

'Hoe gaat het met Marieke?' vraagt ze.

'Heel goed. En met Wouter?'

'Ook goed.'

Na de scheiding heeft Lara ook vrij snel een nieuwe liefde gevonden, net als hij, en gek genoeg ervaart hij dat als een knauw aan zijn zelfvertrouwen.

Ze voelt zijn bezeerdheid, fronst haar wenkbrauwen, moet ze hem nu zeggen dat ze met Wouter beter overweg kan dan ze met Alex ooit heeft gekund? Maar ze besluit het niet te doen. Het heeft geen zin om hem nog extra te kwetsen zoals ze nog maar al te goed weet dat hij haar pijn deed toen hij het aanlegde met de jonge Marieke. Op een gemoedelijk toontje zegt ze: 'Een aardig park. Het dorp gaat erop vooruit.'

'Ja,' zegt hij: 'Ter verfraaiing van de gemeente, en tegelijk een geschenk voor al de bewoners.' In het park hangt een plaquette ter nagedachtenis aan Jort Veldschut, die het als eerste op zich nam om de gemeente te willen vergroenen.

En zij denkt ondertussen ook terug aan de tijd van toen, de bouwvergunning, het vele geharrewar met Scheltenaar, de moeilijkheden die tegelijkertijd in hun huwelijk waren en die alles overschaduwden. Wat zegt-ie nu?

'Red je het nog een beetje als werkende vrouw en moeder?'

Red je het, de woorden echoën na in haar hoofd. Zij, die een tijdje in de veronderstelling leefde dat ze met haar opleidingsniveau direct een baan zou hebben, maar ze kwam bedrogen uit. Gelukkig heeft ze nu een baantje als typiste op een handelskantoor. Maar echt op haar plek is ze niet. Haar baas, een procuratiehouder, is streng en zakelijk, struikelt over de minste kleinigheid en staat op zijn strepen. Na kantoortijd zegt hij niet zelden tegen haar: 'Wat meer oplettendheid is wel gewenst. Dag, juffrouw.'

Ze wil dan zeggen: 'Stik, vent.' Maar dat doet ze niet, want dan raakt ze haar baantje kwijt. Ze houdt zich met moeite in en zegt beleefd: 'Ik zal eraan denken, meneer Kalkman. Nog een prettige avond en tot morgen.'

Een koel knikje. 'Tot morgen, juffrouw.'

Juist, 'juffrouw'. Onwillekeurig voelt ze aan haar vinger. Geen trouwring, ze is een gescheiden vrouw, wat ze zelf ook heeft gewild, al denkt ze weleens... Maar omzien heeft geen zin, ze bepaalt nu zelf haar toekomst en die is met Wouter, en Alex heeft Marieke.

Als ze op zijn vraag blijft zwijgen, zegt hij zachtjes: 'Het is lang niet makkelijk, hè?'

'Ach.' Ze haalt haar schouders op, probeert zich te verweren tegen alle gedachten die nu door haar hoofd gaan. Zij, die zo makkelijk dacht: ik red het wel. 'Alles moet wennen, ook dat, en het gaat elke dag een stukje beter.' Ze is dankbaar dat hij er niet op doorgaat, zijn arm door de hare steekt en heel gewoontjes zegt: 'Kom, dan lopen we samen een eindje op, dat praat ook makkelijker.'

Ze regelt haar pas naar de zijne en vraagt zich af waar haar bazigheid en zelfverzekerdheid zijn gebleven. Soms, als ze na een lange dag van intensief werken bekaf thuiskomt, verlangt ze terug naar Alex. Met Wouter is het ook fijn, maar die is er lang niet altijd. Ze hebben een latrelatie en willen dat voorlopig zo houden. Als je allebei wat ouder bent en kinderen hebt, ga je niet zo makkelijk meer samenwonen en al helemaal niet trouwen. Dus ook al heeft ze haar kinderen en een fijne relatie, ze voelt zich toch soms eenzaam.

Alex werpt een blik op zijn horloge en zegt: 'Voel je ervoor om samen een kopje thee te drinken in De Passage?'

Zij samen, haar hart springt op en ze vraagt: 'Krijg je daar geen geharrewar mee op kantoor?'

'Lieve kind, mag ik je eraan herinneren, je gewezen echtgenoot is nog altijd directeur, dus er is niemand die mij op m'n vingers kan tikken.'

Gewezen echtgenoot, de woorden haken in haar hart.

Hij dringt aan: 'Nou, wat doen we? Zeg jij het maar.'

Schalks lachend slaat ze een blik op hem. 'Als je lief voor me bent.'

'Ben ik ooit lelijk tegen je geweest? Nou?'

Nu raakt hij onbedoeld haar zwakke plek. Ondanks zijn affaire met Marieke, heeft hij Lara en de kinderen ooit verwaarloosd? Integendeel. Zelfs tijdens hun scheiding heeft hij haar met raad en daad bijgestaan, en de laatste tijd denkt ze weleens: als ze nadat hij was vreemdgegaan hem niet direct met allerlei verwijten had overladen, de situatie beter had overzien, een situatie waaraan ze zelf ook schuld had, was het dan anders gelopen? Plots valt uit haar mond: 'Ik had toen niet zo hard van stapel moeten lopen.'

'"Hadden" is een lelijk word, Lara. En gedane zaken nemen geen keer.'

Zwijgen tussen hen, langzaam slenteren ze voort, opeens haar vraag: 'Gaat het goed tussen jou en Marieke?'

'Prima.' Hij denkt aan Marieke, haar uitgelatenheid, haar boze buien. Haar liefde voor hem. Hij slaat een blik opzij en zegt: 'We gaan binnenkort op de Eben-Haëzer wonen.'

'Jij en Marieke?' Onthutst kijkt ze hem aan.

'Ja,' gaat hij erop door. 'Ik heb dat boerderijtje gekocht van Rinus Cannegieter, hij is geëmigreerd naar Tasmanië.'

'Ja, ik hoorde het al. Wie had dat gedacht hè, van die bokkenees.'

Hij schiet in de lach. 'En dan is die "bokkenees" ook nog getrouwd met Miek Veldschut.'

'Inderdaad. Hoe is het mogelijk.'

'Zo zie je maar, de wonderen zijn de wereld nog niet uit.' Rinus houdt hem – Alex – trouw op de hoogte van hoe ze daar boeren, en verder is het Miek voor en na. Miek, Miek en nog eens Miek. 'Ik krijg elke maand een brief van hem,' zegt hij tegen Lara. 'Het gaat heel goed met ze.'

'Dat is niet zo gek, als hij zijn land voor zo veel geld kon verkopen aan de gemeente.' Lara heeft het ook gehoord. 'En dan zul je zien, straks gaat de gemeentebelasting omhoog. Want iemand moet het betalen, en dat gaan Miek en Rinus niet meer doen. Die hebben het hele spaarpotje meegenomen naar de andere kant van de aarde.'

'Ben je soms jaloers?'

'Welnee,' zegt Lara snel. 'Het is toch geen echte liefde tussen die twee.'

'Ik denk van wel. Het zal wel gaan tussen die twee, Rinus houdt van haar.'

'En zij van Rinus?'

Hij haalt zijn schouders op, kijkt naar zijn ex-vrouw. Beiden hebben ze hun illusies gekend, en dat begon allemaal met een verstandshuwelijk, met op voorhand hun beider overtuiging: niets vragend, niets klagend, en 'houden van', dat komt vanzelf wel. Niet dus.

Ze drinken geen thee maar koffie, koffie met slagroom en

appelgebak. Ze kijkt in het rond in De Passage. Vroeger een net boerencafé, maar nu verbouwd en met de allure van een restaurant.

Hij volgt haar blik en zegt: 'Ja, er is hier veel veranderd. In alles wordt het dorp meegezogen in de jagende ren van de vooruitgang. Het geld van het park en de weg verdienen we met z'n allen weer terug, Lara. Ik merk de vooruitgang nu al.'

'Inderdaad,' beaamt ook zij. 'De tijd heeft hier niet stilgestaan. Er worden veel nieuwe huizen gebouwd naar de eisen des tijds.' Ze denkt aan haar eigen kleine appartement, driehoog, met uitzicht op een pleintje, dat haar dochter spottend noemt: 'Onze duiventil.'

'Wil je nog iets gebruiken?' vraagt hij met zijn hand op de hare, een slanke bruine hand. Hoe vaak in tedere momenten heeft die hand haar gestreeld. Aan zijn vinger is nog geen trouwring.

'Heb je Marieke nog geen aanzoek gedaan?' vraagt ze impulsief.

'Dat heeft geen haast, ik heb geleerd.'

'Slaat dat op mij?'

'Wat denk je zelf?'

'Dat we beiden vanaf het begin onze relatie verkeerd hebben gezien.'

'Waarom dan nog langer erover doorpraten?' vraagt hij. 'Het dient geen enkel nut. Zeg, weet je dat die blouse je uitstekend staat?'

Verwonderd zegt ze: 'Dat je daar nog oog voor hebt.'

'Eens was je mijn vrouw, weet je nog, Lara?'

Een gedwongen stilte tussen hen, waarin eenieder zijn eigen gedachten heeft. De zijne draaien om Marieke. Marieke, dat eenvoudige dorpskind vol moed en vertrouwen, haar lieve gezichtje, haar spontane lach. Een leven zonder haar kan hij zich niet voorstellen. Hoelang zijn ze nu bij elkaar, twee jaar? Waarom heeft hij dan nog steeds die twijfel haar te trouwen? Als hij de moed had zou hij willen zeggen: 'Zeg me dan waarom ik aarzel, ik hou van je, kan niet buiten je. Is het de angst in me voor weer een mislukking? Wat ben ik dan voor een slappe zak van een vent?'

En ook Lara worstelt met haar gevoelens. Ze weet bliksems goed waarom ze hiernaartoe is gekomen. Alleen om hem, om hem te zien en met hem te praten, over vroeger, toen ze beiden nog hun idealen hadden. Ze zou hem om de hals willen vallen, zich dicht tegen hem aan drukken, en zeggen: alsjeblieft, geef me nog een kans, heel die scheiding is een vergissing geweest, laten we het vergeten en opnieuw beginnen. Zou hij het begrijpen, of zou hij die woorden ervaren als vlak en niet gemeend? Hij zou zich in ieder geval afvragen wat haar woord nog waard is, nu ze net heeft gezegd dat ze het zo fijn heeft met Wouter. En dat is ook zo. Maar het is nooit hetzelfde als toen, het vertrouwde gevoel met Alex. Met moeite houdt ze een zucht in, en zegt met een blik op haar horloge: 'Het wordt langzamerhand tijd.'

'Je hebt gelijk. Werk aan de winkel. Anders word ik nog op de vingers getikt.'

Ze glimlacht naar hem, dat bekorende lachje waar hij in hun huwelijk altijd voor zwichtte, en nog laat het hem niet koud, en hij zegt een tikkeltje spijtig: 'Sorry. Als ik wat meer tijd had, zou ik je wegbrengen, maar helaas, om twee uur heb ik een afspraak met een zakenrelatie.'

Ze schuift haar stoel achteruit, pakt van de tafel haar handschoenen en tasje en zegt met een geforceerd glimlachje: 'Volgende keer beter.'

Hij lacht, houdt galant haar jas op en vraagt: 'Wat ben je van plan?'

Ja, wat is haar plan? Ze schiet in haar jas. Met hoop was ze bezield, maar waarvoor... Voor wat? Ze had beter moeten weten, dwaasheid was het, meer niet.

'Net op tijd,' zegt hij als ze bij de halte staan. 'Kijk, de bus komt er al aan.' En op een tevreden toontje: 'Een hele verbetering, die nieuwe buslijn. Weet je nog, vroeger ging hij maar een keer in de twee uur.'

Vroeger, dat is zo ver, en het heden zo dichtbij. Als een grote blauwe tor komt de bus eraan, remt af, staat stil. De automatische deur zwaait open, galant helpt hij haar bij het instappen, wijst: 'Kijk, daar is nog een lege plaats.'

Vragend kijkt ze naar hem op. 'Krijg ik geen kus van je?'

'Als je erop staat.' Hij buigt zich naar haar toe, even strelen zijn lippen de hare. 'Dag Lara, en doe je de kinderen de groeten van me?'

'Dag Alex, en bedankt voor de koffie.'

'Het genoegen was geheel aan mijn kant.'

'Fijn dat te horen. Mag ik zeggen: tot ziens?'

Hij lacht. 'Als je er heil in ziet.'

Ze houdt zich groot. 'Daar moet ik eerst eens over nadenken.' O, die begeerte in haar om hem te omhelzen.

Een heftig tikken tegen het raam, zijn stem die roept: 'Achteraan is nog een plaatsje vrij, ga maar gauw zitten.'

Ze knikt, gaat zitten, de chauffeur schakelt en geeft gas, ze steekt haar hand op wuift zolang ze hem nog ziet staan. De bus rijdt over de brug, slaat de route in richting stad. De stad met dat kleine appartement, haar plekje, alweer twee jaar.

Wat in elkaar gedoken zit ze op haar stoel, luistert naar het zacht geruis van de wielen over het asfalt. Dit is de nieuwe weg die de vaart der volkeren naar het dorp brengt en Rinus Cannegieter naar Tasmanië deed emigreren. Hoe vreemd het in een mensenleven kan lopen. En Alex is nu de eigenaar van de Eben-Haëzer. En Jabba, hoe zal zij het vertrek van haar zoon hebben verwerkt? Lara heeft er niet aan gedacht, anders had ze het Alex gevraagd. Jabba, dat kleine, magere vrouwtje met haar vlijmscherpe tong, en die opvallend heldere ogen met een blik die tot op de bodem van je ziel kijkt. Jabba, in dat grote makelaarshuis, samen met haar vogeltjes. Wat was er toentertijd ook weer met die bouwvergunning voor een dierenasiel? Alex had er die dagen zijn mond vol van en Jort Veldschut ook. Beiden liepen hoog met Jabba. Lara zag het heel anders, ze was zelfs een beetje bang voor haar, en hun zoon Benjo noemde haar zelfs een 'oude toverheks', wat hem een gevoelige draai om zijn oren van Alex opleverde. Imara, in sterk lotsverband met haar broer, nam het voor hem op en viel heftig tegen haar vader uit: 'Da's gemeen, kan je wel?'

'Wat zeg je?' stoof Alex woedend op.

'Dat hoor je toch?' Imara, snikkend van verontwaardiging en woede: 'Je maakt misbruik van je oudermacht en Benjo heeft gelijk, ze is een lelijke ouwe tang.'

'Welja,' grauwde Alex. 'Nog even en dan vliegt ze 's nachts om twaalf uur op een bezem een rondje over het dorp. En nou de kamer uit.'

Imara gaf geen krimp. 'Poeh, ik ben toch niet bang voor je.'

'Wat let me,' snauwde Alex. 'Altijd die grote bek van jou, het zit me tot hier.' Hij liep met grote stappen op haar af.

Vlug sprong ze ertussen, want Alex was normaal gesproken de rust zelve, maar als het hem hoog zat, kon hij lelijk uitvallen. Ze commandeerde haar dochter: 'De kamer uit, en laat ik je vanavond hier niet meer zien.'

Imara vloog de kamer uit, rende de trap op naar boven. Benjo ging er als een haas achteraan. En zij dacht: eindelijk rust... Maar de sfeer was om te snijden, en ze keek naar Alex, die zwijgend voor het raam stond. Ze waagde een kans: 'Alex.'

'Kom je troosten?' zei hij sarcastisch. En pal daarop timide: 'Altijd trekken ze naar jou toe.'

Ze begreep wat hij bedoelde en wist dat hij geen ongelijk had. Altijd waren het de kinderen die voor onenigheid in het huis zorgden, vooral Imara met haar vrouwelijke listigheidjes. Imara, veel van haar eigen karakter ziet ze in haar dochter terug. Imara, die na al wat hier is gepasseerd, haar vader als de hoofdschuldige ziet. Maar zij – Lara – ziet het na twee jaar scheiding met heel andere ogen. Zij gaat ook niet in alles vrijuit, maar om dat aan Imara's verstand te brengen, daar is meer voor nodig. Ondanks dat Imara en Benjo hun vader als verrader zien, gaan ze eens in de zoveel tijd naar hem toe, omdat Lara wil dat ze dat doen. Ze hoopt dat het ooit nog goed komt tussen de kinderen en Alex. En stiekem hoopt ze ook dat zij daarbij kan aansluiten.

Alex, hij heeft nu de Eben-Haëzer gekocht met Marieke. Zou hij gelukkiger zijn dan eens met haar? Lara heeft hem in haar huwelijk twee kinderen geschonken, en zich daarna in haar gevoelsleven van hem afgekeerd. Een traag gevoel trekt door haar heen en doet haar beven. Dat ze het niet eerder heeft gezien of begrepen! Niet hij, maar zij is de schuldige van het mislukken van hun huwelijk. Alex, zal hij ooit over de grief en teleurstelling heen groeien die zij hem heeft aangedaan?

Als ze bij haar halte uitstapt, glijden de tranen langs haar wangen, en het staat haar helder voor de geest: er is geen terugkeer meer mogelijk, ik heb alles vergooid, maar heb het te laat begrepen.

HOOFDSTUK 11

Uit de diepte van de slaap wordt Jabba wakker. Het grauw van het doorbrekende ochtendlicht valt door het bovenraam en maakt de contouren van het schaarse meubilair in de salon zichtbaar; de spiegel, de theetafel, de eettafel met wat stoelen eromheen, haar afgeleefde crapaud met de vele kussens, en natuurlijk de vogelkooien. Ze heft haar hoofd uit het kussen en slaat een blik op de luid tikkende wekker, mompelt: 'Halfvier. De vogeltjes zijn nog niet uit de veren.' Ze gaat weer liggen. Het is nog te vroeg om op te staan.

Ze strekt zich uit en ligt te wachten. Maar op wat? De dagen vloeien in elkaar over, elke dag is precies hetzelfde als die ervoor. Met haar ogen dicht luistert ze naar de geluiden van buiten die tot in het huis doordringen, het fluisteren van een windvlaag langs de dakgoot, het ritselen van de vlinderstruik, de nectarbron voor de vele vlinders, en de eerste vroege vogels die buiten al hun gezang laten horen. Geluiden die er vroeger ook waren, maar naar de leeftijd vordert, hoort ze die nu veel scherper. Het zijn geluiden die beelden in haar geest oproepen. Ze denkt aan Casper, David, Rinus, aan de plannen die ze maakten toen de kinderen nog klein waren. Een dagje naar Artis, voor Casper een groot genot, zodra ze de dierentuin binnenstapten genoot hij van het begin tot het eind. Wandelend langs de vele verblijven vertelde hij de jongens wat hij wist over allerlei dieren, want zijn kennis was groot, en zij allen luisterden vol aandacht. Na twee uur te hebben rondgedoold zakten ze met z'n allen doodvermoeid aan een tafeltje neer. Casper bestelde voor hem en haar koffie en voor de jongens frisdrank, en uitkijkend over de mooie groene laan, waar gekleurde ara's op hun stokken heen en weer schommelden, pauwen met hun uitwaaierende staarten liepen te pronken, overviel haar een dankbaar gevoel. Casper, zij en de jongens, ze vormden een eenheid. Opeens was Caspers hand op de hare, zijn vriendelijke gezicht van dichtbij en zijn vraag: 'Ben je gelukkig, vrouw?'

'Ja,' antwoordde ze met een blik op de jongens. 'Die saamhorigheid moest eeuwig duren.' De laatste tijd had de opvoeding van de jongens tussen haar en Casper soms voor ruzie gezorgd.

Casper riep de ober, rekende af, stond op en zei: 'Gaan jullie mee?' En daar gingen ze weer, langs kooien en vijvers. Casper vertelde honderduit en iedereen genoot. David liep naast zijn vader en luisterde met aandacht, zei niets, want David zei vrijwel nooit iets, ging stilletjes zijn gang en hoe en wat zijn gedachten waren, wist niemand, althans zij niet. Voor hem was ze vanaf het begin 'tante' en hij bleef op een correcte afstand, al had dat voor haar niet gehoeven. Naast haar liep Rinus, onverschillig kauwend op kauwgum en met soms een glimlach op zijn gelaat, die zijn ongeloof niet verborg om wat Casper over de dieren vertelde. En daar stonden ze weer bij de ijsberen, de dieren zochten zwoegend verkoeling in het groenige water van hun verblijf. 'Tja,' merkte Casper plots op. 'Die dieren horen op de ijsvlakte thuis, en niet hier in een gematigd klimaat.'

'Juist, pa,' viel Rinus hem bij. 'Daar zeg je het ware.' Dan, als een dissonant: 'Beter een kogel door hun kop, dan zijn ze uit hun lijden verlost.'

'Nounou,' schrok Casper. 'Is dat niet wat al te cru?'

Zwijgend liepen ze verder, maar de saamhorigheid tussen hen was verdwenen. Casper vertelde niet meer en zij kon als het ware zijn gedachten lezen: het kwetste hem dat Rinus zo sprak. Rinus, de jongen naar wie zijn hart niet trok, hij was niet van hem, al had hij de jongen zijn naam gegeven als ware het zijn eigen kind.

Rinus, al hield ze zich door de jaren heen groot voor hem, soms verstond hij het haar met zijn kritische, egocentrische karakter in een hoek te drijven. Dat veranderde toen Miek Veldschut als huishoudster daar over de vloer kwam, en wat Jabba nooit was gelukt, lukte Miek. Energiek nam ze de teugels in handen en kreeg ze overwicht op Rinus, die zich in haar zorg koesterde en omsloeg als een blad aan een boom. Rinus, die van de een op de andere dag het geluk in zijn schoot kreeg geworpen, heel de rataplan verkocht, met Miek trouwde en naar Tasmanië vertrok.

Jabba had met hen mee gekund, maar beweerde: 'Daar ben ik te oud voor.' Maar de ware reden ligt dieper. Ze kan hier niet weg, duizenden herinneringen houden haar hier gevangen, en natuurlijk heeft ze ook nog haar vogeltjes. Toch is er iets veranderd. Vroeger trok ze zich terug in de eenzaamheid, die ze bewust als een muur tussen haar en de buiten-wereld optrok. Maar sinds dat stel is vertrokken, voelt ze de eenzaamheid soms als een druk en heeft ze moeite zich niet diepongelukkig te voelen, en de vogeltjes kunnen met hun gezang en gekwetter dat gevoel niet verzachten. Ze heeft vlak voor Rinus' vertrek mogen ervaren hoe het is om con-tinu mensen over de vloer te hebben. Eerst Alex, toen ook Jort, Miek en Marieke, later kwam zelfs haar zoon graag bij haar aan. En nu? Nu heeft ze alleen nog de vogeltjes.

Ach ja, die vogeltjes, die kleine koorknapen, die wil ze niet missen. Ze kán ze niet missen. Maar soms wordt het haar net een tikkeltje te veel, alle dagen voeren, de voerbakjes schoonmaken, de waterbakjes met fris water vullen. Vroe-ger hielp Bart haar en kletste daarbij honderduit. Oma dit, oma dat, tot het haar duizelde en ze lachend zei: 'Je vraagt me het hemd van me lijf.'

Die lieve Bart, mijlenver weg, ergens in Tasmanië. God had haar zo veel liefde gegeven en opeens: foetsie. Voor hij weg-ging, gaf hij haar zijn kanarie terug, en op haar verwonderd vragen: 'Wat is dat nu, je bent zo gek op je vogeltje?' klonk het heel timide: 'Je mag daar geen vogeltjes invoeren, dus wat moet ik? Maar zul je goed op hem passen, oma, tot ik terugkom?'

Vol aandacht keek ze hem aan, iets in haar gewekt door zijn toon. Hij alleen noemde haar oma, voor al die anderen was en bleef ze Jabba, zelfs voor Miek...

Langzaam streek ze hem door zijn haar, keek aandachtig naar zijn kindergezicht en zei: 'Dus je komt ooit wel terug?'

Hij, even verbijsterd: 'Wat dacht u dan?'

Ja, wat dacht ze op dat moment? Ze voelde zich zo hopeloos, radeloos en woedend. Bart ging weg. Bartje, die zijn liefde voor vogels met haar deelde. Voor haar was het iets onge-kends om iemand te ontmoeten die net zo van vogels hield als zij.

Opnieuw zijn dringende vraag: 'Past u goed op mijn vogeltje, oma?'

'Ja, jochie.' Tranen brandden in haar ogen. Bart die het vol vuur voor haar opnam tegen Rinus, die zijn gal weer eens spuwde over de vogels, die zo veel rotzooi maakten in zijn ogen en nergens goed voor waren... Opeens voelde ze Bart-

jes armen om haar hals, zag ze zijn vriendelijke oogopslag van dichtbij, en hoorde ze een zacht gefluister in haar oor: 'Niet huilen, oma, ik kom bij u terug.'
'Terug? Wanneer? Tasmanië is ver weg, jochie.'
Zijn schaterende lach klonk door de salon. 'Ver weg? Met een vliegtuig ben je er zo.'
Juist, een vliegtuig. Als ze eraan dacht brak het zweet haar al uit.
Bartjes kwebbel stond niet stil: 'Ik ga studeren voor dieren-arts en als ik dat ben, kom ik bij u terug.'
Het was voor het eerst dat ze hem daarover hoorde, maar de woorden kwamen wonderlijk beslist uit zijn mond.
'Als je vogeltje dan nog leeft, Bart.'
'Vast wel, en een kanarie wordt oud, dat zegt u zelf.'
'Maar zo oud, Bart? Dat kan ik niet beloven.'
'Als u erop past wel,' zei Bart vol overtuiging.
Bart, hoelang is hij nu weg, twee, drie jaar? Een traan glijdt langs haar wang, laat een brandend spoor achter, driftig veegt ze hem weg, wat is dat nou. Ze wordt een ouwe mem, de laatste tijd hoeft er maar wat te gebeuren of ze zit te grie-nen, en ze heeft steeds meer moeite zich daarbij niet ramp-zalig te voelen.
Hoe laat zal het zijn? Het nu volop doordringende daglicht weerkaatst in de spiegel en doet de gedempte kleuren in de salon nu helder naar voren springen, en de vogeltjes in de koperen kooien springen op hun stokjes en laten hun eerste trillers los.
'Zes uur,' mompelt ze. 'Ik ga eruit.' Ze slaat de dekens van zich af, doet een graai naar haar pantoffels en een greep naar haar stok, komt leunend en steunend overeind, stun-telt naar de stoel, trekt met een frons tussen haar ogen haar kleren aan, en in haar springt plotseling het besef naar vo-ren: ik takel af, het gaat in alles zo vlot niet meer. En dan realiseert ze zich met een schok dat het laatste decennium van haar leven weleens aangebroken kan zijn.
'Krauw,' schettert de roodstaart vol ongeduld, en zij, plots woedend, geeft met haar stok een harde stamp op de grond, en schreeuwt mogelijk nog harder: 'Hou je bek!' Tegelijk schiet ze luidop in de lach, en denkt: ik zie hem niet langer als een vogel, maar als een ouwe schreeuwlelijk.

132

Rinus had een grondige hekel aan de roodstaart, en de roodstaart aan Rinus. En als-ie maar een glimp van hem zag, zette hij het op een schreeuwen. Rinus, obstinaat, gooide dan een kleedje over de kooi, al snauwend: 'Flikker dat kreng toch je huis uit.'

Zij, diep gegriefd, viel scherp uit: 'Als het je hier niet bevalt, ga je toch. Maar die vogel blijft.'

Rinus zakte op een stoel neer, mokte: 'Nou ja, het is toch zo, hij schreeuwt je de oren van je kop, het is iedere keer weer raak.'

'Dat komt omdat je niet van vogels houdt, dat voelt hij instinctmatig.'

Rinus, minachtend: 'Toe nou, zeg.'

'Toch is het zo,' weerde ze bot, en keek daarbij in een paar koude, grijsblauwe ogen. 'En als het je niet bevalt, daar is de deur.'

Rinus, nors: 'Toe, toe, aan die deur hoef je me niet telkens te herinneren. En je kent mijn mening, vogels horen in de natuur en niet opgesloten in die rotkooien, da's dierenkwelling, moeder.' En vol minachting: 'Hoe vaak moet ik je dat nog zeggen.'

Die harde, droge stem die haar zo onverbiddelijk de waarheid zei en de deur die vervolgens met een klap dichtsloeg omdat Rinus inderdaad vertrok, deed haar opschrikken in duizelende ontsteltenis, want voor het eerst na jaren speelde ze met dezelfde gedachten. Altijd opgesloten in kooien, dat kon niet goed zijn. En God zei: 'Zie de vrije vogels op het veld.' De gedachte liet niet af. Was zij fout, al die jaren fout geweest ook? De twijfel sloeg toe, onrustig liep ze langs de kooien, sprak tegen haar vogeltjes, haalde de roodstaart uit zijn kooi, streelde hem telkens weer en vroeg: 'Hou je nog van het vrouwtje?' Schuin omhoog keek hij haar met zijn ronde oog aan, schudde zich uit, zette zijn veren op, en voor ze erop verdacht was, greep zijn snavel in haar haren en trok hij zo hard dat de tranen in haar ogen sprongen. In een flits ging door haar heen: dat is al de tweede keer datie me dat lapt! Ze sloeg nijdig naar hem. Hij liet los, zette het op een schreeuwen, spreidde zijn vleugels, vloog op en streek neer op de bovenrand van de spiegelkast, en wat ze ook probeerde en met voer lokte, ze kreeg hem niet meer in zijn kooi. Drie dagen lang bleef hij zitten waar hij zat, en maar schreeuwen.

Dit incident heeft ze nooit aan Rinus verteld, en nu ze daaraan terugdenkt wordt ze bijna onwel bij die gedachte, maar het hem vertellen, nee, dat nooit.

Lange tijd zat ze doodstil met Rinus' stem nog in haar oren, en stelde ze zich voor het eerst de vraag of ze in al die jaren haar eigen kind verkeerd had ingeschat. Schuilde in dat sombere, onverschillige karakter toch een menselijk trekje? Opdonderen, had ze tegen hem gezegd. Had ze daarmee het lot in de kaart gespeeld? Rinus, onverwacht een rijk man, getrouwd en naar Tasmanië vertrokken.

Ze weet niet eens meer hoeveel tijd er verstreken is sinds zijn vertrek. Ze kan de dagelijkse dingen niet meer zo goed bijhouden, soms is het zelfs een beetje warrig in haar hoofd. Maar wat wel helder en haarscherp in haar geest staat en blijft, is Rinus' vertrek. Sinds hij is vertrokken krast ze elke dag door op de kalender.

Elke dag weer een kras. Doet ze dat nu al twee jaar lang, of is het drie? Ze denkt nog steeds bij elke kras: nu zal hij gauw terugkomen. Een stil verlangen dat ze voor iedereen verborgen houdt. Haar leven bestaat nu alleen nog uit wachten. Op Rinus, David, of Bart. Ze zou hem zo graag terugzien. Nog hoort ze zijn heldere jongensstem. 'Past u goed op mijn vogeltje, oma? En als ik dierenarts ben, kom ik terug.' Zal ze het nog beleven? De mens wikt, maar God beschikt. Het denken maakt soms zo moe; ook de sterkste komt aan het eind van zijn krachten.

Zo, de vogeltjes zijn gevoerd, een dagtaak die steeds terugkomt, vroeger draaide ze haar hand er niet voor om, nu wordt het haar soms te veel. Ze staat voor het raam en kijkt naar buiten. De tuin is een grote woestenij. Toen Rinus er nog was...

Driftig schudt ze haar hoofd. Niet aan denken, da's verleden tijd, die zoekt zijn heil aan de andere kant van de wereld. De eerste tijd kwam er elke maand een brief, toen om de drie maanden een ansichtkaart met in koeienletters Rinus' handschrift erop. *We maken het best, boeren goed vooruit, hou je haaks, moeder. Groetjes en tot horens. Familie Cannegieter.*

Een paar schamele woorden, daar moest ze het mee doen. Nu zou ze er wat voor geven om weer eens wat van die schamele woorden te ontvangen. Al een hele tijd heeft ze niks meer van hem gehoord. Enfin, ze moet maar zo denken: geen bericht, goed bericht.

Kijk, de zon. Hij staat op de voorkant van haar huis, voor de dorpers nog altijd het makelaarshuis. Het zonnerood klimt boven de daken en schuin achter de brede kastanje breken de stralen door, glijden over de tuin, door het raam van de salon, zetten de koperen kooien in een gouden gloed. De vogeltjes schudden hun veren en als bij toverslag breken allerlei trillers en fluittonen naar buiten, en boven alles klinkt de kanarie van Bart. Het snaveltje staat open, het gele keeltje bibbert bij de hoge tonen en als van verre hoort ze Bartjes stem: 'Past u goed op mijn vogeltje, oma?'

Bartje, Rinus, Miek, alles glijdt weg in het verleden, ze zucht eens diep, richt haar blik op Caspers foto aan de wand. Pal na zijn dood kon ze er niet naar kijken zonder die pijn te voelen. Ze borg hem op in de la van de linnenkast, maar in een diep gevoel van verlangen heeft ze hem weer tevoorschijn gehaald en aan de wand gehangen. Ze loopt ernaartoe, tuurt er aandachtig naar, het ovale gezicht, de rustige oogopslag. Casper was een opvallend mooie man, edelmoedig van karakter en toch bij wijlen stug en onverzettelijk, en zijn goede naam ging hem boven alles.

Casper, ze heeft hem jaren overleefd. Casper, die eens in een ontmoedigde bui tegen haar zei: 'Eén ding is zeker: die dood is, is veilig voor het leven. Da's op sommige punten veel gewonnen.' Toen schrok ze van wat hij zei, dat hij zo dacht. Ze vroeg hem wat hij daar toch mee bedoelde. Hij keek haar een tijdje zwijgend aan, haalde zijn schouders op en zei: 'Je komt er nog wel achter.'

Nu, jaren later, na alles wat ze heeft meegemaakt zelf een oude vrouw geworden, begrijpt ze de strekking van die woorden beter. Want niemands pad gaat over rozen, en sommige doorns steken diep, laten littekens achter bij haar en toentertijd ook bij Casper, het diepe leed hem door haar aangedaan.

Hij hield van haar en dichtte in zijn liefde haar bijzondere eigenschappen toe die er niet waren, totdat ze struikelde en zijn ogen opengingen. Maar zelfs toen hield hij haar de hand boven het hoofd.

Ze schudt een paar maal haar hoofd. Weg met die gedachten, ze moet er niet aan toegeven, leven met de dingen van vandaag.

'Krauw,' roept de roodstaart en hij zet zijn veren bol, slaat met zijn vleugels en zet het op een schreeuwen. Het geluid weerklinkt in alle hoeken en maakt de andere vogels onrustig. Wild fladderen ze tegen de tralies op, veren vliegen in het rond.

'Laat dat!' Ze geeft een tik tegen de kooi, met als gevolg dat hij nog harder schreeuwt. 'Laat dat!' Weer een harde tik tegen de kooi, en vraagt zich verbaasd af: wat doe ik nou eigenlijk? De roodstaart waar ik met hart en ziel aan hecht, en nu sta ik tegen zijn kooi te slaan.

Ze paait, knipt met haar vingers voor de tralies. 'Kom bij het vrouwtje.' De vogel wordt rustig, drukt zijn kop tegen de tralies. Ze sust: 'Waar ben je dan, pientere vogel, ja, je bent zo mooi en slim!' Hij komt dichterbij en ze krabbelt hem geruststellend tussen de veren. Plots een harde schreeuw, een vinnige uitval, voor ze erop verdacht is scheurt hij de nagel van haar pink. Ze deinst achteruit en kreunt van pijn. 'Loeder,' grauwt ze, en ze geeft met haar stok een harde klap tegen de kooi. 'Daar, ik zal je leren, en als je het nog eens waagt, krijg je die stok op een andere plek.'

Opnieuw vliegt hij tegen de tralies, doet een uitval naar de stok, zet het op een schreeuwen. Opeens hoort ze als van verre weer Rinus' stem: 'Vogels horen in de vrije natuur, niet opgesloten in kooien, moeder.'

Ontmoedigd zakt ze op een stoel neer. Ze houdt van haar vogels, doch na die scherpe woorden van Rinus gaat ze opnieuw bij zichzelf te rade, en ze denkt er meer en meer heel anders over. God gaf ieder mens en dier een eigen kenmerk en plekje op aard. De mensen op het land, de vissen in het water, de vogels in de lucht. En zo was het goed. En Rinus zei: 'Het is dierenkwelling wat jij doet, moeder. Denk daar maar eens over na.'

Maar dan denkt ze weer aan Bartje, die zei: 'Past u goed op mijn vogeltje, oma? En als ik dierenarts ben, kom ik bij u terug.'

Allerlei gedachten spannen in haar hoofd samen, maar één ding weet ze heel zeker: tussen haar en de roodstaart is het vertrouwen voorgoed weg, voor haar is hij nu een doodgewone vogel. En hij ziet in haar zijn grootste vijand, die hem van zijn vrijheid heeft beroofd.

Er zijn alweer een paar dagen verstreken en Jabba voedt zoals altijd de vogels. Ze schuifelt langs de kooien, maar het vlot niet zo erg. Ze heeft last van een eksteroog en heeft een stekende pijn in haar heup. Slijtage, volgens de huisarts, die eergisteren bij haar langskwam. 'Dat is de leeftijd, mevrouw. U moet maar eens naar het ziekenhuis voor een foto.' 'Het ziekenhuis?' Of ze het in Keulen hoorde donderen! Ze foeterde: 'Man, ik ben nog nooit in een ziekenhuis geweest.' Hij grinnikte. Jabba was er eentje van de oude stempel, taai en volhardend. Bij dit soort mensen is het niks geen ziekenhuis, ben je mal, met die flauwekul houden ze zich niet op. Haarlemmerolie, Dampo, een taftverband, een aspirine, een stevige groc, dat houdt de narigheid buiten de deur. Hij zei: 'Vertel eens, mevrouw, waarom hebt u me dan gebeld?' 'Ik?' viel ze verontwaardigd uit. 'Da's het werk van Alex Guldemond. Hij stond erop, al zei ik dat het niet nodig was.' 'O, zit het zo?' was het antwoord. 'Enfin, u kent mijn mening. Wilt u niet naar het ziekenhuis, dan is dat uw keuze. Maar als de pijn erger wordt, geen smeerseltjes van dit of van dat, meteen naar het ziekenhuis voor een foto. Nee, blijf maar, ik kom er wel uit.' En met een blik op de kooien zei de dokter: 'Nog altijd die makke papegaai?' Hij liep eropaf, en vlak met zijn gelaat bij de kooi paaide hij: 'Zoete Lorre, koppie-krauw.' Zij, met het gebeuren van een paar dagen ervoor in haar achterhoofd, riep geschrokken: 'Ga weg, straks bijt-ie je neus eraf.'
'Wat zegt u me nou?' Verbaasd keek hij haar aan. 'Volgens uw eigen zeggen is hij zo mak als een lam.'
Ze schudde haar hoofd. 'Niet meer.'
De dokter, vol verbazing: 'Hoe dat zo?'
Zij, ontstemd, want wat had die pillendraaier ermee nodig, stak haar hand uit en snibde: 'Kijk dit, een afgescheurde nagel. Door toedoen van die snavel daar.' Ze wees met haar gewonde pink naar de kromme bek van de papegaai.

'Hoe kan dat nou? Een heel leven al zijn jullie de beste maatjes.'

'Een krombek, hè. Achteraf mag ik nog van geluk spreken dat hij geen stuk van mijn pink heeft meegenomen. Met dat lieve snaveltje breken ze kokosnoten open.' Ze vroeg zich af of de dokter iets van vogels wist. Ja, de ooievaar, maar voor de rest hield hij zich met heel andere dingen bezig.

Daar had je het al, bezorgd klonk het: 'Hebt u met uw pink in het sodawater gezeten?'

Zij, narrig: 'Nee, in een verdunde oplossing van bleekwater, daarna een lik honing erop gesmeerd, een verbandje erom en klaar.'

'Juist,' antwoordde de arts. Hij ging er niet op door, want om Jabba te overreden moest je hemel en aarde bewegen, die ging toch wel haar eigen weg. Hij zette zijn hoed op en zei: 'Pas goed op uzelf, Jabba.'

Staand achter het raam keek ze hem na.

Ze heeft het niet zo op dokters, ze weten alles over ziektes en pillen en poeders, maar over de natuur weten ze niks. Hoewel, ze mag die ouwe Van der Berg wel, een vaderfiguur die met zijn patiënten meeleeft. Maar dat eigengereide gedoe van Alex, dat zit haar niet lekker. Als hij van de week komt aanwaaien, zal ze hem toch eens aan de tand voelen. Alex is als een zoon voor haar en de enige die ze nog heeft na het vertrek van Rinus, maar hij moet niet denken dat hij achter haar rug om de dokter kan bellen. Hoe goedbedoeld ook, ze is nog mans genoeg, en zolang ze kan, houdt ze het heft in eigen hand. Plots klinkt haar eigen stem hardop in haar oren: 'Ik laat me door niemand betuttelen!' Zo, dat lucht op, ook al heeft niemand het gehoord.

'Krauw,' schreeuwt de roodstaart. Ze schiet in de lach. Alsofie het aanvoelt. Ze loopt naar hem toe en zegt: 'Ben je het met het vrouwtje eens?'

'Krauw!' klinkt het in een harde schreeuw, wild fladdert hij met zijn vleugels tegen de tralies, zet het op een hartverscheurend schreeuwen, bijt telkens weer in de tralies. Verschrikt deinst ze achteruit: 'Bedaar, bedaar...' Het heeft als uitwerking dat hij nog harder tekeergaat, zo erg zelfs dat de andere vogels onrustig worden en luid kwetterend op de stokjes heen en weer springen.

Verbijsterd kijkt ze toe, dit heeft ze nog nooit meegemaakt, het lijkt wel of ze met z'n allen tegen haar protesteren. Ze houdt de handen tegen haar oren, die onrust wil ze niet zien en horen, zo kent ze haar vogels niet.

Ze geeft met de krant een klap tegen de kooi van de roodstaart, snauwt: 'Laat dat! Heel de boel maak je van streek.'

Het werkt averechts, schreeuwend hangt hij aan de tralies, pikt een aantal keren woedend in haar richting. Ontsteld kijkt ze ernaar en plots is ze zich ervan bewust wat ze heeft gedaan. Na dat eerste incident is hij niet meer uit zijn kooi geweest. Ze is bang van hem, in plaats van een vriend is hij een vijand geworden, en zou ze hem toch uit zijn kooi halen, dan vliegt hij haar aan. En opnieuw weerklinken Rinus' woorden in haar hoofd: 'Vogels opsluiten in kooien, da's dierenkwelling, moeder.'

Onzin, ze kan het niet horen, wil het niet horen, en toch hoort ze het. En meer en meer dat ze er zelf over nadenkt, overdag tijdens het voeren en 's nachts in troebele gedachten, waarin beelden zich vermengen, Rinus, Bartje, de vogels, bovenal de roodstaart, alsof hij haar rekenschap laat afleggen voor jarenlange opsluiting. Maar nooit drong die vraag zo helder tot haar door als nu, en diep in haar is een stem die zegt: wat Rinus zei weet jezelf al jaren, maar jij waste je handen in onschuld, wilde niet zien, wilde niet horen. Jij, die er zo prat op gaat dat je goed bent voor je vogels. Ze vat moed, duwt een pinda door de tralies en zegt: 'Voor Lorre.'

'Krauw,' zegt de roodstaart. Hij draait zich om, keert zich van haar af.

Ontmoedigd zakt ze in een stoel en vraagt zich af: is zo het vertrouwen van de roodstaart voorgoed verloren?

HOOFDSTUK 12

Ze hoort voetstappen in de gang. Jabba, die net bezig was de vogels vers water te geven, heft haar hoofd, luistert en denkt: da's bekend volk. Al wat hier vertrouwd is komt achterom. Maar veel bekenden van vroeger zijn er niet meer, ze hebben het tijdige met het eeuwige gewisseld en worden aan de overkant naar hun daden gewogen. Aan welke kant zal de weegschaal overslaan? Hoe beoordeelt de Allerhoogste de daden van een mens op aard? Als ze daaraan denkt voelt ze angst, en in haar geest komt het beeld van Casper. Dan schreit het in haar van verlangen naar hem die haar zo vroeg is ontvallen.

De voetstappen komen dichterbij, de deur gaat open en op de drempel staan Alex en Marieke. Marieke heeft een bos rozen in haar hand. 'Hier zijn we dan.' Lachend komen ze naar haar toe. 'Gefeliciteerd, Jabba. Hier, pak aan, rozen voor je verjaardag.'

'Van harte, ook van mij.' Da's Alex, hij komt naar haar toe drukt een kus op haar wang: 'En, heb je de appeltaart al uit de oven?'

Rozen, appeltaart, jarig... Onthutst kijkt ze hem aan. 'Waar hebben jullie het over?'

'Jabba, hoe heb ik het nu met je, je bent vandaag toch jarig?' zegt Marieke.

'Jarig, ik?' Haar blik glijdt naar de wandkalender. Vroeger schreef ze al de verjaardagen op, maar familie is er niet meer, Rinus zit in Tasmanië en van David hoort ze al jaren niets meer, die is als van de aardbodem verdwenen. Casper, ja, hij wel, zijn verjaardag streept ze elk jaar aan met drie kruisjes...

'Jarig?' mompelt ze. 'Ik ben het glad vergeten. Dat heb je als je oud wordt.'

Alex, lachend: 'Kom nou. Oud, jij? Je wordt wel honderd.'

Honderd. Wie heeft dat meer tegen haar gezegd? O ja, dat was Rinus. Al maanden heeft ze niets van hem gehoord. Ach ja, zo gaat het: uit het oog, uit het hart. Rinus, hij was geen lieverdje in zijn jonge jaren, altijd schimpen op Jan en alleman. Dat veranderde toen Miek daar over de vloer kwam, resoluut de touwtjes in handen nam, en Rinus tegenover haar – Jabba – op zijn plaats zette. Ze zette hem daar waar hij hoorde te staan, en deed hem veranderen in zijn eigen voordeel zodat het tij tussen moeder en zoon keerde.

'Honderd?' zegt ze nog eens, opkijkend naar Alex. 'Dan moet ik voor die tijd niet doodgaan.' En terwijl ze dat zegt, denkt ze: het is voor het eerst dat ik praat over doodgaan. Je wilt er niet over praten en er niets over horen, maar waarom feitelijk, de dood hoort bij het leven, en het overkomt iedereen, en niemand komt er onderuit.

'Niet zo treurig, Jabba, op een dag als vandaag.' Marieke voelt zich altijd wat ontdaan als mensen zo praten. Ze gaat ook niet bij zieke mensen op bezoek, ze wordt er niet goed van, loopt er met een boog omheen, of stuurt een bloemetje. Maar met Jabba is het anders, want al loopt ze wat moeilijk, ze is geen ziekelijke en kwakkelende vrouw. En Mariekes vader zegt over Jabba: 'Krakende en piepende wagens rijden het langst, en daar is Jabba er een van.'

Haar vader is verbitterd over zijn dieet sinds hij een hoge bloeddruk heeft, en wijst met zijn vinger naar iedereen die gezond op aarde rondloopt, waaronder Alex, maar dat heeft een andere reden. Alex wil nog steeds niet met haar trouwen. En het is Jabba die er geen doekjes om windt, en laatst in een rechtstreekse aanval tegen Alex zei: 'Het zal waarachtig toch weleens tijd worden dat je dat kind trouwt.' Alex, danig in zijn wiek geschoten, viel zodra hij thuis was heftig tegen haar uit en eindigde met de woorden: 'Heb jij daar een handje in gehad?'

Zij, in toenemende beklemming door de oplopende spanning tussen hen, snibde: 'Dat je zoiets van me denkt. En wees eerlijk, ongelijk heeft ze niet. We hokken nu al drie jaar, en met geen enkel uitzicht op de toekomst, en dat terwijl ik zo veel van je hou.'

Hij staarde haar aan, zocht naar de juiste woorden, vond ze niet. Dit was de taal van het gevoel, zoals Marieke tegen hem sprak, een taal die hij in zijn nuchter denken niet verstond, en die in zijn gevoel niet voorkwam. Zijn zwijgen verwarde haar, maakte haar doodnerveus. Wat voor gedachten gingen er in hem om? Lara... de kinderen. Hij had pas met Lara gesproken en haar naar de bus gebracht. Van anderen moest ze het horen. Alex zelf had er met geen woord over gerept, en zij, ondanks dat ze het wist, had er niet naar gevraagd. Maar ze wist het, en het weten woog zo zwaar als lood, en tegen Alex, die maar stilletjes naar haar zat te kijken, en zoekend naar een spoor van zijn gedachten, zei ze: 'Wat denk je over mij? Slecht of goed, zeg het maar.'

Hij glimlachte, trok haar op zijn schoot, roefelde met zijn hand door haar krullen en vroeg: 'Wil je dat weten?'

'Ja,' zei ze nieuwsgierig.

'Dat je een heel lief kind bent.' Hij schoof haar van zijn schoot, kwam van zijn stoel overeind, trok speels aan een van haar krullen en zei: 'Maar niet aan anderen verklappen, hoor.' Daarna liep hij fluitend de kamer uit.

Ze keek hem na, voelde zich gekwetst en dacht: ik ken hem niet, en ook niet een van die honderden gedachten in hem kan ik raden. Maar mijn intuïtie schiet me te hulp, waarin mijn verstand tegenover hem tekortschiet. Ze vroeg zich af: zal ik altijd achter hem aan blijven hollen, zonder dat hij daar erg in heeft?

'Waar denk je aan?' vraagt Alex. 'Je kijkt zo ernstig, en dat op Jabba's verjaardag. Nietwaar, Jabba?'

'Ja,' antwoordt ze een tikkeltje beschaamd. 'Ik vind het zo stom dat ik het vergeten ben, en ik heb ook geen koek in huis.'

Hij schiet in de lach. 'Ach, als dat het ergste is?' Hij heeft nieuws voor haar, daar zal ze van ophoren. En voegt eraan toe: 'Ik haal wel wat gebakjes.'

Ze voelt zich bezwaard. Haar verjaardag vergeten, een lege koektrommel, wat moeten ze wel van haar denken? En ze zegt: 'Taartjes, dan moet je wel naar het dorp.'

'Nou en, heen en terug met de auto doe je in een kwartiertje. Wat wil je, een moorkop, mokkagebak of iets met fruit? Je zegt het maar. Een moorkop, dat dacht ik wel. En jij, Marieke? Als het maar zoet is, is het goed, dat weet ik wel. Een Zwitserse tompouce? Goed dan. Tot straks, dames.' En weg is Alex.

Jabba, overrompeld door de onverwachte visite, doet een greep in de onderste la van de ladekast voor een schoon kleedje, want wat nu op tafel ligt, daar kan je soep van koken. Ze zag het een paar dagen geleden al, maar ach, je bent alleen, dan neem je het niet zo nauw. Maar Marieke zal wel denken...

Maar Marieke denkt niks, ze kijkt met aandacht naar het kleine, tengere figuurtje dat met beide handen in de la rommelt en een schoon kleedje tevoorschijn tovert. Er valt een foto uit van een opvallend mooie vrouw. Ze wijst erop: 'Ben jij dat, Jabba?'

'Geef hier.' De foto wordt uit haar hand gerukt. 'Da's verleden tijd.' Jabba stopt de foto weer onder in de la.

'Nou zeg,' zegt Marieke. Ze ziet de flikkering in Jabba's ogen alsof ze haar beloert, schrikt en zegt: 'Alsof ik een zonde bega.'

'Zonde?' stuift ze op. 'Wat weet jij van zonde. Ja, dat je met een gescheiden vent hokt, dat deugt niet, da's waar.'

Zij, enigszins gepikeerd, stroeft: 'Je zegt het wel heel cru, Jabba.'

Jabba, onverschillig: 'De waarheid is altijd cru, maar troost je, er zijn ergere dingen.' En op wat kalmere toon: 'Geloof me, kind, door zonde gaat een deel van het menselijk geluk verloren, en wat ervan overblijft, daar kun je niet onbevangen van genieten. Althans, ik niet. Wat sta je me nu ongelovig aan te staren?' Ze strekt haar hand. 'Help me eens overeind,' zegt ze dan, en als verontschuldiging: 'Die heup hè, die heup...'

'Jabba, je bent vandaag tachtig geworden.'

'Nou en? Er zijn mensen die op hun tachtigste nog een bootreis maken.'

'Dat zijn uitzonderingen. Voor de meeste mensen is dat niet weggelegd.'

'Ja, ja, wrijf me de waarheid maar onder de neus.'

'Het is toch zo, Jabba.'

'Ja, kind, ja... En oud met eren kan niemand deren, dat ben je toch met me eens?' Met bezige vingers wrijft ze het schone kleedje op de tafel glad, werpt een blik in de spiegel en zegt: 'Als ik had geweten dat jullie zouden komen, had ik...'

'Me in gala gestoken,' valt Marieke haar lachend in de rede. 'Maar lieve Jabba, wat doet het ertoe? We komen voor jou, en niet om je in een of andere wufte creatie te bewonderen.'

'Jaja, het is mooi gezegd, maar naar men beweert: kleren maken de man.'

'En vind jij dat in jouw eigen wereldje ook van toepassing?

Wees toch wijzer.' Marieke neemt haar tevreden op. Jabba, een grijs koppie boven een bruin wollen vest, een jurk tot aan haar enkels en in de mode twintig jaar achter. Da's Jabba ten voeten uit. Ze heeft haar eigen mening, leeft haar eigen leventje tussen de luid kwetterende vogeltjes. Hangt op maandag een briefje aan de deur voor de verschillende leveranciers en op vrijdag wordt er in de keuken afgerekend, waar ze hen trakteert op warme chocolademelk met een jodenkoek. Verder dan de keuken komen ze niet, het overige huis is privé en de salon, met de vele vogeltjes, is voor Jabba als een tempel, daar mag je pas naar binnen als zij sympathie voor je voelt, en het mag een wonder heten dat Alex en Marieke tot die uitverkorenen behoren. Een enkele keer nemen ze haar mee voor een ritje door de polder, en Jabba geniet dan zichtbaar met volle teugen. Aan het eind van de rit trakteert Alex hen op een kopje thee in de Passage, en staat Jabba erop de rekening te betalen.

Jabba heeft een grief tegen de eigenaar van de Passage, ze kan de man moeilijk zetten. Alex vroeg tijdens hun voorlaatste bezoek verwonderd: 'Vanwaar die antipathie? De man komt juist zo vriendelijk over.'

Jabba, snibbig: 'De een is de ander niet. Mij heeft hij toen te veel pijn gedaan.'

Alex, luchtig: 'Dat was toen, Jabba, jaren geleden. Vergeet die pijn en geniet volop van het moment van nu.'

Jabba's ogen werden hard en scherp klonk het: 'Ik kan niet vergeten wie me pijn heeft gedaan, al is het nog zo lang geleden.'

Alex, op een voorzichtig toontje: 'Men zegt dat naarmate een mens ouder wordt, hij milder gaat denken.'

Jabba: 'O, beweren ze dat? Ik denk eerder dat ze gewoon hun verstand verliezen.'

Alex, een moment onthutst, schoot in de lach: 'Nou, zo te horen heb jij daar nog geen last van.'

Jabba: 'Dat weet jij niet.'

Alex: 'Nou... zo te zien.'

Jabba: 'Klets. Je kijkt erop, maar niet erin.'

'Dus jij wilt zeggen dat...'

En zij – Marieke – dacht: flauw van Alex om het niet te willen begrijpen, we weten toch allebei dat Jabba de laatste tijd wat vergeetachtig wordt, en Jabba die bij Marieke haar nood klaagt: 'Een oud mens loopt vandaag de dag naast de tijd, die razendsnelle vooruitgang op elk gebied maakt een oud mens zoals ik onzeker. En Rinus geëmigreerd naar Tasmanië, dat doet maar en laat z'n ouwe moeder in de steek.' Jabba, die een klein moment haar zekerheid kwijt was en bij haar – Marieke – steun zocht.

En zachtjes zei ze: 'Ze wilden je meenemen naar Tasmanië, maar jij wilde niet.'

Jabba, met een afwerend gebaar: 'Ga toch weg. Elke dag een dwarskijker op je handen, daar is Rinus de man niet naar. En mijn vogeltjes, waar moesten die naartoe? Nee... Tasmanië, ik zag het niet zitten.'

Ze kon het niet nalaten te zeggen: 'Maar hier ben je alleen, Jabba.'

'Liever alleen hier, waar ik niemand tot last ben, dan met Rinus en zijn gezin daar, waar ik eigenlijk niet welkom ben. Denk daar maar eens over na.'

Ze heeft erover nagedacht, maar andere gedachten wegen zwaarder, overheersen heel haar denken. Alex die zijn gewezen vrouw weer heeft ontmoet en er tegen haar – Marieke – met geen woord over heeft gerept, en ze vraagt zich af: heeft hij Lara nog steeds niet uit zijn gevoelsleven verdrongen? Ze zou het hem willen vragen, maar zwijgt uit gekrenkte trots. Ze moest het van een ander horen. Oude Mul, waar ze eens het molenhuis van huurde, heeft haar op zijn manier gewaarschuwd: 'Weet wel, meissie, het vriest gauw op een oud schossie.' De goedbedoelde waarschuwing van Mul bracht onrust in haar hart. Lara leek ineens de schaduw in haar – Mariekes – leven, maar dat gevoel verflauwde naarmate de tijd rustiger verliep tussen haar en Alex, maar de angst dat hij haar kon verlaten wanneer hij wilde, bleef. Een angst die ze onderdrukte, maar die, na wat Mul haar vertelde, opnieuw de kop opstak, en tevens de vraag: is dat de reden dat hij hun samenwonen prefereert boven een huwelijk?

Het geluid van een auto die snel naderbij komt, geknars van remmen, een portier dat wordt geopend en weer dichtslaat, en al haar gedachten op de vlucht jaagt. Jabba roept: 'Daar is Alex met het gebak.' Met een blik in de spiegel vervolgt ze: 'Nu loop ik er nóg bij als een smeerpoets.' En, zoekend naar een verontschuldiging: 'De vogeltjes hè, ik moest ze nog voeren.'

En zij denkt: Jabba, hoe dan ook, ze verschuilt zich altijd achter het excuus van de vogeltjes. 'Trek maar gauw een andere jurk aan, intussen zet ik koffie.'

Jabba glundert: 'Koffie met gebak, dat zal smaken.'

Ze lacht: 'Als je dat maar doorhebt.'

'Waar blijft ze toch,' zegt Alex even later met een blik op zijn horloge. 'Ze is al een kwartier weg. Duurt dat zo lang, een jurk aantrekken?'

'Als vrouwen zich omkleden, duurt het altijd lang,' zegt Marieke.

Hij zucht. 'Schenk mij alvast maar een bakkie in. Vrouwen en omkleden... Met Lara was het ook altijd zo'n feest. Jurk aan, jurk uit; een uur was niks.' Trouwens, Marieke kan er ook wat van, maar wat ze ook draagt, ze heeft niet de elegantie van Lara. Ho, stop, Alex Guldemond, rem die gedachten af, da's niet eerlijk tegenover Marieke, dat lieve, eenvoudige dorpskind, ze houdt van hem en hij van haar en al drie jaar wonen ze samen. Maar trouwen, hij deinst ervoor terug, en hij weet dat hij Marieke daar diep in teleurstelt. Maar de laatste tijd bekruipt hem steeds vaker de vraag: kan ik Marieke het geluk schenken zoals zij het van mij verwacht? Hij kan de moed niet opbrengen daarover met haar te praten, maar soms is er in hem een diepe twijfel die hem 's nachts uit zijn slaap houdt. Komt dit alles toch door die onverwachte ontmoeting met Lara? Lara, die toen koste wat kost de scheiding doorzette, die hem als het ware in de afgrond liet vallen.

Hij hoort schuifelende voetstappen in de gang en een hand die tastend naar de deurknop grijpt. Alex staat op, trekt de deur open, en op de drempel staat Jabba. Ze drukt haar hand tegen haar voorhoofd, stamelt: 'Ik... Ik...'

Hij pakt haar arm, trekt haar naar binnen en vraagt verwonderd: 'Is er wat, Jabba?'

'Ik kan de sleutel niet vinden, net als toen Miek hier was. De sleutels van het huis. Het is om radeloos van te worden.'

Hij sust: 'Kom, kom, zo erg zal het toch niet zijn.'

Weg moment van zwakte, snibbig valt ze uit: 'Wat weet jij er nou van? Je komt pas kijken.'

Zo, die kan hij in zijn zak steken, ze ziet hem als een snotneus, en hij haar als een oude vrouw die af en toe in de war is, maar dat zal hij haar niet zeggen zoals zij hem.

En Jabba, timide: 'Ik kan niet eens een andere jurk aantrekken.'

Hij schiet in de lach. 'Als dat het ergste is.' Dan duwt hij haar op een stoel en zegt: 'Eerst een bakkie leut met een roomsoes. Je bent toch jarig vandaag?'

Marieke schenkt in en de rust keert weer. Jabba smikkelt van de roomsoes, hij van zijn mokkagebak en Marieke van haar tompouce, en onverwachts zegt zij: 'Heb je al in je naaimandje gekeken?'

'Ja, een paar keer.'

'Misschien heb je ze wel over het hoofd gezien.'

Tik, het lege kopje staat op het schoteltje, en ze zegt heftig: 'Ik ben wel oud, maar niet gek.'

Marieke, met een glimlach: 'Nee, vertel mij wat.'

Dan, wantrouwend: 'Ik weet het al, Rinus heeft ze ingepikt.'

'Wat, Rinus?' Alex schiet hardop in de lach. 'Wees toch wijzer, Jabba. Wat moet Rinus met die sleutels in Tasmanië?'

Een minachtend gesnuif. 'Weet ik het. Vroeger was het altijd janken en piepen om geld.'

'Dat was vroeger, Jabba. Je kunt wel stellen dat hij als een rijk man naar Tasmanië is vertrokken.'

'Dat is me bekend, ja. En zo zie je maar, een ons geluk doet meer dan een pond verstand.' Ze zwijgt en een matte moeheid komt plots boven alles uit. Ze mist Rinus, ze mist Miek, ze mist vooral Bart. Hoe zei hij ook weer: 'Past u goed op mijn vogeltje, oma. En als ik dierenarts ben, kom ik bij u terug.' Bartje, haar jochie, zo scherp en zuiver is zijn beeltenis op haar netvlies. Een weeë pijn trekt door haar heen, plots valt uit haar mond: 'Hij wordt dierenarts.'

Verbaasde blikken: 'Wie?'

'Bartje.'

Alex, verbaasd: 'Bartje, zit je daarover te denken?'

Peinzend glimlachend staart ze voor zich uit en dan zegt ze, met iets kinderlijk verdrietigs in haar stem: 'Hij hield van me als van een echte oma.'

'Er zijn er meer die van je houden,' zegt Alex.

Ze geeft geen antwoord, kijkt hem strak aan, zegt dan: 'Dat zullen er weinig zijn.'

'Ja,' antwoordt hij naar waarheid. 'Die zijn op de vingers van één hand te tellen.'

Ze buigt haar hoofd, weert suggestief met haar magere handen en mompelt: 'Dat heb ik niet verstaan.'

Hij wil zeggen: 'Toch zul je dat moeten.' Jabba, voor sommigen is ze als een stekelvarken: waar je haar aanraakt, prikt ze. Vooral voor Rinus en in het begin ook voor hem en Marieke. Maar bovenal voor Rinus, en Rinus was in die tijd ook geen lekkertje, hoewel dat veranderde toen Miek daar over de vloer kwam. De grofbonk werd mens.

'Ik zou toch nog eens in het naaimandje kijken, wie weet,' oppert Marieke.

'Het naaimandje?' Glimlachend kijkt ze Marieke aan. 'Zoals ik zei, daar heb ik al in gekeken.'

'Misschien heb je ze over het hoofd gezien.'

'Zou je denken?'

'Wie weet,' zegt ze, en op een sussend toontje: 'Doe het nou maar gewoon, het kan ook geen kwaad.'

Ze kijkt, en ja hoor, daar liggen de sleutels, en met een opgeluchte zucht zegt ze: 'Daar heb ik nu dagen naar gezocht...' En weer terugglijdend in haar herinnering: 'Dat was toen ook met Miek.'

'Ook de sleutels in het naaimandje,' lacht Alex, en in een poging tot scherts: 'Die tijd van vergeten komt voor ons ook op een dag, Jabba.'

Ze knikt. 'O, als je dat maar weet.' Maar ze denkt wel: het is een bewijs dat ik aftakel. Hoeveel tijd wordt me hier op aard nog gegund? En zal ik mijn jochie ooit terugzien? Ze past goed op zijn vogeltje, soms een tikkeltje te goed, dan raken haar eigen vogeltjes wat op de achtergrond. De roodstaart wordt er ook niet leuker op; die is alleen maar aan het schreeuwen en met zijn snavel tegen de tralies aan het pikken. Rinus schold hem altijd uit voor rooie hufter.

Rinus, wie praat er over Rinus? O, da's Alex. Wat, een brief van Rinus? Fraai is dat, Alex wel een brief en voor zijn eigen moeder geen lettertje, al in geen maanden.

Alex, enthousiast: 'Je zult ervan ophoren, Jabba.'

'Het zal wel weer om geld te doen zijn.'

'Wat? Die tijd is geweest, Jabba. Hij is nu een rijke stinkerd, boert naar eigen zeggen goed en heeft jouw centjes niet meer nodig.'

Da's waar wat Alex daar zegt, de tijden zijn veranderd, het geluk lacht Rinus toe, hij woont nu in Tasmanië, en zij leeft in haar grijze wereldje.

'Moet ik je de brief voorlezen, of lees je 'm liever zelf?'

Zelf lezen, dan moet ze opstaan en haar bril pakken, en dat eksteroog steekt de kop weer op en haar heup is ook niet zuiver. Ze beslist: 'Lees maar voor.'

Rinus schrijft niet veel over de familie, wel over de boerderij en dat het ze voor de wind gaat. Alex glimlacht even: 'Zet beide oren open, Jabba, je zult ervan ophoren. En hoe.'

Hij leest en zij luistert, even zwijgt hij, zegt dan met nadruk: 'En nu komt het.' En hij leest letterlijk: 'Miek is na herhaalde teleurstellingen nu zwanger. Als het een meisje is noemen we haar Jacoba, naar jou, moeder.'

Wat hij nog meer leest dringt nauwelijks tot haar door, slechts drie woorden blijven haar bij, haken zich vast in haar geest: Miek, zwanger, Jacoba.

'Nou, wat zeg je ervan?' Da's Alex. 'Dringt het tot je door? Je wordt grootmoeder! Is dat geen mooi verjaardagscadeau? Nou?'

'Ik?' Ze schrikt op, lacht geforceerd: 'Grootmoeder, en dat op mijn tachtigste.'

Hij, teleurgesteld door haar koele reactie: 'Je moet zo denken: beter laat dan nooit.'

'O, dus ik moet denken zoals jij denkt. Maar zo denk ik niet. Rinus is een veertiger en Miek is ook niet meer zo piep. Waar zit het ze.'

'Dat is hun beslissing, Jabba. Daar sta jij buiten.'

Ze stuift op: 'Ze zijn niet goed wijs, die twee. Trouwens, ze hebben toch al twee kinderen.'

'Zo zie jij het, maar Rinus ziet het anders. Die twee zijn geen eigen bloed, dat spreekt.'

Ach wat, eigen bloed. Plots ziet ze glashelder haar eigen verleden. Rinus, het kind van Gradus Vos. Rinus, een bastaard, en Casper die hem niet in de kou liet staan, hem accepteerde als een eigen kind, maar eigen bloed is het nooit geworden. Rinus, van kind af met de situatie bekend, heeft er nooit met een woord over gerept. Eigen bloed, jawel, als een steen ligt dat weten op haar hart en ze vraagt zich af: werpt die schaduw zich nu vooruit over Bartje? Bartje, haar kleinzoon, die net als zij van vogels houdt. En zal dat nog ongeboren kind net zo zijn als Bartje? Maar da's Rinus' eigen bloed. Rinus was de misstap van haar leven, en zij was in die tijd onnozel, te goed van vertrouwen tegenover Gradus Vos.

Maar Casper zag en begreep het, waarschuwde haar op voorhand: 'Maak je niet te veel illusies.' Ze lachte hem uit, wilde zien noch horen. Rinus werd verwekt in een vlaag van hartstocht en verlangen. In alles zou hij op haar lijken. Tot een aantal jaren later haar ogen zich openden. Rinus leek als twee druppels water op zijn vader. Rinus, die nu zijn genen doorgeeft en als het een meisje wordt heet ze Jacoba, en door die naam vastgekoppeld aan haar – Jabba – heel haar verdere leven, en diep in eigen gedachten verzonken zegt ze: 'Dat wordt de luiermand van zolder.' En ze denkt: zal ik dat kind ooit zien, zal ik er ooit naar verlangen? En Bart, haar Bartje. Hoe zei hij ook weer? 'Als ik dierenarts ben, kom ik bij u terug, oma.'

De vrolijke stem van Marieke, die haar gedachten doorkruist: 'Dat wordt in de toekomst beschuit met muisjes. Wil je nog een kopje koffie?'

Ze knikt. 'Doe maar.' En denkend aan het grote nieuws wordt ze plots overvallen door een ongekend gevoel van eenzame verlatenheid.

HOOFDSTUK 13

'Zo, het is zover. Vóór de avond valt ben jij voor de wet mevrouw Guldemond,' zegt Alex tegen zijn bruid. Marieke, die in al die jaren van getob en vooral twijfels over zijn kant een onuitputtelijk geduld met hem had. En nu stapt hij voor de tweede keer in het huwelijksbootje, en maar hopen dat het voor de tweede keer niet strandt, zoals toen met Lara. Prompt zweeft haar beeld zijn geest binnen. Lara, tot in de toppen van haar vingers een dame, en in elk gebaar iets verfijnds, maar ook koel en cynisch tegenover hem. Daartegenover Marieke, dat eenvoudige dorpskind met haar soms platte accent. Maar ze is ook bescheiden, weinig eisend en zorgzaam. Hij streelt haar hand, dringt aan: 'Nou, zeg eens wat.'

Marieke, in het heldere ochtendlicht dat door het raam valt ziet ze er bleek en moe uit, en ook wat verouderd, en verwonderd vraagt hij zich af: hoe is het mogelijk dat hem dat niet eerder is opgevallen? Valt haar de laatste tijd alles zo zwaar? Ach, hij weet het wel, tegenwoordig kribt hij om de kleinste dingen, onbenulligheden van niks, en daarmee maakt hij Marieke in haar bescheidenheid tegenover hem bloednerveus.

'Ik ga niet in het wit,' zei Marieke toen het tussen hen was beslist. 'Vader zegt ook, da's geld weggooien, een degelijk mantelpak, dat kun je later ook nog dragen. En wat zeg jij, Alex?'

Hij zei niks, dacht wel: Carelse met zijn boerenzuinigheid ook altijd! Hij gaf Marieke een speels kneepje in haar wang en zei: 'Doe jij maar wat je zelf wilt.' Het werd de keus van Carelse, en bij thuiskomst zei Marieke vol enthousiasme: 'Vader heeft alles voor me betaald.'

Hij, met een zwak glimlachje: 'Dan blijft er weinig voor mij over om je cadeau te doen. Alleen je bruidsboeket.'

Marieke: 'Dat is toch altijd zo, de man geeft het boeket. Ik wil roze anjers met roze afhangende linten.'

Hij knikte en dacht aan Lara, een oogverblindend mooie witte jurk en een boeket van paarse orchideeën met lila fluwelen linten, het had hem een vermogen gekost.

Marieke doorbreekt zijn gedachten en zegt: 'De cardioloog

was heel tevreden over mijn vader, hij hoeft pas over drie maanden terug te komen.'

Gisteren moest ze met haar vader naar het ziekenhuis, ze had hem er in alle drukte nog niets over verteld. Hij hoort de opluchting in haar stem en zegt: 'Da's fijn voor hem.' En hij denkt: hoe sterk is Carelses invloed op zijn dochter? Sinds ze op de Eben-Haëzer wonen, komt hij steevast drie keer in de week aanwaaien en babbelt honderduit tegen zijn dochter. Carelse is een beste kerel, staat voor een iedereen klaar, en juist door die bereidwilligheid is hij een tikkeltje opdringerig, waardoor hij – wanneer je niet oppast – zomaar over je heen walst.

Carelse, vandaag werpt hij zich op als ziekenbroeder, duwt Jabba voort in haar rolstoel. Jabba, tegenover wie Alex had gedreigd: 'Als je niet op onze bruiloft komt, kijken Marieke en ik je nooit meer aan.'

'Zo,' reageerde Jabba flauwtjes, al sloffend langs de vogelkooien. 'Dus de kogel is eindelijk door de kerk. Nou, dat werd tijd, je hield dat kind maar op sleeptouw. Soms dacht ik...'

'Denk jij maar niks,' viel hij plots gekwetst uit. 'Al geef ik toe, het trouwen had eerder gekund. Maar vergeet Carelse niet, hij heeft invloed op zijn dochter.'

Jabba, staand voor de kooi van de roodstaart, die met zijn snavel zo hard aan de tralies trok dat de kooi ervan stond te schudden, zei: 'O, zit daar de kneep. De invloed van Carelse, daar heb ik nooit bij stilgestaan.'

Nee, dacht hij en hij keek naar het bedrijvige magere vrouwtje. 'Jij denkt en leeft je eigen eenzame leventje samen met je vogeltjes. Trouwens, hoe zou het zijn daar in Tasmanië, heeft Rinus al wat van zich laten horen?'

Als gestoken keerde ze zich naar hem toe, schudde haar hoofd en viel stroef uit: 'Als er nieuws is van Rinus schrijft-ie het jou, niet mij... Gaat Carelse ook mee?'

Hij, een tikkeltje verwonderd: 'Wat is dat nu weer voor vraag. Hij is haar vader.'

Jabba, met een sarcastisch lachje: 'En hij wordt jouw schoonvader. Carelse is zoals ik hem ken een prima vent, en veel belangstelling voor wat er buiten zijn eigen erf om gebeurt.'

Hij, wat gepikeerd: 'Als ik jou zo hoor, is er niks mis met hem. Maar ik heb hem anders leren kennen.'

Jabba, een beetje meesmuilend: 'Ja, vind je dat gek, je hokt al ruim drie jaar met zijn dochter.'

Hij, plotseling Jabba's prikken meer dan zat, stoof op. 'Als je komen wilt ben je welkom, en als je niet wilt, dan...'

Jabba: 'Ik kom alleen als Carelse ook komt.'

Hij: 'Wat loop je toch met Carelse op je nek.'

'Niks, maar hij moet me rijden.'

'Nou, dat moet wel lukken, want hij is ook getuige. En Marieke staat erop dat jij dat ook bent.'

Jabba, glunderend: 'Dan kom ik zeker.'

Hij kijkt eens om zich heen in het gemeentehuis. Er komen mensen voor een paspoort, medewerkers lopen in en uit, de sfeer is er niet echt een van trouwen op deze ochtend van gratis trouwen.

'Vrij trouwen?' had hij tegengesputterd toen Marieke het opperde. 'Wat is dat nou, ik kan het wel betalen.'

Maar Marieke hield voet bij stuk: 'Vader zegt ook, geen geld uitgeven als het niet nodig is.'

Juist, vader en Marieke die voorheen nooit zo veel contact met elkaar hadden, en nu ineens wel. Hij vraagt zich af hoe sterk Carelses invloed op zijn dochter is. Het wantrouwen slaat toe. Dat kan nog leuk worden in de toekomst. En of de duivel ermee speelde, laat-ie een aantal weken terug tegen Carelse opbotsen.

Carelse begroette hem joviaal. 'Dat treft, ik spreek je nooit alleen, altijd alleen maar Marieke op onze lip.' Hij schraapte zijn keel en vervolgde op een vriendschappelijk toontje: 'Zullen we een neutje pakken? Ik betaal.'

Hij, minder enthousiast: 'Als je erop staat.'

Carelse, met een ernstig gezicht: 'Daar sta ik op. Ik wil met je praten over Marieke.'

Als-ie het niet dacht. 'Je wilt praten over je dochter?'

'Juist, mijn dochter.'

Daar zaten ze dan in De Passage tegenover elkaar aan een tafeltje, hij aan een glas rode wijn, Carelse aan een borreltje, in één teug sloeg hij het edele nat achterover, zette het lege glaasje weer terug op de tafel, deed een greep in zijn sigarenkoker, stopte een sigaar in zijn mond, stak de brand erin, nam een trek, blies een rookwolk uit, richtte toen zijn blik op hem en zei met nadruk: 'Jij en ik moeten eens degelijk met elkaar praten.'

Hij, enigszins kregel: 'Da's me bekend, dus steek van wal.'

Carelse legde zijn sigaar in de asbak en zei: 'Het gaat over Marieke.'

Hij: 'Je valt in herhaling, dus brand eindelijk eens los.'

Stilte, Carelse trommelde met zijn vingers op het tafelblad, keek nadenkend voor zich uit en zei ernstig: 'Ik vraag me af of jij van mijn dochter houdt.'

Hij, onthutst: 'Natuurlijk hou ik van haar.'

Carelse, nog steeds een en al ernst: 'Ik bedoel zoals een man van een vrouw behoort te houden.'

Hij, nog steeds verbijsterd: 'Wat krijgen we nou? We wonen al drie jaar samen.'

Carelse schudde zijn hoofd. 'En jij denkt: daarmee is de kous af. Maar voor Marieke geeft dat geen enkele garantie, en als je van haar houdt zoals je zegt, vraag ik me af: waarom heb je dan nog weleens een onderonsje met je gewezen vrouw?'

Pats, die vraag kwam aan, en op de bazuinstoot van zijn eigen geweten stond hij schaakmat en zweeg hij beschaamd, want hoe vaak had hij in zijn geest Marieke vergeleken met Lara, en altijd was Lara de winnende partij. Maar Carelse, in zijn vadergevoelens, had hierop een scherpere kijk dan Marieke, in haar alles vergevende liefde. 'Wat Lara betreft,' zei hij tegen Carelse, 'dat ging over de kinderen. En Marieke weet ervan.'

'Zozo,' was het bedenkelijke antwoord. 'Je hebt er ook niks aan elkaar te bedotten. Maar vertel eens, hoelang denk je er zo mee door te gaan? Mijn dochter is het dierbaarste wat ik heb, en ik zou haar zo graag gelukkig willen zien.'

Hij norste: 'Je dochter is gelukkig, ze komt niks tekort.'

Carelse deed een greep naar de asbak, pufte weer aan zijn sigaar, fronste zijn voorhoofd en ging erop in: 'Vanuit jouw standpunt bekeken, ja... Materieel komt ze niets tekort, maar zij wil zekerheid, en dat houdt meer in dan samenwonen op de Eben-Haëzer. Drie jaar leeft ze naast je in onzekerheid en ze wordt door sommigen in het dorp, die het woord fatsoen hoog in het vaandel dragen, met de vinger nagewezen. Hoe denk je dat dat voelt voor een vader?'

De woorden troffen doel. Hij lachte, maar innerlijk voelde

hij zich bezeerd. Alex, immuun voor elk commentaar van buitenaf en hooghartig zijn eigen weg gaand, maar hoelang kon hij dat volhouden? Wat Carelse nu zei had Jabba hem ook al voor de voeten gegooid.

Hij wierp een blik op de man die het voor zijn dochter opnam. Carelse als zijn aanstaande schoonvader, alleen het idee was al wat te veel voor hem, en narrig viel hij uit: 'Voor wie pleit je nu feitelijk, voor jezelf of voor je dochter?'

Carelse, opeens verbeten: 'Voor wie denk je? En wordt het niet eens tijd dat je eindelijk tot een besluit komt? Of moeten die vrome kwezels met hun laster m'n dochter nog meer naar beneden halen?'

Marieke en de vrome kwezels, en Carelse die daar hartzeer van had. Alex wist even niet wat hij moest zeggen of doen.

'Nou, zeg eens wat.' Carelse, met een smadelijke trek van gekrenkte trots op zijn gezicht, en Alex was in strijd met zichzelf om iets passends, iets hartelijks tegen de man te zeggen, maar de juiste woorden ontbraken hem, en hij zei: 'Blijf wie je bent, Carelse, laat je door lastertongen niet naar beneden halen.'

Plots een harde vuistslag op de tafel en Carelse die woedend tegen hem uitviel: 'Loop je dan met een bord voor je kop? Kan jou dit alles niks schelen? Ik pleit voor mijn dochter, ik wil niet hebben dat ze haar nog langer met modder besmeuren, en daar kun jij wat aan doen.'

Hij wist dat Carelse gelijk had wat zijn dochter betrof, al voelde hij – Alex – die laster lang niet zo sterk, hij had zijn trots en stoorde zich nooit aan andermans mening, maar Carelse, die deed hem wat, en voor hij het zelf besefte viel uit zijn mond: 'Vanavond zal ik alles met Marieke bepraten.'

Hij hield woord, die avond heeft hij in kille bedaardheid alles met haar besproken. Voor Marieke kwam het als een bevrijding, voor henzelf was het beslist en er was geen weg meer terug: Marieke werd zijn vrouw.

En vandaag is het zijn trouwdag, voor de tweede keer, eerst Lara, nu Marieke. Maar zijn verhouding met Marieke is veel inniger dan het ooit met Lara is geweest. Dat huwelijk bestond meer uit verplichting over en weer. Ook al weet hij dat het nu anders zal zijn, toch is er door zijn eerdere ervaring iets in hem gebroken en weerhield het hem ervan een tweede keer in het huwelijksbootje te stappen. Maar het was Carelse die na hun gesprek hem – Alex – de knoop deed doorhakken. Niet langer dralen, hij trouwt Marieke, punt uit.

Maar het wachten in die overvolle hal op deze kosteloze trouwdag is hem een kwelling, en doet hem stroef tegen Marieke uitvallen: 'Al dat kleinburgerlijk gedoe. Je had niet naar je vader moeten luisteren.'

Marieke, met een bezeerde blik: 'Bedenk wel, het scheelt ons flink wat geld.'

'Hoor daar, ik had er graag voor betaald.' Maar hier bedenkt Carelse en Marieke volgt hem in zijn voetspoor. En Marieke die zegt: 'Van dat uitgespaarde geld kan ik een strijkplank plus een strijkbout kopen.' Ze kijkt daarbij glunderend naar hem op.

Juist, de een bedenkt en de ander weet wel. En hij voelt zich opgelaten en diep gekwetst dat Marieke zo denkt, dat is zijn eer te na, en stuurs valt hij uit: 'Je aanstaande man heeft een behoorlijk salaris, hij kan echt nog wel een strijkplank betalen.'

Marieke: 'Daar gaat het niet om, en ik denk maar zo: al verdien jij goed, elke cent is er één.'

Juist, van Marieke kun je zo'n antwoord verwachten. Marieke, dat lieve, eenvoudige dorpskind. Hij vraagt zich af: hoe moet hij tot haar doordringen zodat ze zich niet langer zal spiegelen aan haar vader?

Carelse, een keurig grijs krijtstreepkostuum dat alleen met trouwen en rouwen uit de kast komt, en één en al zorg om Jabba... Jabba, ook zij is op de gelegenheid gekleed in een wufte fluwelen japon, kanten kraag en manchetten, een parelcollier en zelfs oorbellen, lange, gouden hangers, die schitteren bij elke beweging van haar hoofd.

Hoe zou het met Rinus gaan? Hij is nu vader van een dochter. Jacoba, vernoemd naar zijn moeder. Maar Jabba hoor je d'r nooit over, alsof het haar niet interesseert. Zelf zegt ze: 'Het is te ver van mijn bed om me daarover te verheugen.'

'En Bart dan?' wierp hij tegen.

Jabba stoof op: 'Die hebben ze me afgenomen.'

'Zo zie jij het.'

Jabba, diep gebelgd: 'Dat is een scherpe opmerking, dat hoef ik van jou niet te pikken.'

Hij, onbewogen: 'Je bijt nu wel naar me, maar je had mee gekund, Jabba. Dat weet je bliksems goed.'

Jabba, grimmig: 'Daar moet je niet elke keer weer op door- gaan.' En op hooghartige toon: 'Wees toch wijzer, een oud wijf in hun kielzog, dat geeft meer last dan vreugd.'

'Zo zien zij het niet.'

'Zo zie ik het wel, en hou op met je gezeur, daar wordt een mens tureluurs van.'

'Ik zeur niet, en dat weet je zelf maar al te goed.'

Jabba was onbevreesd in eigen oordeel. Een harde klap met haar vlakke hand op de stoelleuning: 'En nu je mond dicht, anders heb ik net zo lief dat je opdondert.'

Hij, zittend in het lage stoeltje tegenover haar, dacht: niet om mij, maar om jezelf. Je voelt je verloren in je herinnerin- gen en bent bang dat je alles verliest als ik erop doorga.

'Bartje,' klonk het opeens. 'Hem mis ik het meest... Weet je wat hij tegen me zei: "Past u goed op m'n vogeltje, oma? En als ik dierenarts ben, kom ik bij u terug." En nu vraag ik jou: geloof jij dat ik hem nog terugzie?' Haar ogen keken ernstig vragend in de zijne, en in haar stem hoorde hij een trilling van vrees. Hoe vaak had ze hem die vraag gesteld, en tel- kens weer gaf hij hetzelfde antwoord: 'Wat denk je zelf?'

'Denken? Ik vraag het jou.'

Ja, wat moest hij daarop zeggen. Die bliksemse Jabba, ze dreef hem weer in een hoek. Hij haalde zijn schouders op en zei: 'Ik ben niet helderziend, Jabba.'

'Nee,' klonk het schor. 'Dat zijn we geen van allen. Anders zouden we alles wel anders aanpakken, nietwaar.'

Haar woorden schokten hem en hij vroeg zich af: keek ze nu achterom of vooruit? Jabba, ze had haar trots en haar stalen wil, en niemand behalve hij vermoedde hoe scherp de pijn nog stak om de emigratie van Rinus, die ook Bart met zich meenam.

Jabba, die zich schijnbaar kalm bewoog tussen haar vogel- tjes, maar inwendig een harde strijd met zichzelf voerde om te vergeten wat eens was. Bartje, de blijheid in zijn ogen, zijn opgetogen jongensstem, en hun gezamenlijke liefde voor al die kwetterende en zingende vogeltjes.

Hij wordt opgeschrikt door de zeurderige stem van de ge- meentebode, die hem oproept de trouwzaal binnen te gaan en zijn gedachten wegvaagt en weer terugvoert naar het moment van nu. Daar gaat hij dan, met Marieke aan zijn arm. Een tweede huwelijk, hij waagt het erop. Vrij trouwen vandaag, hij houdt honderd piek in zijn zak, waar Marieke een strijkplank en strijkbout voor koopt. Alsof het van de armen gaat, ze moest eens weten hoe ellendig hij zich voelt onder dit burgerlijke gedoe.

Goddank, samen met de getuigen staan ze in de trouwzaal, voor hem een opluchting. Wat kletst Carelse nu met die grijns op zijn snuit? 'De laatste jongensstreek die je kunt uithalen, kerel.'

'Laat je gedachten eens niet uit je mond lopen,' vinnigt Jabba, tobbend met het uittrekken van haar gehaakte handschoen. 'En wees blij voor je dochter, ze doet een goed huwelijk. Geen krimp, geen kramp en al een eigen huis.'

'Dat ben ik ook,' antwoordt hij, enigszins rood en geagiteerd door Jabba's opmerking, maar diep in hem schrijnt er iets. Marieke, ze slaat een directeur aan de haak, maar wel een gescheiden vent en vader van twee kinderen. In zijn tijd noemden ze dat een 'afgelikte boterham'. Maar tijden veranderen en de jongelui toch zeker. Marieke, drie jaar in het vrije huwelijk en nu eindelijk de bruid. Marieke, die nooit een jongen aankeek, maar van de ene op de andere dag viel voor een getrouwde vent, en zegt: 'Ik hou van hem en wil kinderen met hem.'

Hij, door die bekentenis overrompeld, merkte sarcastisch op: 'Hij heeft er al twee.'

Marieke, blij lachend: 'Al had-ie er zes, ik wil kinderen van hem en mij samen.'

Hij zweeg en vroeg zich verbitterd af of hij zijn dochter nu pas leerde kennen of dat de 'tijd' invloed op haar had, een tijd die hem vreemd was?

Marieke is een lief bruidje in haar blauwe mantelpak. En Van Loenen, de ambtenaar van de burgerlijke stand die straks zijn dochter trouwt, kent hij ook. Van Loenen met zijn magere, afgeleefde gezicht, waarin een paar smalende ogen die eenieder fixeren. Op zijn achteloze manier van spreken zei hij een paar weken geleden tegen hem – Carelse: 'Je dochter gaat trouwen met die van Guldemond? Jaja, die kerel kent het klappen van de zweep.'

'Geef elkaar de rechterhand,' klinkt nu de zeurderige neus-stem van Van Loenen, die tot hem – Carelse – doordringt, en hij denkt: Marieke, mijn lieve kleine meid, ze is meerder-jarig en heeft haar vader niet meer nodig, ze kan haar eigen zin doen. En die zinnen heeft ze gezet op Alex Guldemond. Alex, die Mariekes hand vasthoudt, en zijn gedachten die als verward engelenhaar door zijn kop spoken. Lara als bruid... Lara als moeder... Lara die de scheiding doorzette en hem in een ongekend gevoel van eenzaamheid achterliet. Dagen van totale verbijstering waarin hij zich afvroeg: is er nog toekomst voor mij? En opeens als uit de hemel gevallen was daar weer Marieke, vol levensvreugd en blijheid, waar hij – zonder dat hij zich bewust was – aan warmde terwijl hij met de gedachte speelde: met haar zal het wel gaan. Maar toch, na drie jaar samenwonen, waagt hij nu de sprong. Marieke, met haar gedwee berustende zachtheid, heeft geduld genoeg met hem gehad. Marieke, die een kind van hem wil, maar Marieke is nog jong en hij loopt al aardig naar de veertig.
Plots is Rinus op zijn netvlies. Rinus is al over de veertig en trekt ook nog aan het wiegentouw, en waarom ook niet? Een kind bindt altijd, en Marieke is geen Lara.
'Wat is hierop uw antwoord?' Welk antwoord, verward kijkt hij op, ziet Van Loenens vragende blik. Van Loenen, wiens woorden als een nevel aan hem voorbij zijn gegaan.
'Zeg maar ja.' Dat is Mariekes zacht fluisterende stem, de gespannen trek op haar bleke gezicht ontroert hem, en in een nerveus verlangen om van al dat plechtige gedoe af te zijn klinkt hard en ongeduldig zijn 'ja' door de trouwzaal. Dan komt Van Loenen op hem toe, schudt zijn hand en zegt formeel: 'Mag ik u mijn hartelijke gelukwensen aanbieden.' Dat mag je, denkt hij, als je tegelijk maar opdondert.
Er klinkt een zucht van verlichting. Hij voelt haar hand op zijn arm, ziet tranen in haar ogen, hoort haar vrolijke stem: 'Alex?'
Een kalme tevredenheid zinkt in hem neer. 'Ja, kind,' zegt hij stil en hij streelt haar wang: 'Nu zijn we voor de wet man en vrouw.'
'Ja, hè?' Meer kan ze niet zeggen. Haar vader feliciteert haar en ook Jabba, die eraan toevoegt: 'Nou, het werd tijd, drie jaar heb je erop moeten wachten.'

Ze geeft er geen antwoord op, weet alleen: het wonderlijk onbegrijpelijke is gebeurd, ze is Alex' vrouw, getrouwd met de man van haar dromen, de man van haar hart.

'Zullen we gaan?' vraagt Carelse wat ongeduldig, en hij keert Jabba's rolstoel. 'Ik heb trek in een bakkie, en jij, Jabba? Je zou er een droge keel van krijgen, nietwaar?'

Jabba, opgewekt: 'Ik deel je mening, een trouwerij overkomt je niet iedere dag, laten we er maar van genieten.' En tot Alex: 'Gaan jullie mee?'

Vanzelf gaan ze mee, hij is allang blij dat die vervelende formaliteit achter de rug is, en dat ze in De Passage een koffietafel hebben besteld.

Hij trekt Mariekes arm door de zijne. 'Zo, vrouwke, zullen we gaan?' Hij ziet haar stille, blije glimlach en denkt: wat er ook van komt, ik zal alles doen om jou gelukkig te maken.

Daar gaan ze dan, met Marieke voorop. Plots houdt hij zijn pas in, blijft verrast, bijna ontsteld staan in de hal, daar staat Lara... Ze komt op hem af, reikt hem haar hand en zegt: 'Dag Alex.'

'Jij?' zegt hij met haar hand in de zijne. 'Al wat ik dacht, maar dit...'

'Ja, ik,' klinkt het zacht: 'Ik wilde je persoonlijk alle geluk wensen in je huwelijk.'

'Ik... Wij...' Hij duwt Marieke naar voren. 'Mag ik je even voorstellen, dit is mijn vrouw.' De onverwachte ontmoeting met Lara doet hem meer pijn dan hij voor mogelijk had gehouden.

Lara, met een droevig lachje: 'Ik ken haar toch?' En tot Marieke: 'Ook voor jou m'n allerbeste wensen...' En in haar het pijnlijk heldere weten: al het geluk tussen haar en Alex is door haar toedoen in de loop der jaren verloren gegaan. En hier staat ze nu als een arm bedelkind, door eigen armoede in geven, dat besef is nog het ergst.

Hij lacht kort en hees. 'O, da's waar ook, jullie kennen elkaar.'

'Blijven we hier staan, of gaan we nog?' klinkt de luide, geagiteerde stem van Carelse. Het zint hem niet dat Alex' ex-vrouw op Mariekes trouwdag aanwezig is. En ook bij Marieke slaat de twijfel toe. Lara, met haar gedistingeerde schoonheid, haar opvallend chique kleding, en dan zij in haar eenvoudige blauwe mantelpak met een boeket roze anjers. Ze voelt zich tegenover Lara's persoonlijkheid verlegen. Toch hoort ze zichzelf tot eigen verwondering zeggen: 'Ga met ons mee, we hebben een koffietafel in De Passage.'

'Ja, doe dat,' valt Alex bij, opgelucht dat Marieke op dit onverwachte bezoek zo goed reageert.

'Nee, nee...' Ze schudt haar hoofd: 'Het is lief aangeboden, maar ik ga naar huis. Ik kwam hier alleen om jullie op je trouwdag te feliciteren.' En in haar het pijnlijk weten: hij is getrouwd met Marieke Carelse, en pas nu ben ik hem voorgoed kwijt. Want altijd leefde in haar nog de flauwe hoop van terugkeer naar hem. Dat is nu een voorbije illusie. Zij zal straks terug zijn in haar appartementje in de stad, samen met de kinderen, die haar nu gaan verwijten dat het háár schuld is dat hun ouders uit elkaar zijn, omdat zij toentertijd zo stompzinnig was om die scheiding door te zetten.

Jawel, de kinderen die in haar – Lara – nu de kwade geest zien, dat alles zo is gelopen, en ook Imara praat nu heel anders over haar vader, en haar verwijt: 'Het is allemaal jouw schuld dat het zo is gegaan.'

Ze weert zich tegenover Imara: 'In een huwelijk is het over en weer een geven en nemen.'

Imara, zonder mededogen: 'Ja, en jij nam, en papa gaf.'

Ze ging er niet op in, dacht alleen: Imara, het kan verkeren. Wat zegt Alex nu? 'Als je niet mee wilt, kom ons dan eens opzoeken, we wonen op de Eben-Haëzer. Je weet wel, dat boerderijtje waar voorheen Rinus Cannegieter woonde.'

'Ja, doe dat,' vult Marieke aan: 'Leren we elkaar wat beter kennen.' Ze denkt: ik hou me groot, ik moet hierboven staan.

'En neem de kinderen mee,' zegt Alex.

'De kinderen?' Ze schudt haar hoofd. 'Ik denk het niet.' Ze is veel te bang dat het tot een discussie zal leiden over de scheiding. Daar heeft ze geen zin in. Dan zegt ze vlug omdat alles haar opeens te veel wordt: 'Dag Alex, dag Marieke, tot ziens dan maar hè?' Lara loopt vlug de hal uit. Maar zwaar drukt het weten in haar dat Alex en Marieke getrouwd zijn, en ze voelt het niet te ontwarren leed van eigen herinneringen en het besef dat ze haar eigen geluk heeft verspeeld, alles wat ze eens bezat, en ze voelt zich nog meer dan voorheen een verloren mens.

In De Passage hebben ze hun koffietafel, en het smaakt hen allen voortreffelijk en Alex, wiens ontmoeting met Lara hem meer schokte dan hij wil toegeven, voelt zich nu in het gezellige onderonsje een stuk rustiger, en babbelt honderduit waar hij en Marieke naar toe gaan op hun huwelijksreis.

Een minachtend gesnuif van Carelse: 'Een huwelijksreis? En jullie wonen al drie jaar bij elkaar!'

'Jaja, u bent gewoon jaloers,' lacht zijn dochter plagend.

Carelse vat vlam. 'Ik? Wees wijzer... Ik noem het geldsmijterij. In mijn tijd was het trouwen en een bruiloftsmaal van kapucijners met rozijnen, en dan weer naar huis. En dan was het: poes kom in bed, anders zoen ik je op de vloer.'

'Dus toch?' merkt Jabba droog op, en ze denkt aan Casper. Na dat akkefietje met Gradus Vos heeft hij haar nooit meer met een vinger aangeraakt. En vorige week heeft ze een brief van David gekregen, voor het eerst na al die jaren dat hij uit huis is. Hoelang nu al, twintig, vijfentwintig jaar? Ach, wat doet het ertoe, David met zijn onverholen geringschatting voor al wat niet van rijke komaf was, en door de jaren heen liet hij het haar wel voelen, en het was voor haar een opluchting toen hij uit huis vertrok. Maar Casper heeft er zwaar onder geleden, een zoon die zijn ouderlijk huis de rug toekeerde. En nu opeens een brief, die haar totaal niet interesseert. Ongeopend heeft ze hem weggelegd. Maar waar?

En van Rinus hoort ze ook niks. Ach, wat verwacht je ook van eigen familie, het is net als overal: uit het oog, uit het hart. En als-ie nog eens een lettertje schrijft, is het naar Alex. Die op zijn beurt houdt haar van al het wel en wee in Tasmanië op de hoogte, maar over Bartje nooit een woord, alleen dat het ze goed gaat en er weer een stuk land hebben bijgekocht. En ze heeft nu ook een kleindochter, waarover Rinus schrijft aan Alex: 'Ze lijkt precies op mijn moeder, ik stuur een foto van haar, kun je het zelf zien.'

Opgetogen was Alex ermee op komen draven. 'Kijk, Jabba, je kleindochter, een mooi kind, als twee druppels water lijkt ze op jou.'

Ze zag wel de treffende gelijkenis en vroeg zich af: waar is het goed voor? De schoonheid had haar – Jabba – door eigen falen veel verdriet en weinig vreugd gebracht. En het enige waar ze zich met heel haar hart aan vastklampt zijn haar vogeltjes, de koorknapen van Onze-Lieve-Heer.

O, wacht even, Alex neemt het woord van Marieke over, praat enthousiast over de reis: 'We maken een bootreis langs de Rijn, bezoeken verschillende steden, gaan in Koblenz van boord, stappen op de trein en keren naar huis terug.'

'Toe maar, toe maar! De boot, de trein, doe maar rijk.' Carelse spuit zijn venijn. Alex' praat irriteert hem. Toen hij een jonge kerel was, ging je met hoogtijdagen op bezoek bij familie, de platte wagen, het paard ervoor en daar gingen ze met z'n allen, en met harde winters toerend op de schaats de familie langs. Kom er vandaag de dag mee, ze lachen je uit of wijzen met hun vinger naar hun voorhoofd. Daar heb je het al, Marieke op een kattig toontje: 'Dat was vroeger, pa. We leven nu anders.'

Hij wil zeggen: anders, maar is dat beter? Maar hij zwijgt, hoewel haar praat hem pijn doet, en het is met hem net als bij al zijn leeftijdgenoten: de vooruitgang, op wat voor terrein ook, ze kunnen het moeilijk verwerken.

En Alex, nadat hij het reisplan heeft uitgelegd, vervalt ook in zwijgen, en opnieuw omcirkelen zijn gedachten Lara en vooral de kinderen. Hij neemt zich voor dat zodra hij en Marieke van hun huwelijksreis terugkomen, hij zal proberen het contact tussen hen allemaal te herstellen. Tijdens de scheiding heeft hij voor de lieve vrede te veel over zijn kant laten gaan, waardoor zijn kinderen hem nu als de boeman zien. Al heeft hij de laatste tijd wel het gevoel dat er verandering in komt. Het zou gewoon het beste zijn als ze weer allemaal met elkaar door één deur kunnen.

Een por tegen zijn schouders en Marieke zegt: 'Wat kijk jij somber, en dat op je trouwdag.'

'Ik, somber?' Hij voelt zich betrapt, verschuilt zich achter: 'Een beetje hoofdpijn.'

Marieke, verwonderd: 'Jij, hoofdpijn? Dat hoor ik voor het eerst.'

Hij, nog steeds onder de indruk van die onverwachte ontmoeting met Lara, zegt: 'Door al dat officiële gedoe, een mens zou er wat van krijgen.'

Carelse, cynisch: 'Als je er maar niks aan overhoudt.'

Hij voelt de steek onder water, maar Marieke stuift op: 'Niet zo lelijk, pa.' Ze heeft zichtbaar moeite haar tranen in te houden. Hoofdpijn... jawel, maar Alex maakt haar niks wijs. Hoe mooi begon de dag, maar hoe triest eindigde het, want opeens was daar Lara. En al wat zij – Marieke – als toekomst zag samen met hem, viel in het niet.

En nu zijn het alleen maar woorden, woorden en nog eens woorden. Zijn hand op de hare. 'Wat is dat nu? Nu ben jij het die somber kijkt. Toch niet vanwege Lara? Ach kom, je weet wel beter, ik hou van jou, en ik ben je dankbaar voor al het geduld dat je met me hebt gehad drie jaar lang.'

Mooi gezegd, denkt ze, maar hoe hou je van me? Als de vrouw die jouw wonden mocht helen? Maar ze is bang om het aan hem te vragen.

Dan is het haar vader die Alex' aandacht opeist, en naast haar zegt Jabba, zo zacht dat zij het alleen hoort: 'Geloof is de sleutel tot alles, kind. En Alex is een goed mens.'

Woorden die haar geruststellen. Ze glimlacht en gaat op Jabba's praat in: 'Jij kunt het weten, Jabba, je kent hem al jaren.'

Een strakke blik: 'Jij toch ook?'

Ja, dat is waar, al was hij toen getrouwd met Lara. Altijd heeft ze van hem gehouden, toen al, en Jabba heeft dat vanaf het begin geweten.

Jabba slaat een blik op haar horloge. Het is al bij vijven, om deze tijd voert ze normaal gesproken haar vogeltjes, en haar voeten branden in haar nieuwe schoenen, en haar heup speelt ook weer op, en die trouwerij met nasleep heeft haar lang genoeg geduurd. Ze is moe, bijt op haar lippen en vermant zich. Ze zullen van haar niet zeggen dat ze met haar zure gezicht hun bruiloft bedierf. Hoor Carelse nou weer, hij heeft het hoogste woord, het is van vroeger zus en vroeger zo en lang geen vetpot, maar we waren tevreden met wat we hadden. En Marieke, turend naar haar bruidsboeket, denkt: vroeger, dat is zijn stokpaardje. En Alex – al is het met moeite – gaat er quasiopgewekt in mee, en denkt: Carelse is in wezen geen beroerd mens.

Carelse staat op van zijn stoel, heft zijn glas en zegt: 'Kinderen, ik drink op jullie gezondheid en geluk, en dat we er lang getuigen van mogen zijn. Wat jij, Jabba?'

'Als het God behaagt,' zegt ze, en ook zij heft het glas en knikt het bruidspaar toe. Achter de brillenglazen glanzen haar ogen warm en vriendelijk.

HOOFDSTUK 14

Jabba sloft langs de kooien. Het is tijd om de vogeltjes te voeren en het drinkwater te verversen. Vroeger deed ze dat met plezier, maar nu zijn er dagen bij dat ze ertegen opziet. Soms wordt het haar zelfs te veel, maar om dat ronduit aan anderen te bekennen? Ze bijt nog liever het puntje van haar tong af.

Hoor ze toch weer tekeergaan, ze hippen van het ene stokje op het andere, schudden zich uit en zetten hun liedjes in, kwetteren en tsjilpen dat het een lieve lust is, en het kleine zebravinkje – dat ze nog van Rinus heeft gekregen – hoor je boven alles uit. En daar begint de roodstaart ook, zijn geschreeuw gaat door merg en been. Met het plaatselijke krantje geeft ze een harde klap tegen de kooi, valt driftig uit: 'Hou toch eens je bek.' Luid krijsend van schrik fladdert de vogel tegen de tralies van zijn kooi, en achter haar klinkt een stem: 'Zoiets had ik van jou niet verwacht.'

Fluks kijkt ze achterom. Carelse, met zijn rode gezicht en verwarde haren, het prikkelt haar dat juist hij het ziet, en ze valt snibbig uit: 'O, ben jij het. En hou je erbuiten, zo'n lekkertje is-ie niet. Trouwens, wat weet jij van papegaaien?' Hij denkt: het zint haar niet dat ik het zag... Dan grijnst hij en zegt: 'Niet veel, en wat ik ervan weet, is dat ze behoorlijk oud kunnen worden. Als het hem een beetje meezit, overleeft hij ons allebei.'

Ze knikt. 'Da's me bekend, ja.' Carelse, na die trouwerij van Marieke en Alex komt hij meer en meer bij Jabba over de vloer, volgens hem voor een babbeltje en een verzetje, en Marieke zegt ook... Ja, wat zegt Marieke, dat weet ze niet meer. De laatste tijd vergeet ze veel, heel veel, haar geheugen is als een dikke mist, waar haar gedachten in vastlopen. Kijk hem daar nu als een verlegen jongen staan. Jaja, Carelse en verlegen, ze weet wel beter. De een ziet liever zijn tenen, een ander zijn hielen. Zij – Jabba – zit ertussenin. Als-ie komt is het goed, als-ie gaat is het nog beter. Ze wijst naar hem en zegt: 'Wat hou je daar achter je rug?'

Hij tovert een bloempot tevoorschijn met een bloeiende geranium en zegt triomfantelijk: 'Voor jou, ik heb hem zelf ge-

stekt en opgekweekt. Hier, pak aan. Wat zeg je me daarvan?'
'Dat ik zoiets van jou niet had verwacht.'
Hij lacht. 'Valt je mee, hè... Ik ben niet zo beroerd als jij denkt.'
Denken? Denkt ze weleens aan Carelse dan? Ja soms, terloops, maar niet meer dan dat. Waar ze wel de laatste tijd met heel haar hart aan denkt, is Casper. Zielsveel heeft ze van hem gehouden, maar ze heeft hem bezeerd en vernederd. En hij heeft haar nooit iets verweten en alles vergeven. Alweer jaren is het geleden dat hij stierf, en in de eenzaamheid die daarop volgde zag ze hem als een heilige die ze niet genoeg heeft geëerbiedigd.
Laatst vond ze in een geheim laatje van zijn bureau een boekje. Verrast bladerde ze het door, er stonden wat zelfgeschreven gedichtjes in. Casper die gedichtjes schreef, hij had er nooit met één woord over gerept. Verwonderd las ze er een paar door en toen zag ze zijn gestalte in een heel ander licht, dat zij niet kende. Nog zijn haar een paar zinnen bijgebleven:

Dan valt ineens het licht weer door de kale bomen.
Ik kijk ernaar en denk: zo is het goed.

Casper, hij hield ervan in de tuin te werken, harken, snoeien, rozen opbinden. Zij zei vaak verwonderd tegen hem: 'Neem toch een tuinman, dat zal je de kop niet kosten.'
Casper, licht verwijtend: 'Laat me dit genoegen, wil je?'

'Ik zie het al, je vindt hem niet mooi.' Het is Carelse die haar gedachten op de vlucht jaagt en er als een teleurgesteld kind bijstaat. Dat doet haar wat, en ze zegt, op de geranium neerkijkend: 'Je vergist je, ik vind hem heel mooi.'
Carelse lacht opgelucht. 'O, ik dacht dat je...'
'Ja, vertel eens, wat dacht je nu precies?' vraagt Jabba vriendelijk glimlachend: 'Die Jabba, dat is me ook een ondankbaar nest.'
'O, nee, nee... Ik dacht...' Hij durft haar niet te zeggen dat hij een andere kijk op haar heeft gekregen, en dat door Marieke. Hoe zei ze ook weer? 'Jabba is net een stekelvarken, ze prikt aan alle kanten, maar daaronder zit een gouden

hart. En vergeet niet, ze heeft vele tegenslagen gekend.'

'Wie niet,' gromde hij. 'Het pad gaat meestal over doornen maar niet over rozen.' Hij dacht aan zijn te vroeg overleden vrouw, en hij die alleen achterbleef met Marieke, nog een peuter.

'Nou, wat dacht je?' dringt Jabba aan. 'Kom er maar rond voor uit.'

Onwillekeurig schiet hij in de lach, voelt dat hij bloost als hij zegt: 'Dat nu ik je beter leer kennen, je me honderd procent meevalt.'

'Valt dat even mee.' Ze lacht gul en hartelijk. 'Weet je, voer jij die koorknapen even, dan zet ik voor ons een bakkie leut.'

Hij, verbaasd: 'Koorknapen?'

'Ja, de zangvogels. De koorknapen van Onze-Lieve-Heer. Hun gezang klinkt door tot aan de hemelboog. Hier, pak aan, het voer. Wat sta je nu stom te staren, je kunt toch wel omgaan met vogels?'

Hij, nog steeds bedremmeld, want zoals Jabba praat heeft hij nog nooit gehoord: 'Ja... postduiven.'

'Dat zijn toch ook vogels?'

'Maar die zingen niet.'

'Nee, die koeren de pannen van de daken en schijten de boel vol.'

Hij haalt zijn schouders op. 'Met jou valt niet te praten.'

Ze glimlacht. 'Valt best mee, als je me leert kennen. Nou, ga voeren en doe je best, krijg je straks een allerhandje.'

Hij grijnst: 'Allerhande en nog geen koek.'

'Dat zul je aan de weet komen. Begin nu maar, en denk om de papegaai, hij bijt.'

'Bijt? Het is toch geen hond?'

'Honden bijten en papegaaien bijten, en hou op met je gezeur, ga voeren.'

Hij voert en zij zet koffie, en denkt weer aan het boekje met gedichtjes dat ze vond in het geheime laatje van Caspers schrijfbureau.

En zijn gedachten omzweven ondertussen Marieke. Nu 'mevrouw Guldemond'. En hij, Carelse, die al jaren als weduwnaar in zijn huis woont, maar opeens drukt de eenzaamheid zwaar op hem en hunkert hij naar een vrouw, alleen om die eenzaamheid te verdrijven, of ook om... want een kerel is en

168

blijft een kerel. En Jabba zegt: 'Kerels, ik ken ze te goed, aan mijn lijf geen polonaise.' Ze slaat ze weg als lastige vliegen, dat weet hij maar al te goed.

Zo, het is gepiept, de vogels zijn gevoerd, en Jabba wacht met de koffie.

'En, is het gelukt?' Jabba schenkt koffie en hij schuift aan tafel bij en zegt: 'Ik had vroeger postduiven.'

'Zover ik me herinner had Jort Veldschut die ook.'

Jort Veldschut, denkt ze, wat een tijd geleden alweer. En Rinus is met diens weduwe getrouwd. Jort Veldschut, doodgetrapt door zijn paard, en Rinus had hem nog zo gewaarschuwd: 'Die rooie ruin is niet te vertrouwen, doe hem van de hand.'

Carelse slurpt genietend van zijn koffie en babbelt honderduit, en dat geeft de miezerige dag toch een gezelliger tintje. Alhoewel, zijn gespreksonderwerp is niet bepaald om vrolijk van te worden: 'Je moet die papegaai wegdoen, Jabba. Hij wordt vals.'

Ze weert: 'Da's van de laatste tijd. Vroeger zat-ie altijd op mijn schouder.'

'Vroeger? Hoelang is dat geleden, Jabba?'

Hoelang? Er verschijnen denkrimpels in haar voorhoofd... Rinus was er nog, hij hield niet van haar vogeltjes en van de roodstaart al helemaal niet. Maar Rinus zei ook: 'Waar ben je mee bezig, moeder? Vogels hebben vleugels om te vliegen, ze horen in het hemelruim, en niet in kooien.' Rinus, hij woont al jaren in Tasmanië. Toch vindt ze ergens wel dat hij gelijk heeft. Als Heintje Pik op het toneel verschijnt en haar in d'r kuif grijpt, wie neemt dan al haar vogeltjes? Carelse? Dat ziet ze niet zitten. Bij hem gaan ook de jaren tellen, al is-ie nog goed ter been. Carelse, hij praat altijd over vroeger, en ze praat hem al aardig na... Tja, waar moet je als oud mens anders over praten, de tijd vergaat en de herinneringen blijven. Carelse is net een doeshond, een kop vol krullen, je zou er jaloers op worden. Dan zij met haar steeds dunner wordende haren. Nog even, dan moet ze aan de pruik.

'Wat zit je toch naar me te gluren?'

'Ik? Gluren?' zegt ze quasiverbaasd, maar ze voelt zich betrapt. 'Ik zou het niet weten.' Maar dan, voor ze er erg in heeft, zegt ze: 'Je hebt nog een aardige bos haar op je kop.'

Carelse, plagend: 'Een heel verschil met jou. Nog even, meid, en je bent kaal.'

Ze voelt zich gepikeerd en valt vinnig uit: 'Dat hoef je me niet te vertellen. Vroeger kreeg ik er de kam niet door, nu is er weinig meer te kammen.'

Carelse knikt. 'Als je het maar doorhebt: het beste is eraf. We staan in de uitverkoop... Wie eerst, jij of ik?'

'Hou toch op met je zotte praat.'

Hij grijnst. 'Niet dan? En het beroerde is, je houdt het niet tegen. Zeg, Jabba, ik wil je wat vragen.'

'Jij... mij? En dat is?'

Carelse wiebelt wat heen en weer op zijn stoel. Het is toch niet zo makkelijk als hij dacht. Hoe zal ze het opvatten? Hoewel, sinds Mariekes trouwen zijn hij en Jabba elkaar wat nader gekomen. Hij houdt nu voor haar de tuin bij, en zij heeft voor hem een paar sokken op de pen gezet.

'Nou, laat horen,' dringt Jabba aan. 'Gaat het soms over een brief van Rinus?'

'Rinus?' Hij schudt zijn hoofd. 'Dan moet je bij Alex zijn.'

'Wat is het dan waarmee je op je hart loopt?'

'Ik... eh...' Verlegen schraapt hij zijn keel, vat moed en zegt: 'Lijkt het je wat om samen een keer naar de weekmarkt te gaan?' En op haar verwonderd kijken: 'Je zit altijd binnen, dan kun je wat frisse lucht opsnuiven.'

Zij samen met Carelse naar de markt, dat moet ze even verwerken, en ze zegt: 'Als ik m'n kop om de deur steek, heb ik ook frisse lucht.'

Hij, timide: 'Ik hoor het al, je voelt er niks voor.'

Ze voelt er niet niks voor, maar ze staat er ook niet bij te juichen. En misschien heeft-ie wel gelijk met zijn frisse lucht opsnuiven. De markt, ze kan zich niet herinneren wanneer ze daar voor de laatste keer is geweest.

'Alex is toevallig op marktdag vrij, hij wil ons wel brengen en halen.'

'O, waait de wind uit die hoek, jij hebt met Alex zitten smoezelen.'

'Wat dan nog? Ik moet je trouwens nog wat vertellen: bij de Guldemondjes komt weer een kleintje.'

'Wat, alweer?' Marieke is vanaf de beddenplank zwanger,

binnen het jaar een zoon en het jaar daarop een dochter, en nu... Jabba zegt verwonderd: 'Nounou, die twee zetten er vaart achter.'

Carelse, die het voelt als een rechtstreekse aanval op zijn dochter en schoonzoon, schiet in de verdediging en zegt: 'Marieke wilde het zelf.'

'Jaja...' hoont ze met het beeld van Marieke op haar netvlies. 'Dat praatje ken ik. Alex is niet anders dan alle mannen: als de pap heet is, moet je happen.'

Dat treft doel, en Carelse, met een rooie kop van verontwaardiging, stuift op: 'Weet wel, Jabba, da's hun zaak, daar staan wij buiten. En als je weer zo'n opmerking maakt, is het misschien beter dat ik niet meer kom.'

Ze schrikt. Carelse met zijn gezellige dorpspraat hier niet meer over de vloer? Ze is aan de man gewend geraakt, zou de gezellige babbeluurtjes niet meer willen missen, en zachtjes, als om vergeving vragend, zegt ze: 'Het spijt me, je hebt gelijk, het is zoals je zegt: daar staan wij buiten.'

Maar tevens dringt zich de vraag in haar op: waarom trek ik me zijn mening zo aan? Vroeger liet andermans praat me koud, had ik alleen belangstelling voor mijn vogeltjes.

Carelse, op slag weer ontspannen, sust: 'Al goed, al goed, ik ken je toch, ik weet wie het zegt.'

Is dat zo, kent hij haar? Dat denkt-ie misschien, maar zij weet beter: slechts één man kende haar... Casper. En zij heeft tijdens zijn leven hem al zijn geluk ontnomen, en nu ze alleen is achtergebleven, vindt ze niets waaraan haar hoop zich kan vastklampen. Misschien Bartje. Maar Bartje is nu Bart, en zij maar wachten, al die jaren, en dat doet de waarheid vergelen tot verbeelding.

En Carelse ratelt en staat niet stil. O ja, de weekmarkt, en zij samen eropuit. Zij in haar rolstoel, hij erachter, en Alex zal ze halen en brengen. En Carelse dringt aan: 'Zeg maar ja. Je moet maar zo denken, het is weer eens wat anders.'

'Mooi gezegd, maar hoe moet dat met mijn rolstoel?'

'Alex zegt ook: "Die vouwen we op en leggen we in de kofferbak."'

Alex, Alex en nog eens Alex. Toch geeft ze zich gewonnen en zegt: 'Goed, we gaan. En als er praat van komt, is het jouw schuld.'

'Praat?' lacht hij onbekommerd: 'Kom nou, en wat dan nog, daar trek jij als wijze vrouw je toch niks van aan?'

De tijd verglijdt in seizoenen, en dan is daar opeens de dag dat er iets verandert in Jabba, iets wat er voorheen nooit was: het begrip dat als je zo oud bent als zij, er een ogenblik komt dat je niet meer in het dagelijks leven mee kunt. Ondanks haar ouderdom heeft ze zich nog lang jong en krachtig gevoeld, en heeft ze dit alles niet ingezien, maar nu is het er opeens. Ze weet niet waardoor het komt. Wat ze wel weet is dat ze kleintjes in elkaar zit gedoken, met in haar – van de ene op de andere dag – de vreemde gewaarwording of haar leven met al zijn herinneringen van geen enkel belang meer schijnt te zijn.

Mat, zonder verdriet of getob, zit ze in haar stoel, voelt zich moe en dof, ze moet de vogeltjes nog voeren maar de lust ontbreekt haar, en Alex heeft voor een week een vakantiehuisje op Ameland gehuurd en is gisteren met vrouw en kinderen daarnaartoe getrokken. En Carelse laat ook verstek gaan, die is geveld door een zomergriep en ligt op bed, een ware opgave voor Carelse met zijn werkzame natuur. Carelse, die anders elke dag een bakkie komt halen en voor de gezelligheid soms een boterhammetje mee-eet, de boodschappen doet, de krant uit de bus haalt, het grindpad aanharkt, de rozen opbindt, en tevreden zittend op de bank zijn pijpje rookt en zich niet aan haar opdringt, en haar het gevoel geeft alleen beschermer te willen zijn. Carelse, ze zal blij zijn als ze zijn stap weer in de gang hoort en hem met een olijke grijns op zijn snuit in de deur ziet staan. Maar voorlopig is hij geveld door de griep en zit zij als een zoutzak in haar stoel, voelt zich mat en doodmoe, en ontbreekt haar de lust de vogeltjes te voeren, en het gekwetter en getierelier ervaart ze als hinderlijk.

De gedachten zweven als een nevelsluier om haar heen. Casper, die gedichten schrijft, Davids brief die nog altijd ongeopend in de la ligt, en Rinus die zegt: 'Vogels horen niet in kooien, ze hebben vleugels om te vliegen.'

Het verleden voelt steeds strakker om haar heen, nauwer en nauwer, en het denken kost haar moeite.

Een doordringende schreeuw, is dat de roodstaart? Nee, een

geestelijke schreeuw om hulp. Ze schiet rechtop, zit geforceerd in haar stoel, luistert. En Bartje die zei: 'Als ik dierenarts ben, kom ik bij u terug, oma.' Bartje... Miek... En ze heeft een kleindochter, Jacoba... En Alex zegt: 'Ze lijkt op jou.'
Het is een weten dat haar beklemt, en ze fluistert: 'Ach Heer, laat het niet zo zijn, want schoonheid verwelkt en vergaat, ware schoonheid zit vanbinnen.'
En de vogeltjes kwetteren maar, hoge en lage tonen. En boven alles uit het trillende, doordringende gezang van een nog jonge kanarie. Een traan glijdt langs haar wang. 'Bartje, m'n jochie, waar blijf je?'
Roerloos zit ze, probeert te bedenken wat ze gisteren heeft gedaan. Gelezen... maar wat? Diepe rimpels trekken in haar voorhoofd. Wacht eens, dat gedichtje dat Casper heeft geschreven, een geheim van hem dat ze pas heeft ontdekt, waar heeft ze het neergelegd? Ze doet een greep naar haar wandelstok, komt overeind, stuntelt heen en weer, snuffelt hier en daar, nergens vindt ze het terug. En de vogeltjes zijn ook uitgekwetterd, zelfs de roodstaart houdt zijn snavel.
Plots is het stil, angstwekkend stil, geen enkel geluid dan het onregelmatig bonzen van haar hart, in haar hoofd en door heel haar lichaam. Verder stilte in een radeloze verlorenheid. Geen Alex, geen Carelse, jaren terug heeft ze afscheid genomen van Rinus, en jaren daarvoor van Casper. Altijd weer afscheid, en eenmaal afscheid van het eigen leven. Afscheid, een indringend woord.
Zwaar valt ze in haar stoel terug, goddank, ze zit. De laatste tijd houdt die moeheid maar aan, soms zo erg dat ze als een vis op het droge naar adem zit te happen. En die heup wordt er ook niet beter op, dat draait weer op de dokter uit. Stilletjes staart ze voor zich uit, kromt zich bij de herinneringen aan Casper, zo zwaar, zo onnoemelijk zwaar al die jaren. Caspers liefde voor haar was onwankelbaar, tot zij in een verblind ogenblik struikelde, en zijn zwijgende verachting, die ze tot in het diepst van haar innerlijk voelde, maar nooit heeft hij haar laten vallen.
Hé, wat is dat, ziet ze het goed? Ja, warempel, Rinus, hij staat bij de vogelkooien. Waar komt die opeens vandaan? Haar stem, geschrokken: 'Wat doe jij hier? Je hoort in Tasmanië! En waar is Bartje?'

Rinus' stem, luid en duidelijk als de klepel van een kerkklok: 'Vogels horen in het hemelruim, en niet opgesloten in kooien. Wat jij doet is dierenmishandeling, moeder.'

'Ik weet het, ik weet het...' Stamelend komt ze overeind uit haar stoel. 'Je hebt gelijk, vogels horen in het hemelruim, waar ze in vrijheid kunnen vliegen. De laatste tijd denk ik aan niets anders. Vogels zijn de koorknapen van Onze-Lieve-Heer.'

Zo, eerst het raam omhoog, dan de deurtjes van alle kooien open... Hèhè, even rusten. Ze hapt naar adem, kijkt om zich heen. Waar is Rinus, die beer van een vent? Hij laat zijn ouwe moeder maar alles in haar eentje opknappen.

Achter haar, voor haar, en rondom zijn vleugels, fladderende vleugels. Lachend klapt ze opgetogen in haar handen: 'Ga, mijn dierbare vogels, ga, vlieg tot aan de hemelboog, tot aan het einde der dagen.'

Dan niets meer, alleen stilte waarin verlorenheid, nergens een doel, een steunpunt, een toekomst.

Het enige wat overblijft, zijn de herinneringen aan Casper.

Roerloos staat ze, plots draait alles om haar heen, vlugger, steeds vlugger, ze roetst weg als op een glijbaan, dieper, steeds dieper.

Dan hoort ze een verheugde stem die roept: 'Oma!' Een jongeman schiet toe, vangt haar op in zijn armen. 'Oma, ik ben het, Bart.' Zijn gezicht, haar het liefst van alles, kan een klein ogenblik haar aandacht nog binden, nog even beweegt haar mond, alsof ze zijn naam proeft op haar lippen. Dan trekt een waas voor haar ogen die nooit meer zal opklaren.

Jacoba Cannegieter, klein, tanig oud vrouwtje, is aan haar grote reis begonnen.

Heel voorzichtig, alsof hij haar broze gestalte zal breken, legt hij haar op bed. Er is geen reden tot verdriet of gejammer, oma heeft een hoge leeftijd bereikt, hij zou ervoor tekenen. Hij kijkt om zich heen. Niets in de salon is veranderd, alles staat nog precies zoals het stond toen hij als kind naar Tasmanië vertrok. Hé, wat is dat? Het raam is omhoog geschoven en al de kooien zijn leeg. Zou oma in haar laatste levensuur... Wie anders dan zij? Dappere, oude vrouw, ze hield van haar vogeltjes, is er in het laatste moment toch

innerlijk iets in haar veranderd? Het moet haast wel. Oma, ze stond onverschillig tegenover zijn stiefvader, haar zoon, maar het heeft nooit haar liefde voor hem – Bart – kunnen beïnvloeden, hij was voor haar haar kleinzoon.
Hé, wat is dat, een overdekte kooi op een tafeltje. In een paar stappen staat hij ernaast, trekt het kleedje eraf. In de kooi zit een opgezette kanarie, zíjn kanarie. Hij loopt terug naar het bed, zo onbeweeglijk ze daar ligt, hij staat en kijkt, neemt haar beeld in zich op. Op haar wasbleke gelaat ligt een glimlach die rust en vrede uitstraalt.
Hij pakt haar verkilde handen en legt ze gekruist over haar borst. Plots komen er tranen in zijn ogen. Zijn oma, helemaal alleen gestorven. Hij fluistert als in excuus: 'Het spijt me, oma. Ik kon niet eerder komen. Er was een uitbraak van mond- en klauwzeer onder de schapen en ik zat in het quarantainegebied. Samen met andere dierenartsen heb ik dagen staan vaccineren, hele kuddes, oma, daar ben je zomaar niet mee klaar.'
Eerbiedig streelt hij haar wang. Dankbaarheid vult zijn hart. Zijn omaatje, voor haar is het aardse leven voorbij, wat wacht haar aan de overkant? Hij haalt een paar maal diep adem, trekt het laken over haar gezicht.
Wat hem wacht is het regelen van haar begrafenis voor hij naar Tasmanië terugkeert.
Aan het voeteneind van het bed ziet hij ineens een velletje papier. Wonderlijk dat hem dat niet eerder is opgevallen. Hij pakt het op en leest:

Mijn liefste Jabba
Het verloren geluk kunnen we niet achterhalen
Maar de pijn wordt verzacht door het gezang
Van duizend nachtegalen

Casper Cannegieter